나는 논술 대통령

글 유지화

ESSAY

나는 논술 대통령

초 판 1쇄 발행일 2008년 3월 10일
신 판 1쇄 발행일 2008년 6월 20일

지은이 유지화
펴 낸 이 손형국
펴 낸 곳 (주)에세이
출판등록 2004. 12. 1(제395-2004-00099호)

주 소 412-791 경기도 고양시 화전동200-1 한국항공대학교
중소벤처육성지원센터 409호
홈페이지 www.essay.co.kr
전화번호 (02)3159-9638~40
팩 스 (02)3159-9637

ISBN 978-89-6023-176-4 03810

나는 논술 대통령

글 유지화

감성 계발과 논리 훈련으로 초등 논술을 잡는 책

강 경 호 (서울교대 국어교육과 교수)

이 책은 읽기만 해도 우리말의 아름다움에 반해 저절로 글을 쓰고 싶은 마음이 생기게 될 것입니다. 책장을 넘기면 그 다음 장이 읽고 싶어져 끝장을 덮을 때까지 손을 놓지 못하는 그런 책입니다.

'창의력 대지', '사고력 바다' 라는 소제목에서부터 기발하게 시작된 이 책은 '감수성 편', '논리력 편' 어느 한 줄 소홀한데 없이, 어느 한 단어 허술한데 없이 유익하게 집필되어 있습니다. 표현상에 있어서나 내용면에 있어서나 독창적인 논술서입니다.

사람이라면 누구나 다른 사람 앞에서 말을 잘해 보고 싶고, 글을 잘 써서 남의 마음을 움직여 보고 싶어 합니다. 이를 위해 초등학교 국어 교육에서는 말하기, 듣기, 읽기, 쓰기의 기능 영역과 언어, 문학의 내용 영역으로 나누어 가르칩니다. 또 이것을 이해 언어(읽기와 듣기)와 표현 언어(말하기와 쓰기)로 나누어 지도하기도 합니다. 이 책의 특징은 이 모두를 아울러 주파수를 높였다는 것입니다.

요즘 어딜 가나 '논술'이 화두입니다. 대학 입시에서 높은 점수를 받기 위해서도, 원하는 회사에 취직하기 위해서도 논술을 잘해야 합니다. 그렇다면 논술, 즉 글을 잘 쓰는 쉬운 방법을 배울 수는 없을까요? 대부분의 학생들이 부딪치게 되는 이런 문제에 해결 방법이 있습니다. 바로 꾸준한 독서와 오랜 시간에 걸친 감성 계발과 논리 훈련을 하는 것입니다.

논술을 잘 하기 위한 글쓰기 지도서인 이 책은 책장을 넘기는 순간 그동안 수없이 보아왔던 단순한 글쓰기 책과는 확실히 다르다는 것을 바로 느끼시게 될 것입니다. '애정을 갖고 보라, 달리보고, 새롭게 생각하라'는 저자의 교육 철학이 이 책 곳곳에 배어 있습니다.

이런 방식으로 글쓰기를 하고, 또 지도하면 큰 효과를 기대할 수 있을 것 같아 어린이 여러분과 초·중·고, 대학생은 물론 학부모님, 선생님들께 권해 드리게 되었습니다. 탈부느의 교육 방법, 즉 고기를 잡아 주는 것이 아니라 고기 잡는 법을 가르치는 것입니다.

이 책의 가장 큰 장점은 저자가 지도한 학생들의 참신한 글을 예문으로 감상할 수 있다는 점입니다. 꼬마 문사들의 주옥같은 작품을 읽다보면 그 문장들이 여러분의 가슴속에 녹아들어 그 작품 이상의 글이 탄생될 것입니다.

시인이며 잡지사 편집장인 저자의 현장감 있는 유려한 해설 또한 읽는 재미를 더해줄 것입니다.

학생들의 글은 어른들이 따를 수 없는 감수성과 독창성, 창의력이 번뜩입니다. 참신한 감각과 생생한 언어가 완성도 높게 담겨 있기에 어떤 장르의 글쓰기에도 크게 도움이 될 것입니다.

전심전력을 다해 아로새긴 저자의 사랑과 정성의 결과물인 이 책은 읽는 이들에게 종합비타민 이상의 정신적 영양제가 되어줄 것입니다.

2008년 2월

강 경 호

세계적인 지도자의 필수 자질, 바른 인성과 글쓰기

말과 글, 생각의 도구

교육 현장에서 아이들을 가르쳐온 지도 20년이 넘었습니다. 글을 짓고 그것을 가르친다는 일은 참으로 행복한 일입니다.

창 밖 – 연두빛 햇살이 쏟아지고 있네요.

글쓰기의 출발점은 마음을 아름답게 가꾸는 일입니다. 글쓰기를 하다보면 풍부한 감성이 무늬처럼 깃들여져 애정의 시선으로 세상을 바라보게 되고 생각하는 습관을 갖게 된답니다. 생각이 바로 '언어' 입니다. 말로 생각을 하고, 그 생각을 글로 쓰는 것입니다.

이처럼 말과 글은 매우 중요한 생각의 도구입니다. 말과 글로 생각을 풀어내는 훈련을 부지런히 했을 때, 꽉 막혔던 문제도, 또는 아무도 풀지 못하는 문제를 해결해 낼 수 있는 지혜가 생깁니다. 그리고 그 힘으로 자신이 꿈꾸었던 일을 할 수 있게 되고, 사회의 지도자가 되기도 합니다.

지도자가 갖추어야 할 가장 중요한 덕목 중 하나는 바로 글쓰기 능력이라고 확신합니다.

동서고금 존경받는 지도자들을 보면 모두 글 읽기와 글쓰기를 좋아했습니다. 우리민족 역사상 가장 존경받는 인물로 알려진 충무공 이순신, 그라민 은행을 설립하여 가난한 사람을 도와 노벨 평화상을 받은 무하마드 유누스 총재, 마이크로소프트를 설립해 세계 제일의 부자가 된 빌 게이츠 등은 모두 어려서부터 책읽기를 좋아했고, 또 커서도 책과 글의 덕을 본 사람들입니다. 미국 매

매사추세츠 공과대학(MIT)을 비롯 많은 대학에서 글쓰기에 관심을 갖고 학생들의 글쓰기 교육에 힘을 쏟고 있는 것도 그러한 이유 때문입니다.

건강한 가치관이 글쓰기의 출발점

오랜 시간 학생들을 지도하면서 깨달은 것은 건강한 정신과 바른 인성이 먼저라는 것입니다. 그 다음이 창의력과 사고력, 감수성을 바탕으로 자유자재로 글쓰기를 할 수 있게 되는 것이지요.

논리력을 길러 분석과 비판에 강해지는 것이 마지막 단계입니다.

대부분 논술 지도를 받는 학생들을 보면 분석과 비판을 먼저 배웁니다. 그렇게 되면 폭넓은 사고력을 갖추면서 성장해야 할 학생들이 편협하고 편향된 비판적인 어른밖에 되지 못할 것입니다. 대학 입시에서 논술과 구술을 중요시하는 이유 중의 하나도 이 학생이 얼마나 창의적이고 진취적이며 긍정적으로 사고하는가, 얼마나 가치 있고 도덕적인 인생관을 가지고 있는가를 알기 위함입니다.

가끔 글짓기 강의를 하면서 이러한 신념을 이야기할 때에 주위의 많은 분들로부터 공감의 박수를 받았습니다.

이 책은 그러한 격려에 힘입어 내 놓게 된 제 경험들의 결실입니다.

창의적 사고력과 예문 중심의 글쓰기

한마디로 이 책을 표현하기란 쉽지 않네요. 이 책을 읽음으로써 창의력 계발이 되기도 하고 사고의 혁명, 감수성 훈련, 논리의 확장을 이루게 될 것입니다.

초등학교 학생들의 예문이긴 하지만 지금껏 어떤 책에서도 맛 볼 수 없었던 표현의 신선함과 논리적 사고를 느낄 것입니다.

이 글을 읽는 것 자체만으로도 글쓰기를 배우는 학생들에게는 훌륭한 지침이 될 것이며, 일반인은 언어감각이 가져다주는 말맛에 책장을 덮지 못할 것입니다.

여러분의 마음밭에 감성과 지성, 그리고 따뜻한 지혜가 함께 깃들기를 바라는 간곡한 마음입니다. 부디 생애를 바치듯 공 들인 이 책이 어린이, 학생, 학부모, 선생님, 나아가 글쓰기를 사랑하는 분들께 행복한 선물이 되기를 빕니다.

이십 여 년 간 고스란히 모은 원고를, 이년 여의 기간을 거쳐 정리를 마친 지금, 나의 길을 향기롭게 해준 아름다운 인연들을 생각합니다.

원고 분류에서 정리까지 도와준 산나리 같은 제자 효정이, 보영이, 명옥이에게 고맙다는 말 전하며 이 책이 출판되기까지 관심과 애정을 기울여주신 모든 분들께 깊이 감사드립니다.

2008년 물오름달
佳緣齋에서
유 지 화

좋은 글의
다섯 가지 조건

◈ 좋은 글이란 어떤 것일까요?

글쓰기를 할 때, 무조건 생각나는 대로 쓴다고 과연 좋은 글이 될 수 있을까요? 그것은 마치 사공이 목적지 없이 노를 저어 배를 모는 것과 같습니다. 그러므로 글을 쓰기 전에 좋은 글이란 어떤 것인가를 먼저 알아야 합니다.

좋은 글이란 어떤 것인지 함께 알아봅시다.

첫 번째, 주제가 선명해야 합니다.

내가 표현하고자 하는 알맹이가 무슨 색깔인지, 어떤 모양인지, 얼마만한 크기인지 선명하게 살아나야 합니다. 즉, 말하고자 하는 내용이 분명하게 나타나야 합니다.

글을 쓰다보면 이런 이야기도 하고 싶고, 저런 이야기도 하고 싶을 때가 있습니다. 그렇다고 하고 싶은 이야기를 다 하게 되면, 결국에는 내가 하고자 했던 이야기 중에서 어느 것 하나도 제대로 건져내지 못한답니다. 산만한 글이 되고 말지요.

말을 할 때도 내가 전하고자 하는 것을 분명하게 전해야 하듯이 글을 쓸 때도 내가 말하고자 하는 내용을 분명하게 전할 수 있어야 해요. 이렇게 주제가 선명한 글을 쓰는 과정에서 여러분의 생각이 정리됩니다. 이러한 훈련을 통해서 어떤 주제에 대해서도 명확한 글을 쓸 수 있게 되지요. 여러분은 어떤 내용을 담은 글을 쓰고 싶은가요? 조개가 진주를 품듯, 여러분도 주제가 선명한 글을 쓰기 위해 고민해 보세요.

두 번째, 나만의 새 생각이 담겨야 합니다.

새 생각이란, 다른 사람들이 발견하지 못한 독창적인 나만의 생각이랍니다. 여러분의 새 생각이 담긴 글은 다른 사람의 글과 여러분의 글을 구별 짓는 이름표와도 같은 것입니다. 나만의 새롭고 독창적인 생각이 담겨져 있어야 진정한 나의 글이라고 할 수 있는 것이지요. 그렇다면 새 생각은 어떻게 해야 떠오를 수 있는 것일까요? 너무 어렵게 생각할 것 없어요. 새 생각은 보이는 것이든 보이지 않는 것이든 내가 체험한 모든 것에 관심을 갖고 깊이 생각할 때 터져 나옵니다. 마치 햇빛을 받고 쏙 고개 내민 새 싹을 볼 때와 같이 머릿속에 "아!" 하고 스쳐 지나는 여러분만의 영감이라고나 할까요. 이것이 바로 새 생각입니다.

세 번째, 글은 처음부터 끝까지 한결같아야 합니다.

그러기 위해서는 글쓰기를 시작할 때부터 마칠 때까지 어조와 주제를 변화시켜서는 안 됩니다. 어조란 말하는 투를 뜻하는 한자어입니다. 어조를 바꾸면 안 된다는 말은 예를 들어, 처음에 존댓말을 썼다가 도중에 반말로 바꾸어서는 안 된다는 뜻입니다. 주제는 지은이가 글 속에서 표현하고자 하는 기본적인 생각인데, 그런 밑바탕이 되는 생각이 변해서는 안 되겠지요. 그러므로 내용면에서는 처음부터 끝까지 하나의 주제를 가지고 글을 써야 합니다. 예를 들어, 아버지에 관한 이야기를 썼으면 끝까지 아버지와 관련된 이야기를 써야 합니다. 금강산을 향해 릉만을 하다가, 갑자기 섬긴깅을 향해서 항해 할 수는 없는 일이지요.

기본적인 어조부터 일관되지 못한 데다 문맥까지 맞지 않는다면 신뢰감을 잃기 십상이지요. 통일성 있게 글을 쓰면 읽는 사람도 글쓴이의 뜻을 이해하기 편하고, 글을 쓴 사람도 자신의 글에 대해 자신감을 얻게 됩니다.

네 번째, 표현이 풍부해야 합니다.

무지개를 본 적이 있나요? 무지개가 아름다운 것은 여러 가지 색들이 모여 변화와 조화를 이루기 때문이랍니다. 글도 마찬가지입니다. 다양한 표현들이 모여서 문장을 이룬다면 무지개의 영롱함과 같이 근사한 글이 될 것입니다. '쪽빛 하늘 아래 보랏빛 도라지꽃', '둑길 미루나무' 처럼 적절한 단어, 알맞은 문장이 조화를 이루어야 여러분의 글밭도 풍성해진답니다.

바다와 어울리는 갈매기처럼 내 글에 어울리는 표현을 찾으려면 어떻게 해야 할까요? 선생님이 여러분에게 비법을 알려주겠어요. 가장 잘 알고 있으면서도 가장 지키기 어려운 비장의 카드 두 가지! 먼저 책을 많이 읽도록 하세요. 책을 읽다보면 감수성도 깊어지고 표현력도 풍부해진답니다. 책을 통해서 우리는 가고 싶은 곳 어디든지 갈 수 있고, 만나보고 싶은 사람 누구든지 만나볼 수 있습니다. 이런 간접 경험이 쌓여 지식과 표현력이 함께 길러지지요. 두 번째, 국어사전을 늘 곁에 두고 찾아보도록 하세요. 국어사전을 한장 한장 넘겨가며 찾은 단어는 오래 기억될 뿐 아니라, 주변 단어까지 저절로 익히게 되어 더욱 다채로운 표현을 할 수 있게 된답니다.

지금부터 글의 디자이너가 되어 보세요. 아무것도 쓰여 있지 않은 하얀 종이 위에 나만의 생각을 마음껏 펼쳐보는 것, 멋지겠지요?

다섯 번째, 글은 진실해야 합니다.

글은 마음의 거울입니다. 무엇보다 진실하고 솔직하게 쓰는 것이 중요하지요. 아무리 아름다운 낱말과 뛰어난 표현의 글이라도, 그 글이 진솔하지 않다면 그것은 꽃향기가 없어 나비가 찾아오지 않는 조화와도 같은 글이 됩니다. 글 속에 생명을 불어넣어 주는 힘은 여러분 마음속에 있는 진실한 마음에서 나옵니다. 그렇게 진실하게 쓰인 글은 읽는 사람에게 감동을 주며, 동시에 여러분의 삶을 아름답게 다듬어 준답니다.

남의 말이나 글을 여러분의 글 속에 넣어서 쓸 때에는 그 글의 출처를 정확하게 밝혀야 합니다. 남의 글을 끌어다가 쓰는 것을 '인용' 이라고 하는데, 출처를 밝히지 않고 몰래 한 인용을 '표절' 이라고 합니다. 정정당당하지 못한 일이지요. 정직한 글쓰기는 글을 쓰는 사람의 기본적인 자세입니다. 남의 글을 모방한다는 것은 자기의 양심을 속이는 일과 같습니다. 어려서부터 정직한 글쓰기를 습관화 하는 것이 좋겠지요. 진실한 글을 쓸 때, 우리의 보람은 더욱 커질 뿐 아니라 다른 사람의 생각을 소중히 여기는 마음도 갖게 됩니다. 진심이 전해지는 글은 우리의 마음과 삶을 아름답게 가꾸어 준답니다.

좋은 글을 쓰는
다섯 단계

◈ 좋은 글은 어떻게 써야 할까요?

좋은 글이 어떤 것인지 알았으니, 이제부터는 좋은 글을 어떻게 써야 하는지 배워 봅시다.

1단계. 생각 열기

글을 쓰기 전에 무엇을 가장 먼저 해야 할까요? 바로 우리의 생각을 열어 주는 일이에요. 첫 번째로 무엇을 중심으로 써야 하는지 쓰고자 하는 것에 대한 주제를 정해야 합니다. 우리는 이것을 발상단계라고 부르지요.

2단계. 생각 키우기

두 번째 단계에서는 성해진 주제를 키워 나가는 일을 해야 해요. 그렇게 하기 위해서는 먼저 주제를 통해 떠오르는 단어, 문장, 이야기, 사건 등 주제에 기여할 수 있는 흥미롭고 의미 있는 쓸거리를 찾아야 합니다. 이러한 쓸거리, 글감을 바로 소재라고 하지요. 그 다음에는 수집된 글감으로 글의 순서를 정해줍니다. 처음-중간-끝의 구성을 통해 글이 뒤죽박죽되지 않도록 설계해 주는 것도 이 단계에서 이루어진답니다. 주제도 정하고, 글감도 마련했으니 이제는 실제로 글을 지어 봐야겠죠?

3단계. 생각 가꾸기

세 번째는 글쓰기 단계입니다. 자, 수집한 소재들을 한번 보세요. 주제에 기여할 수 있는 단어를 모았고, 문장도 생각했어요. 그러면 이제 문장과 문장을 연결하여 하나의 단락을 만들어 보세요. 그 단락에 이어 하고자 하는 이야기를 가지고 새로운 단락을 만들어줍니다. 그런 다음 그 단락들을 주제에 맞추어 연결해 나가야겠지요. 이것이 바로 글쓰기를 통한 생각 가꾸기랍니다.

4단계. 생각 다듬기

네 번째는 앞에서 키우고 가꾸어 낸 생각들을 다듬는 단계에요. 쓴 내용을 다시 읽고 고칠 부분은 없는지, 더할 내용은 없는지 꼼꼼히 살펴보며 내용을 다시 다듬는 단계랍니다.

5단계. 생각 마무리

다섯 번째로 생각을 마무리해 볼까요? 다 쓴 글을 소리 내어 읽어 보세요. 문장 호응은 올바른지, 맞춤법은 잘 맞는지, 단락의 조건은 잘 갖추고 있는지, 주제는 선명한지, 단락과 단락 간에 통일성이 있는지 등을 생각합니다. 부자연스럽게 느껴지는 부분, 걸리는 부분을 고쳐 보세요.

이렇게 다섯 단계를 거쳐 한 편의 글이 완성되었다면, 이제 여러분이 공들여 쓴 글을 감상해 보도록 하세요.

자, 그럼 글짓기 단계를 다시 한 번 정리해 볼까요?

1. 생각 열기	① 발상	무엇을 중심 생각으로 쓸 것인지 쓰고자 하는 것의 주제를 정합니다.
2. 생각 키우기	② 소재수집	정해진 주제를 통해 떠오르는 단어, 문장, 이야기, 사건 등 흥미롭고 의미 있는 쓸거리를 찾습니다.
	③ 구성	수집된 글감을 글쓰기 단계(처음-중간-끝)에 맞게 순서를 정합니다.
3. 생각 가꾸기	④ 글쓰기	알맞은 단어, 문장, 단락으로 차례차례 언어의 집을 지어갑니다.
4. 생각 다듬기	⑤ 고치기	쓴 내용을 다시 읽고 고칠 부분은 없는지, 더할 내용은 없는지 꼼꼼히 살펴봅니다.
	⑥ 다시 쓰기	살펴본 내용을 다시 다듬습니다.
5. 생각 마무리	⑦ 소리 내어 읽으면서 완성하기	- 문장의 호응은 올바른가? 맞춤법은 잘 맞는가? - 단락의 조건은 잘 갖추고 있는가? 주제는 선명한가? - 단락과 단락간에 통일성이 있는가? 등을 생각하며 부자연스럽게 느껴지는 부분, 걸리는 부분을 고칩니다.
	⑧ 감상	자신의 글을 감상해 봅니다.

우리는 지금 글쓰기 무대에 서 있답니다. 이 무대의 주인공은 바로 여러분 자신이에요. 마음속에 탁 트인 열린 생각과 내 생각이 최고다! 라는 자신감을 가지고 마음껏 여러분의 생각을 펼쳐 보세요.

Contents

◆ 추천사 · 004

◆ 들어가는 글 · 006

◆ 좋은 글의 다섯 가지 조건 · · · · · · · · · · · · · 009

◆ 좋은 글을 쓰는 다섯 단계 · · · · · · · · · · · · · 013

창의력, 생각 대지에 꽃 피우기 ◆ 읽는 이를 감동시키는 나만의 글쓰기

새 생각

1. 내가 만약 ○○라면? · · · · · · · · · · · · · · · · 025

2. 익숙한 것을 낯설게 보는 글쓰기 · · · · · · · · · 026

3. 나는 이런 친구가 좋아 · · · · · · · · · · · · · · 027

4. 같은 단어, 다르게 해석하기 · · · · · · · · · · · 028

5. 내가 만든 Day · · · · · · · · · · · · · · · · · 029

6. 낱말에 대한 나만의 의미 쓰기 · · · · · · · · · · 030

7. 다양하고 풍부하게, 수사법 사용하기 · · · · · · · 031

8. 수사법을 이용해 자유롭게 글쓰기 · · · · · · · · · 032

독창적인 글쓰기

9. 삼행시로 자기 소개하기 · · · · · · · · · · · · · 034

10. 가족을 비유적으로 소개하기 · · · · · · · · · · · 035

11. 섬세한 관찰이 담긴 소개문 쓰기 · · · · · · · · · 037

12. 연설을 위한 글, 소견문 쓰기 · · · · · · · · · · 039

13. 가장 좋아하는 낱말로 제목 짓기 · · · · · · · · · 040

14. 가장 좋아하는 낱말들을 넣어 글쓰기 · · · · · · · 043

15. ○○과 □□ · · · · · · · · · · · · · · · · · · 045

16. 가장 좋아하는 계절을 배경으로 글쓰기 · · · · · · 046

상상력의 세계로

17. 자연을 소재로 동시 쓰기 · · · · · · · · · · · · 048

18. 살아 있는 생물을 소재로 동시 쓰기 · · · · · · · · 050

19. 사물 사이의 연결 고리 찾기 · · · · · · · · · · · 051

20. 자연이 담긴 동화쓰기 · · · · · · · · · · · · · · 052

21. 동물 나라에서 일어난 일 · · · · · · · · · · · · 054

22. 과학 상상글 쓰기 · · · · · · · · · · · · · · · · 057

23. 내가 만약 지구별의 왕이라면 · · · · · · · · · 058

24. 상상력아, 지구를 지켜줘! · · · · · · · · · · · 059

창의력 뛰어넘기

25. 시간, 달, 계절에 이름 지어 주기 · · · · · · · 061

26. 국어사전, 엉뚱한 상상으로 다시 쓰기 · · · · · 063

27. 미래에는 어떤 변화가 일어날까? · · · · · · · 064

28. 생활문 형식을 빌린 동화 쓰기 · · · · · · · · 065

29. 읽는 이를 변화시키는 글쓰기 · · · · · · · · · 067

30. 요약 일기 쓰기 · · · · · · · · · · · · · · · · · 069

사고력, 생각 바다에 배 띄우기 ◆ 사고력 훈련을 위한 세 가지 조건

주춧돌 놓기

31. 관심 더하기 상상 · · · · · · · · · · · · · · · · 074

32. 관찰일기 쓰기 · · · · · · · · · · · · · · · · · 075

33. 반성이 담긴 독서 감상문 · · · · · · · · · · · 076

34. 자세히 알고 조리 있게 설명하기 · · · · · · · 078

35. 우리 가족 이야기 · · · · · · · · · · · · · · · 079

소재의 반전

36. 하고 싶은 일 적어 보기 · · · · · · · · · · · · 081

37. 떠오르는 생각 적어 보기 · · · · · · · · · · · 082

38. 주인공을 비교해 보자 · · · · · · · · · · · · · 082

39. 책 제목을 활용해서 글쓰기 · · · · · · · · · · 083

40. 친구란? · 084

Contents

41. 내 꿈은 · · · · · · · · · · · · · · · · · · 085

토박이말, 속담, 격언 넣어 글쓰기

42. 토박이말을 사용해 부모님의 사랑 표현하기 · · · · · · · 086
43. 토박이말을 넣어 가족 소개하기 · · · · · · · · · · 087
44. 토박이말을 넣어 동시 쓰기 · · · · · · · · · · · 089
45. 생활 속에서 만나는 격언 · · · · · · · · · · · 090
46. 격언을 사용해 주제 강조하기 · · · · · · · · · 092
47. 명문장을 인용하여 글쓰기 · · · · · · · · · · · 093
48. 속담을 사용해 생활문 쓰기 · · · · · · · · · · 095
49. 속담을 사용해 동화 쓰기 · · · · · · · · · · 096

깊이 있는 글쓰기

50. 깊은 마음, 깊은 생각이 감성을 만나다 · · · · · · · · 098
51. 개요 짜서 글쓰기 · · · · · · · · · · · · · · 099
52. 6월에는 · · · · · · · · · · · · · · · · · 101
53. 주인공과 나를 비교해 보는 독서감상문 쓰기 · · · · · · 102
54. 책 속에서 위대한 인물 만나기 · · · · · · · · · 104
55. 척척박사가 되는 지식책 읽기 · · · · · · · · · 106
56. 독서감상화 쓰기 · · · · · · · · · · · · 108
57. 책을 통해 깨닫는 자연의 소중함 · · · · · · · · 109
58. 책 속에서 만나는 역사를 만든 사람들 · · · · · · · 112
59. 책 속 인체 탐험 · · · · · · · · · · · · 113
60. 독서 토론하기 · · · · · · · · · · · · · · 114

다양한 일 경험하고 글쓰기

61. 역사의 향기가 담긴 글쓰기 · · · · · · · · · · · · 118
62. 시간의 흐름에 따라 여행 이야기 쓰기 · · · · · · · 122
63. 전시회를 다녀와서 · · · · · · · · · · · · 124

64. 미술 작품이 준 생생한 감동을 글로 옮기기 · · · · · · ·125

사고력 뛰어넘기

65. 역사적 인물과 가상 인터뷰를 · · · · · · · · · · · · ·127
66. 신문 기사 형식의 독서 감상문 · · · · · · · · · · · · ·130
67. 마음을 담은 그림 편지 쓰기 · · · · · · · · · · · · · ·132

감수성, 생각 하늘에 팔 벌리기 ◆ 감성지수가 높은 어린이

감성의 나래

68. 내 모습 들여다보기 · · · · · · · · · · · · · · · · · ·137
69. 이 시는 무슨 색깔일까? · · · · · · · · · · · · · · · ·138
70. 다른 사람을 이해하고 헤아리는 글 · · · · · · · · · · ·140
71. 마음이 뭉클해지는 초대 편지 쓰기 · · · · · · · · · · ·142
72. 방학 때 꼭 하고 싶은 7가지 · · · · · · · · · · · · · ·143
73. 자연 속에서 짝꿍 찾기 · · · · · · · · · · · · · · · ·144
74. 서로서로 어울리는 것들 찾아보기 · · · · · · · · · · ·145
75. 논술의 맛을 표현해 보자 · · · · · · · · · · · · · · ·146
76. 주제를 강조하는 반복법 사용하기 · · · · · · · · · · ·147

시와 시조

77. 새 생각이 담긴 동시 쓰기 · · · · · · · · · · · · · · ·148
78. 우리말의 재미를 살린 동시 쓰기 · · · · · · · · · · · ·149
79. 추억이 담긴 동시 쓰기 · · · · · · · · · · · · · · · ·150
80. 자신의 의견이 담긴 시조 쓰기 · · · · · · · · · · · · ·151
81. 다양한 형식의 시조 쓰기 · · · · · · · · · · · · · · ·153
82. 경험을 담은 시조 쓰기 · · · · · · · · · · · · · · · ·156
83. 사물을 사람처럼 상상하여 시조 쓰기 · · · · · · · · · ·157
84. 그림을 그리듯이 · · · · · · · · · · · · · · · · · · ·158

Contents

맵시 좋은 글쓰기

85. 값진 체험을 담은 생활문 쓰기 · · · · · · · · · · · · 159
86. 우정을 담은 생활문 쓰기 · · · · · · · · · · 161
87. 나의 아버지, 나의 어머니 · · · · · · · · · · · 163
88. 의성어와 의태어 활용하여 생활문 쓰기 · · · · · · · · 165
89. 아버지께 편지 쓰기 · · · · · · · · · · · · · 166
90. 어머니께 편지 쓰기 · · · · · · · · · · · · · 168
91. 신속배달 이메일로 마음 전하기 · · · · · · · · · 169
92. 감사한 분께 편지 쓰기 · · · · · · · · · · 170
93. 자연에서 느낀 감동, 글에 담아내기 · · · · · · · · · 172
94. 보고, 듣고, 느끼고, 생각한 것 담기 · · · · · · · · 173
95. 상상 속의 여행 · · · · · · · · · · · · · · 177

감수성 뛰어넘기

96. 별에게 쓰는 편지 · · · · · · · · · · · · · 179
97. 책 속 인생 승리자와 나누는 대화 · · · · · · · · · · 181
98. 다양한 모양으로 써 보는 독후감 · · · · · · · · · · 184

논리력, 생각 숲에 길 만들기 ◆ 생각의 숲에서

논리적인 잣대 세우기

99. 문화유산에 대한 글쓰기 · · · · · · · · · · · 189
100. 줄거리 소개하기 · · · · · · · · · · · · · 190
101. 감상시 쓰기 · · · · · · · · · · · · · · 192
102. 비판적인 시각 갖기 · · · · · · · · · · · 193
103. 근거 들어 설명하기 · · · · · · · · · · · · 195

논리의 오솔길

104. 글쓰기는 ○○다 · · · · · · · · · · · · · 197
105. 나와 비슷한 점, 나와 다른 점 · · · · · · · · · · 198

106. 시간의 흐름에 따라 글쓰기 · · · · · · · · · · · · · · · 200
107. 열거법을 사용하여 글쓰기 · · · · · · · · · · · · · 201
108. 설명문의 특징에 맞춰 쓰기 · · · · · · · · · · · · · 202
109. 조사하여 쓰기 · · · · · · · · · · · · · · · · · 204
110. 내가 즐겨 하는 것에 대해 설명문 쓰기 · · · · · · · · 206
111. 나는 국제부 기자, 시 특파원 · · · · · · · · · · · · · 208
112. 나는 사회부 기자 · · · · · · · · · · · · · · 209
113. 나는 문화부 기자 · · · · · · · · · · · · · · 210

논술문 작성을 위한 비장의 열쇠

114. 주장글의 특징에 맞추어 쓰기 · · · · · · · · · · · · · 212
115. 개요 짜기 · · · · · · · · · · · · · · · 215
116. 나의 주장을 차근차근 담아 보자 · · · · · · · · · · 217
117. 대중 앞에 서서 · · · · · · · · · · · · · · · 220

통합교과형 논술

118. 바른 언어생활을 위한 노력 · · · · · · · · · · · · 223
119. 옛날과 오늘날을 비교, 대조하기 · · · · · · · · · · 228
120. 노인 부양 문제 · · · · · · · · · · · · · · · 231

논리력 뛰어넘기

121. 모의토론 · · · · · · · · · · · · · · · · · 234
122. 기업광고문 만들기 · · · · · · · · · · · · · · 239
123. 지식을 담은 극본 쓰기 · · · · · · · · · · · · · · 240

❖책장을 덮으며 · · · · · · · · · · · · · · · · 243

창의력, 생각 대지에 꽃 피우기

창의력은 생각 대지에 아름답게 피어나는 꽃과 같아요. 꽃마다 색깔과 향, 자태가 모두 다르지요. 하지만 각각의 꽃이 가진 개성이 한 데 어울려 꽃밭 속에서 조화를 이루고 있어요. 나비와 벌이 모여들지요. 여러분의 글도 제각각 다른 생각, 다른 느낌을 담고 있지만, 그 생각들이 모여서 이 세상을 아름답게 한답니다. 세상을 아름답게 하는 그 첫 발걸음을, 함께 생각 대지에 옮겨 볼까요?

이 책에는 친구들의 새 생각이 가득 들어 있어요. 문장마다 표현마다 자유로운 감성이 깃들어 있지요. 친구들의 글을 읽고 여러분도 자신만의 새 생각을 펼쳐 보세요!

창의력, 생각 대지에 꽃 피우기

읽는 이를 감동시키는 나만의 글쓰기

어느 초등학교에서 아이들에게 자신의 어머니를 꽃에 비유해 보라는 숙제를 내준 적이 있어요. 대부분의 아이들은 대부분의 사람들이 아름답다고 생각하는 장미꽃이나 백합, 튤립 등을 어머니와 비유했지요. 그런데 한 아이만이 유독 명아주라고 대답하는 거예요. 명아주는 그늘 진 길가에 주로 자라는 한해살이 풀입니다. 화려하고 예쁜 것과는 전혀 다른, 자세히 보지 않으면 그냥 지나쳐 버리기 쉬운 초라한 식물이지요.

그 어린이에게 이유를 조심스럽게 물었더니 이렇게 대답했습니다.

"우리 엄만 안 계세요. 저는 아빠랑 둘이 살아요. 저는 엄마 얼굴도 몰라요. 명아주를 보면 엄마 생각이 나요……."

얼굴도 기억나지 않는 어머니이기에 슬픈 빛깔의 명아주가 저절로 떠오른 것이 아닐까요.

이처럼 자신만의 경험이 새 생각의 싹이랍니다. 그렇게 할 때 독창성 있는 글이 되고, 또 읽는 이에게 깊은 울림을 준답니다. 다시 말해 누구나 다 아는 흔한 것, 일반적인 것, 누구에게나 있는 일, 누구나 생각할 수 있는 것은 다른 사람에게 감동을 줄 수 없습니다. 나만의 경험, 나만의 생각으로 나만의 글을 써 봅시다.

다양한 주제로 새 생각을 키우면 창의적인 글을 쓸 수 있다!

1. 내가 만약 ○○라면?

물 이야기

나는 투명하고 맑은 물이에요. 내가 모이면 강과 바다가 생겨요. 내가 태어난 곳은 작은 연못이에요. 나는 흐르고 또 흘러서 바다로 왔답니다. 그런데 태어난 지 얼마 안 되어서 아무 것도 몰랐어요. 물고기 입에 들어갔다가 아가미로 나오기도 하고 어린아이가 장난치는 걸 구경하기도 했어요. -중략- 구름버스에 타자마자 추워서 떨며 잠을 잤는데 소리를 지를 수밖에 없는 일이 벌어졌어요. 투명해야 할 몸이 새하얗게 변한 채 땅 바닥에 떨어져 있었어요. "와! 눈이다."라는 어린아이의 목소리가 들렸어요. 옆에 있던 아저씨도 눈이 되었다고 좋아하시는 걸 보고 알았어요. 나는 어린이들을 행복하게 해주는 눈이 되었어요.

- 갈현초 4 정지연 「물 이야기」 중에서

깊이 있게 생각하여 사물을 새롭게 보자●────────────

내가 물이라고 상상하고 물의 여행을 흥미롭게 표현한 글이 재미있죠? 이렇게 창의력 있는 글쓰기를 통해 여러분의 무한한 감수성이 계발됩니다. 글쓰기뿐만 아니라 다른 분야에서도 자신만의 생각을 표현하는 능력은 여러분에게 한 쌍의 날개가 되어 준답니다. 생각을 새롭게 하는 습관을 통해 여러분이 운전하는 생각의 자동차는 하늘을 날 수도 있고 우주까지 갈 수도 있을 것입니다.

가을나들이

- 코스모스 - "난 너무 아파, 내가 예뻐 보이더라도 날 꺾지 말아줘."
- 단풍잎 - "나는 옷이 너무 부족해, 사람들이 모르는 새로운 색의 옷을 입고 싶어."
- 벼 - "나는 이상하게 왜 가을만 되면 나보다 어린 아이에게도 고개를 숙여 인사하게 되는지 모르겠어."

– 서울 염리초 5 김지혜

사소한 것들에 눈 맞추고 귀 기울이기 ●────

지혜 어린이는 코스모스, 단풍잎, 벼의 입장이 되어 표현해 보았네요. 참 재미있죠? 이처럼 글을 잘 쓰기 위한 새 생각이란 우리가 잘 알고 있는 것, 우리 주변에 있지만 무심코 지나쳐 버린 작은 것들에 눈을 돌려 그곳에서 나만의 발견을 해 내는 것입니다. 그것이 바로 문학적 상상력이지요.

우리는 자연 속에서 살아가고 있으면서도 자연의 소중함을 모른 채 무심히 지나쳐 버리는 경우가 많습니다. 이렇듯 우리 주변의 사소한 것들에 눈을 맞추고 귀를 기울인다면 본 적도 들은 적도 없었던 많은 것들이 우리에게 다가온답니다. 늘 우리 곁에 있지만 우리가 귀 기울이지 못했던 식물 친구들과 곤충 친구들은 과연 어떤 생각을 하면서 살아가고 있을까요? 나에게 무슨 말을 하고 싶을까요? 글쓰기는 이러한 관심에서부터 출발합니다.

선생님은 매일 아침 뒷산에 올라가 나무와 숲과 흙과 바람과 이야기를 나누곤 한답니다. 숲의 향기와 산의 정기로 에너지 충전을 하지요. 그러면 숲 속 나무들도 선생님을 바라보며 "오늘 하루도 파이팅!"하고 응원해 줍니다.

여러분! 글을 잘 쓰기 위해서는 내 주위에 있는 사물과 동물, 식물, 사람들을 관찰하는 것이 매우 중요하답니다. 지혜 어린이처럼 코스모스의 말에도 귀 기울여 보고, 단풍잎의 속삭임도 들어 보세요. 오늘 아침 등교하는 길, 거리의 플라타너스 나무가 힘내라고 말을 걸었을지도 몰라요. 학교 꽃밭 작은 풀씨들이 여러분 옷에 붙어 어느새 여러분 집 마당으로 이사를 왔는지도 몰라요. 자연의 이야기가 들려올 때, 그때부터 우리도 시인이랍니다.

3. 나는 이런 친구가 좋아

마음이 통하는 친구
예의 바른 친구
때로는 여리지만 때로는 강한 친구
남을 잘 위해 주는 친구
센스 있는 친구
노력하는 친구
나와 같이 울어줄 수 있는 친구

– 서울 승인초 3 정희수

먼저 좋은 친구가 되자 ●

여러분은 어떤 친구를 가장 좋아하나요? 독일의 작가 실러는 '친구는 기쁨을 두 배로 하고 슬픔을 반으로 해 준다.' 라고 말했습니다. 여러분에게는 어떤 친구가 있나요?

좋은 친구를 찾고 싶다면, 먼저 우리 자신이 좋은 친구가 되어 주어야 합니다. 친구는 자신을 비추는 거울과도 같기 때문이지요. 우리는 좋아하는 친구에 대해서 봄으로써 나 역시 좋은 친구가 되고자 노력하게 된답니다. 희수 어린이처럼 자신이 좋아하는 친구의 모습에 대해 일곱 가지 이상 써 봅시다. 그리고 오늘부터 상대방에게 먼저 좋은 친구가 되어 줍시다. 그러면 좋은 친구들이 여러분 주변에 많아지겠지요?

난사람, 든사람, 된사람

나는 난사람, 든사람, 된사람에 대해서 이렇게 생각한다.

난사람 :

보통 우리는 엄마의 뱃속에서 태어나지만 특별하게 '알에서 태어난 사람'을 난사람이라고 생각한다. 알에서 태어난 사람은 박혁거세, 고주몽이 있다. 그러므로 박혁거세와 고주몽은 난사람이다. 그리고 박혁거세와 고주몽은 큰 인물이므로 난사람은 '큰일을 세운 사람'이다.

든사람 :

'~를 든 사람'이라고 생각해서 '힘이 센 사람'이라고 생각했다. 든사람은 아마도 태권도, 검도, 합기도 같은 무술들을 잘할 것이다.

된사람 :

된사람은 '머리가 좋은 사람'이라고 생각한다. 된사람은 아마도 대통령, 재판관, 변호사, 과학자 같은 사람일 것이다.

나는 된사람이 되고 싶다. 그러니까 나는 머리가 좋은 사람이 되고 싶다. 왜냐하면 내 장래희망이 바로 과학자이기 때문이다.

– 서울 숭인초 4 김홍석

빛과 소금같이 인격이 아름다운 사람 ●

홍석 어린이의 생각이 퍽 재미있지요. 그렇지만 원래의 뜻은 조금 다르답니다. 난사람이란 이름을 널리 알려서 명예를 얻은 사람입니다. 든사람이란 지식이 많고 학식을 많이 쌓은 사람을 말합니다. 된사람이란 사람다운 사람, 인격이 아름다운 사람을 이른답니다.

여러분, 어떤가요? 여러분이 알고 있는 상식 말고, 낱말을 통해 느껴지는 그대로를 써 봅시다. 난사람, 든사람, 된사람 중 어떻게 사는 것이 가장 훌륭한 삶인지 정답이 있는 것은 아니랍니다. 그것은 여러분이 공부하면서 스스로 찾아야 하겠지요. 분명한 것은 어떤 경우에도 '사랑'이 바탕이 되어야 한다는 것입니다.

지구상에는 60억의 다양한 사람들이 자신만의 개성을 가지고 각자의 인생을 살아가고 있습니다. 과연 나는 어떤 사람이 되어 어떻게 살아갈 것인지 자신의 삶의 지도를 만들어 봅시다.

자, 여러분은 난사람, 든사람, 된사람이란 어떤 사람이라고 생각하나요? 여러분의 생각을 자유롭게 이야기해 봅시다. 우리가 세상을 살아가기 위해서는 난사람처럼 유명해져서 우리나라를 세계에 널리 알릴 수 있는 사람도 필요하고, 든사람처럼 공부를 열심히 해서 좋은 글도 많이 쓰고 연구도 열심히 하는 사람도 필요하지요. 그리고 된사람처럼 인격이 아름다워서 남을 도울 수 있는 사람도 필요하답니다.

여러분 모두 난사람, 든사람, 된사람의 좋은 점을 두루 갖춘 훌륭한 인물이 되리라 믿어요. 여러분은 어떤 사람이 되어서 세상에 빛과 소금이 되고 싶은가요?

5. 내가 만든 Day

자전거 Day

환경을 생각한 날이랍니다. 지구 온난화도 방지하고 자전거의 역사도 생각해 봤으면 좋겠어요.

– 서울 선일초 4 신명록

발명가적 상상력이 쑥쑥 ●

자연을 생각하는 명록 어린이만의 특별한 날입니다. 명록 어린이가 생각해 낸 '자전거 Day'가 실제로 기념일이 된다면 모든 사람들이 자전거를 타고 다니겠네요. 거리에 차는 없고, 온통 자전거로 가득 차 있는 모습. 어때요? 상상이 되나요?

어떤 날에 의미를 부여하여 그 의미를 함께 즐기는 것은 기쁜 일이지요. 2월에는 좋아하는 사람에게 선물을 주면서 마음을 전하는 밸런타인데이가 있고, 11월에는 빼빼로데이가 있지요. 만일 여러분이 기념일을 만든다면 어떤 날을 만들 것인가요?

우리는 밸런타인데이면 초콜릿을, **빼빼로데이**면 **빼빼로**를 사는 데에만 열중하고 있는 것은 아닌지요. 진정한 마음이 들어 있지 않은 선물은 아무리 비싼 선물이라도 가치가 없답니다. 예를 들어 '내 동생 Day'에는 동생을 아끼고 보살펴 주기, '내 친구 민아 Day'에는 마음을 담은 편지와 리본이 달린 머리띠를 만들어 주기 등. 값비싼 선물을 전해 주는 것보다 내 마음을 전할 수 있는 Day를 만들어 보세요. 받는 사람의 감동은 두 배가 되고, 여러분의 기쁨과 보람도 두 배가 될 것입니다.

그러면 지금부터 세상에서 가장 특별한 'Day'를 만들어 볼까요? 생각만 해도 재미있고 설레는 날말입니다. 자, 다함께 간데이!

6. 낱말에 대한 나만의 의미 쓰기

사랑이란

그 애 품속으로 스며들고 싶은 것, 집에 있어도 자꾸 떠오르는 것, 마음속의 장미, 아무런 목적 없이 오랫동안 함께 걷고 싶은 것, 한 나비가 울타리 안에 갇히는 것, 내 마음의 빛나는 보석,

– 서울 수색초 4 조민서

하나의 낱말도 의미 있게 들여다보자 ●

맞아요, 사랑이란 집에 있어도 자꾸 떠오르는 것입니다. 우리가 쓰는 '사랑'이라는 말은 본래 한자어에서 왔습니다. 생각 사(思), 부피 량(量)을 합친 '사량'이 '사랑'으로 바뀐 것입니다. 상대방에 대한 생각의 정도가 사랑의 척도가 된다는 것입니다. 순 우리말로는 '너기다'라는 말이 있습니다. 또 '괴다'라는 말도 '사랑하다'의 의미로 쓰였는데, '따스하다'의 뜻을 지닌 말입니다. 즉, 따뜻한 마음으로 상대를 대한다는 뜻이지요.

'사랑' 하면 여러분은 어떤 것들이 떠오르는지 이야기해 봅시다. 여러분이 생

각하는 사랑의 의미를 주위 사람들에게 표현해 보는 것도 좋겠지요.

선생님은 여러분의 표현 속에서 이와 같이 시적인 재능을 발견할 때 얼마나 기쁜지 모릅니다. 이렇게 한 낱말을 가지고 깊이 생각해 보는 것, 이것이 바로 창의적 사고력의 첫걸음이랍니다.

7. 다양하고 풍부하게, 수사법 사용하기

내 마음

내 마음은 고기 잡는 어부이자 농사짓는 농부이며 가축을 길러내는 가축사이다. 내 마음은 흘러내리는 강물에 의해 맑아지고 웅장한 폭포에 의해 씻기고 바다에 의해 온화해진다. 이렇게 평온하고 맑아진 내 마음은 때론 상어 앞에 놓인 투명한 새우가 된다. 때론 방아쇠에 몸을 맡긴 아름다운 꿩이 되고 사람 발에 짓밟힌 자그마한 풀이된다.

그러나 이런 내 마음은 햇빛 아래에서 빛나는 나무기 되고 물결치는 벼가 된다. 웃음 짓는 아기의 마음으로 내 마음을 지켜나갈 것이다.

- 서울 숭인초 6 한승화

글에 맛깔스러움을 더해 주는 수사법 ●─────────────

변화하는 내 마음을 다양하게 표현한 글이에요. 가축을 길러내는 가축사, 상어 앞에 놓인 투명한 새우, 방아쇠에 몸을 맡긴 아름다운 꿩 등으로 나타냈습니다. 이렇게 하나의 의미를 다채롭게 표현한다면 글이 훨씬 더 풍부해지겠지요. 이처럼 글을 다양한 방식으로 표현하는 기술을 바로 수사법이라고 합니다.

수사법이란, 이를테면 떡볶이의 고추장, 자장면의 춘장처럼 음식을 맛깔스럽게 해 주는 양념과 같은 것입니다. 알맞은 양념이 들어갈 때 음식이 맛있어지는 것처럼, 다양한 수사법을 활용할 때 글이 아름다워질 수 있습니다. 수사법은 비유법, 변화법, 강조법 등이 있는데 승화 어린이의 글은 비유법 중에서도 은유법을 사용한 글이랍니다.

그럼, 선생님과 함께 은유법에 대해서 알아볼까요? 승화 어린이가 '내 마음은 고기 잡는 어부' 라고 한 것처럼, 'A는 B이다' 와 같이 표현하는 것이 은유법이랍니다. 내 마음을 '빛나는 나무', '물결치는 벽' 라고 표현한 것 역시 은유법이지요. 이제 은유법이 무엇인지 좀 알 것 같나요? 다른 수사법은 또 다른 기회에 배우기로 합시다.

내 마음을 직접 글로 표현하는 과정을 통해 우리는 다시 한 번 자신의 마음을 들여다보게 되고 생각을 가다듬게 됩니다. 그날그날의 생활을 솔직하게 글로 표현해 본다면 한층 성숙된 여러분을 발견하게 될 것입니다. 지금 여러분의 마음은 어떤가요? 그 마음을 어떤 것에 비유하고 싶은가요? '내 마음' 뿐만이 아니라 '공부' 를 어떤 것에 비유해 봐도 좋고, '컴퓨터' 를 비유해 보는 것도 재미있겠지요.

8. 수사법을 이용해 자유롭게 글쓰기

시간

왕이 나그네의 모습을 하고 지나간다.

시간은 나그네이다. 정말 볼품없는 나그네, 즉 시간을 잡으면 그 시간은 더 이상 나그네가 아닌 왕이 될 수도 있다. 많은 사람들은 시간의 소중함을 모르듯이 시간을 나그네 취급한다. 하지만 시간의 소중함을 알고 잘 쓸 줄 아는 사람은 시간이 그냥 지나가는 나그네가 아니라 왕같이 귀한 손님이라는 것을 알 수 있을 것이다.

－서울 숭인초 6 김승현 「시간」 중에서

통찰력을 키우자 ●━━━━━━━━━━━━━━━━━━━━━━━━

시간을 소중히 여겨 잘 쓸 줄 아는 사람은 시간을 나그네가 아닌 왕으로 맞이한다고 합니다. 시간을 우리 앞으로 지나가는 나그네에 비유한 수사법이 돋보이는 뛰어난 글입니다. 시간을 바라보는 통찰력과 해석이 놀랍네요.

세상에서 가장 공평한 것, 바로 시간입니다. 그 시간을 어떻게 쓰느냐에 따라서 성공하기도 하고, 실패하기도 합니다. 우리는 그렇게 소중한 시간을 그냥 지나쳐버릴 때가 많지요.

여러분은 '시간' 하면 무엇이 떠오릅니까? 눈을 감고 '시간'에 대해 생각해 보세요. 똑딱거리는 시계 소리도 들리고, 봄·여름·가을·겨울 사계절도 떠오르네요. 시간은 눈에 보이지는 않지만 항상 우리 곁에 존재하고 있지요. 그렇다면 보이지 않는 시간을 글로 표현하려면 어떻게 해야 할까요? 여러 가지 방법이 있지요. 시간을 다른 사물에 비유해도 좋아요. 예를 들면 '시간은 강물이다.'처럼 말이에요.

'시간'이란 제목으로 자유롭게 글을 써 보면 시간에 대해 더 많은 사실들을 발견하고, 시간이 가진 놀라운 비밀을 깨닫게 될 거예요.

9. 삼행시로 자기 소개하기

박 : 박수치며 노래할 때 새미는 즐거워요.
새 : 새하얀 노트는 내가 쓰는 보물 1호
미 : 미소 짓는 내 얼굴은 우리집 보물 1호

– 서울 숭인초 3 박새미

참신하게 나를 소개하자 ●──────────

우리는 누구와 만나든 인사를 하게 됩니다. 복도나 계단에서 선생님을 만났거나 길을 가다가 동네 어른을 만났을 때 적당한 거리에서 웃으며 목례를 하게 되지요. 감사나 사과의 마음을 전할 때는 몸을 굽혀 고마움과 죄송함을 표현합니다.

이렇게 인사는 상대방에게 자신의 존재를 알리는 것이랍니다. 여러분은 처음 만난 사람에게 어떻게 자신을 소개하나요? 자신을 좀 더 구체적으로 알리는 소개 방법은 없을까요? 어떻게 하면 상대방이 나를 오래오래 기억할 수 있을지 여러분의 창의력을 동원해 보세요. 자신의 이름자를 넣은 삼행시로 소개할 수도 있겠지요.

선생님과 함께 차근차근 삼행시를 지어 볼까요? 먼저 자신의 이름을 써보고 이름 첫 글자로 시작하는 낱말들을 찾아보세요. 그리고 그것에 맞는 여러분의 느낌이나 생각을 떠올려 봅니다.

박새미 학생이 박수치다, 노래하다, 새하얗다, 미소 짓다 등의 밝은 표현들과 "보물 1호"를 반복하며 마무리한 것이 퍽 인상적입니다. 여러분도 한번 자신을 소개해 보세요. 자기소개가 어렵다면, 먼저 여러분을 나타낼 수 있는 말들을 떠올려 보세요. '나는 무슨 색을 좋아하나?', '가장 감명 깊게 읽은 책은?', '나의 매력 포인트는 무엇일까?' 등을 생각합니다.

보통 우리는 자기소개를 할 때, 처음에는 자신의 이름과 나이, 생일 등을 밝히고, 생김새, 성격 등을 말합니다. 그 다음에는 취미, 특기, 습관, 좋아하는 것, 존경하는 인물 등을 이야기하지요. 끝으로는 장래희망, 가훈, 앞으로의 포부나 결심 등으로 자연스럽게 마무리 짓습니다. 꾸밈없이 자신을 소개한다면 여러분에 대한 첫인상이 상대방의 마음속 깊이 간직될 것입니다.

10. 가족을 비유적으로 소개하기

나무집

안녕하세요? 저는 서울 숭인 초등학교에 다니고 있는 4학년 1반 노해지입니다. 제가 태어난 곳은 서울입니다. 제가 뱃속에 들어 있을 때 어머니께서 크게 놀라신 적이 있으셔서 제 어깨에 동그란 점이 하나 있습니다. 하지만 저는 이렇게 건강하답니다. 그래서 항상 부모님께 감사하지요. 그럼 지금부터 튼튼한 우리 나무가족을 소개하겠습니다.

먼저, 나무뿌리이신 우리 아빠께서는 우리 가족을 위해 항상 열심히 일하십니다. 언제나 가족을 먼저 생각하시고 딸들을 위해 맛있는 것도 많이 사 오시는 우리 아빠가 정말 최고입니다.

그리고 나무 기둥이신 우리 엄마께서는 우리들에게 공부를 잘 할 수 있도록 많은 도움을 주시고 맛있는 음식도 잘 만드십니다. 딸 넷을 키우시느라 많이 고생하시지만 항상 천사처럼 밝게 웃으십니다. 저는 이런 저희 엄마가 자랑스럽습니다. 그래서 저는 항상 웃게 해드리려고 노력할 것입니다.

나뭇가지인 우리 언니는 공주처럼 예쁘고 공부도 잘합니다. 저와 매일 다투고 싸우지만 나중에는 아무 일 없는 듯이 서로 아껴주고 수다도 잘 떱니다. 저는 언니와 이야기할 때가 제일 재미있고 신납니다. 글씨도 잘 쓰고 웃는 모습이 참 예쁜 우리 언니가 부럽습니다.

이제부터는 우리 집 귀염둥이들을 소개하겠습니다. 나무열매처럼 밝고 명랑한 셋째 해린이는 애교가 많습니다. 4살인데 감정표현을 잘하고 모르는 말이 없을 정도로 말을 참 잘한답니다. 해인이 언니처럼 예민하고 잘 삐치는 편이지만 그 모습이 참 예쁘고 깜찍합니다. 해인이 언니와 성격이 비슷해서인지 언니를 잘 따르지요. 해린이가 저도 잘 따라줬으면 정말 좋겠습니다.

막내 나뭇잎아기, 우리 해현이를 소개합니다. 해현이는 저처럼 활발하고 장난도 잘 치는 귀여운 동생입니다. 밥을 너무 잘 먹어서 밥순이, 침을 많이 흘려서 침순이라고 우리 가족은 부릅니다. 자고 일어났을 때 부시시한 스타일이 해현이에게는 잘 어울립니다.

나무에 앉아서 노래 부르는 새, 저는 우리 집에서 둘째이며 엄마, 아빠께 칭찬도 많이 듣지만 꾸중도 많이 듣습니다. 열심히 하면 잘할 수 있는데 열심히 안하는 이유로 부모님께 혼나는 것이지요. 그래서 꾸중 들었던 그런 버릇들을 버리려고 노력하고 있습니다.

나무집인 우리 가족은 독특하고 화목한 가족이랍니다. 앞으로도 우리 가족들은 서로를 위해서 노력하고 아껴주는 멋진 가족이 될 것입니다.

-서울 숭인초 4 노해지

소개를 할 때는 햇빛에 반짝이는 잎사귀같이 선명하게 ●━━━━━━━

여러분은 엄마, 아빠, 언니, 동생을 무엇에 비유할 수 있을까요?

먼저 우리 가족의 특징들을 하나하나 적어 보세요. 가족을 한 단락씩 구성하는 것도 깔끔한 글을 쓸 수 있는 방법 중 하나겠지요? 자신만의 방법으로 가족을 소개해 봅시다. 어떤 방법으로 소개해야 가정의 화목함이 가장 잘 표현될지 생각의 징검다리를 놓아 보세요. 산이든 강이든 마음이 닿는 곳에 생각의 길이 열릴 것입니다.

그렇다면 소개의 글은 어떻게 써야 할까요? 소개문은 사실대로 써야 합니다. 지나치게 꾸미거나 과장된 표현은 쓰지 않도록 합니다. 소개문은 형식이 정해져 있는 것이 아니므로 솔직하고 자연스럽게 쓰되 짜임을 갖추어 쓰는 것이 좋답니다. 그리고 겉모습만 소개하지 말고 내면세계를 그릴 수 있으면 더욱 좋겠지요. 자신이 무엇을 좋아하는지, 무엇을 잘하는지, 어떤 꿈을 가지고 있는지 등 마음을 나타내는 것이 중요합니다. 이렇게 쓴 소개문은 좋은 첫인상을 주게 되지요.

또한 소개문을 쓰는 목적이 어디에 있는지를 알고 써야 합니다. 생각 없이 쓰는 소개문은 간이 안 된 국과 같이 맛이 없고 싱거워서 누구의 관심도 받지 못하니까요.

앞으로 자기를 소개해야 할 때가 점점 더 많아질 것입니다. 상급학교에 진학할 때, 회사에 입사할 때 등 자신을 소개해야 하는 경우가 계속 생긴답니다. 소개를 잘하면 햇빛에 반짝이는 화사한 잎사귀 같이 자신의 모습을 선명하게 드러낼 수 있습니다. 상대방의 기분도 좋아지겠지요.

소개는 서로 잘 알지 못하는 사람들 사이를 이어주는 마음의 통로랍니다. 소개를 통해 서로의 마음이 열릴 때, 그 마음나무에는 새순이 돋아날 것입니다.

11. 섬세한 관찰이 담긴 소개문 쓰기

우리 학교

은평구 수색동에 위치한 우리 학교의 이름은 수색 초등학교이다. 운동장은 건물 하나가 지어져도 남을 만큼 넓고 넓다. 정문 쪽의 놀이터에는 우거진 정글 같이 복잡한 정글짐과 씨름판이 연상되는 모래판이 있다.

어느 왕조의 건물 양식을 옮겨놓은 듯 격이 있어 보이는 강당은 겉보기에도 멋지지만 안으로 들어가면 더 실속이 있다. 시원한 나무 바닥으로 되어 있는데 여덟 개 학급이 들어가도 자리가 남는 꽤 넓은 공간이다. 우리 학교는 이같이 크고 넓은 대강당과 두 반이 들어가도 거의 꽉 차버리는 소강당이 있다.

정문 앞에는 등나무 교실이 있는데 그 등나무 이파리들이 마치 겨울의 눈꽃 같다. 등나무 그늘 아래 벤치에는 몇 분의 할머니들이 도란도란 말씀을 나누고 계시다.

나무와 꽃이 있는 담장을 따라 쭈욱 올라가다 보면 후문 쪽으로 작은 놀이터가 우리를 반긴다. 후문이 바로 보이는 꽃밭에서는 분홍빛, 붉은빛 철쭉이 봄을 맞을 준비를 다했다고 눈웃음친다. 한 옆에는 쓰레기 분리수거장이 있지만 쓰레기 분리수거가 깨끗하게 잘 되어 있어서 마음도 한결 깨끗해진다.

놀이터에서 시소, 미끄럼틀을 탈 때에는 눈이 가는 곳마다 나무와 풀들이 많이 자라고 있어 볼 적마다 기분이 좋다. 나무의 잎새가 비온 뒤 새싹같이 빛나고 있다.

'우리 학교 최고야!' 생각하며 고개를 돌리니 정문 가는 곳에 아아, 노란 전구 같은 개나리꽃이 우리 학교를 밝게 비추고 있는 것이다. 그 위 계단을 따라 올라가면 내 친구 연아의 볼과 같이 분홍빛을 띤 벚꽃이 배시시 웃으며 반겨 준다.

지금 내 옆에는 강당 뒤에 자리한 단군 상이 마치 우리 학교를 지켜 주듯 든든하게 버티고 있다. 이렇게 멋진 학교를 다니고 있다고 생각하니 기분이 좋아진다.

– 서울 수색초 6 전애림

먼 훗날에도 기억 속에 남을 ●

눈꽃 같은 등나무 이파리, 학교를 비추는 전구 같은 개나리, 친구의 볼을 닮은 벚꽃 등 학교를 소개하는 표현 속에 학교에 대한 사랑과 세심한 관찰력이 드러납니다. 1학년 동생들이 처음 입학해서 학교에 대해 물어본다면, 여러분은 뭐라고 말해 줄 것인가요?

선생님과 함께, 학교를 소개할 때는 어떤 형식으로 글을 쓰는지 생각해 봅시다. 첫머리에는 학교의 이름, 위치, 역사 등을 씁니다. 다음에는 학교의 자랑거리를 써 보는 것도 좋지요. 좋은 선생님들, 넓은 운동장, 근사한 학교 건물 등과 같은 자랑을 마음껏 해 보세요. 끝으로는 자신의 바람이나 생각을 적어 매듭짓습니다.

이렇게 학교를 소개하는 글을 쓰다 보면, 예전에는 알지 못했던 학교에 관한 것을 알게 되면서 학교를 사랑하는 마음이 더욱 커질 거예요. 자기만의 시각으로 학교를 표현해 보는 것은 모교에 대한 애정을 키우면서 동시에 관찰력을 기르는데 도움이 될 것입니다. 자신의 글 속에 등장한 장소는 자신만의 생각과 표현이 담겨 '내 것'이 됩니다. 먼 훗날에도 자신이 쓴 그 구절들은 고스란히 남아 잊히지 않을 것입니다.

교우 여러분! 안녕하십니까?

연은 초등학교 어린이회장 후보 기호 1번 조효정입니다.

저는 연은의 일꾼이 되고 싶어 이 자리에 나왔습니다.

연은의 샛별, 어린이 여러분!

하늘에는 태양이 하나!

바다에는 등대가 하나!

어린이 여러분과 제 마음도 하나!

일상적인 것은 싫습니다. 일시적인 사탕발림은 더욱 싫습니다. 일벌레 조효정이 일터 연은에서 일어나 뛰겠습니다. 조금의 후회도 없을 단 한번의 선택! 1번은 진정한 연은의 일꾼입니다. 연은에 의한 연은을 위한 연은의 준비된 일꾼입니다. 믿어 주십시오, 밀어 주십시오.

-서울 연은초 6 조효정

발표자에게도 재미있고, 듣는 사람에게도 흥미 있는 내용으로 ●─────
어떤가요? 효정 어린이의 짧지만 분명한 주장이 와 닿지요.

여러분은 많은 사람들이 모인 자리에서 발표를 하기 위해 대중 앞에 서 본 적이 있나요? 두근두근 떨리는 순간에 많은 사람들에게 자신의 의견을 전달하기란 쉬운 일이 아니지요. 그래서 쓰는 글이 소견문이랍니다. 소견문이란, 많은 사람 앞에서 자신의 확실한 생각을 전달하기 위해 연설하기 전에 미리 써 보는 글입니다. 아무리 뛰어난 웅변가라도 소견문을 쓰지 않고서는 자신의 주장을 펼치기가 어렵지요.

그렇다면 소견문은 어떻게 써야 할까요? 먼저 자신이 누구인지를 밝히는 데서부터 시작합니다. 어느 학교, 몇 학년 몇 반, 이름을 밝힌 다음 여러분이 무엇을 말하고자 하는지 이야기를 풀어나가면 됩니다. 그 다음에는 연설의 중심이 되는 부분을 씁니다. 자신의 주장을 간결하고 창의적인 문장으로 쓰되, 주장하는 내용이 다른 생각으로 흘러가서는 안 됩니다. 예를 들어 보이거나, 근거를 내세우는 것은 여러분의 주장을 뒷받침해 주는 든든한 버팀목이 될 것입니다. 끝으로 본론에서 말한 것을 다시 한 번 요약하여 자신의 생각과 주장을 분명하게 강조합니다.

이처럼 소견문은 여러분의 주장을 분명하게 내세워 듣는 사람들을 설득시키려고 쓰는 글이랍니다. 자신의 주장을 밝혀 친구들의 마음을 움직이는 것입니다. 그러기 위해서는 발표자에게도 재미있고 듣는 사람에게도 흥미 있는 내용으로 주의를 집중시켜야 합니다. 그렇다고 주장의 내용이 단순히 재미만 있어서는 안 되지요. 전달하고자 하는 내용이 또렷해야 하는 것은 물론이고, 가치 있으며 유익함을 줄 수 있어야 합니다. 내용이 엉뚱한 방향으로 흘러서도 안 되겠지요. 또한 소견문을 발표할 때에는 정해진 시간 안에 자신이 말하고자 하는 내용을 충분히 나타낼 수 있어야 합니다.

13. 가장 좋아하는 낱말로 제목 짓기

아버지

1995년 8월 23일, 그날은 비가 주룩주룩 내렸다. 내 나이는 여섯 살! 내가 아는 거라고는 먹는 것과 잠자는 것, 그리고 가족과 주위의 친척들 정도였다. 그때 나는 9일 동안이나 사촌들과 함께 지낸다는 것이 마냥 좋았다. 하지만 왜 한 집에서 그렇게 여러 날을 같이 보내야 하는지는 알지 못했다.

그곳은 익산의 할머니 댁이었다. 모든 사람들이 다 검거나 흰 옷을 입고 다녔다. 표정은 침울하였고 별로 말도 없었다. 무심코 방안으로 들어가니 거기엔 아버지 육남매가 계셨다. 방 한 가운데는 할머니 사진이 걸려 있었다. 지금은 뉴질랜드에 사시는 큰 엄마는 나를 붙잡고 "도전아, 어떡하니⋯⋯." 하는 말만 되풀이 하셨다. 조금 있다 둘째 고모가 들어오시더니 엎드려 대성통곡을 하셨다.

나는 그제야 비로소 할머니가 돌아가셨다는 걸 알았다. 그 옆에서 아빠는 울고 계신 둘째 고모를 부축하셨는데 전혀 울지 않으셨다. 아빠는 다 같은 자식인데 왜 울지 않으실까? 어린 마음에도 나는 생각을 했고 내 나름대로 결론을 내렸다. "아, 남자는 울어서는 안 되는 것이로구나." 하고 말이다.

그 뒤로 나는 그때의 깨달음대로 어떠한 크고 작은 일이 생겨도 울지 않았다. 그것이 남자다움이라는 생각 때문이었다.

몇 년 뒤 12월 8일, 바람이 심하게 불던 날, 외할머니께서 돌아가셨다. 어릴 적부터 10여 년을 같이 사시며 언제나 우리 편이 되어 주셨던 외할머니께서 다시는 돌아올 수 없는 먼 길을 가신 것이다. 엄마 아빠가 믿는 원불교식으로 49제를 지내는데, 마지막 종재에서 엄마가 고사를 읽으실 때 주위 사람 모두가 흐느끼고 있었다. 엄마는 말씀을 제대로 잇지도 못하셨다. 동생도 울고 사촌 누나, 형들도 울고 거기 모인 오, 육십 명의 사람들 중 울지 않은 사람은 나밖에 없었을 것이다.

다음날, 엄마는 정색을 하며 나를 나무라셨다. 네가 어떻게 그럴 수 있냐고, 할머니께서 어떻게 키워 주셨는데 너는 감정도 없느냐고 하시며 무척 섭섭해 하셨다. 나는 아무 말도 할 수 없었다.

'아! 내가 왜 울지 않았을까?'

나는 아빠를 원망하였다.

'아빠! 그 때 왜 울지 않으셨어요? 왜 안 우셨어요? 제가 지금 이렇게 감정도 없는 아이가 되어버렸잖아요.'

이 말을 나는 머릿속으로 수천 번은 되뇌었을 것이다. 그렇게 아빠를 원망하기도 처음이기 때문에 내가 받은 충격은 의외로 컸다. 지금껏 내가 가장 철저하게 지켜왔던 것들이 허무하게 무너지는 순간이었다. 자연스럽게 아빠한테서도 점점 멀어져 갔다. 학원을 갔다가 집에 들어오면 "다녀왔습니다."라는 푸석푸석한 말투와 함께 방으로 들어가거나 아니면 텔레비전에 시선을 고정시킨 채 하루를 보내고는 했다. 태어나서 엄마라는 말보다 아빠라는 말을 먼저 했을 정도로 좋아하던 아빠인데 말이다.

그렇게 시간이 흘러 나는 6학년이 되었다. 그리고 전국시조백일장에서 차상이라는 큰 상을 받게 되었다. 친척들부터 시작해서 주위 모든 사람들이 자기 일처럼 축하해 주었다. 그 소식을 듣고 제일 먼저 나한테 전화를 걸어준 사람은 바로 아빠였다. "축하한다." 비록 아빠는 짧게 한마디 하셨지만 전화기 너머로는 기쁘셔서 어쩔 줄 모르는 모습이 머릿속에 떠올랐다.

그리고 우연히 엄마께 들은 이야기지만, 내가 상을 탔다고 주위 사람들에게 싱글벙글 알린 게 바로 아빠라는 사실이었다. 난 뭔가 망치로 머리를 퉁 얻어맞은 기분이었다. 그동안 아빠를 멀리해 왔던 나 자신이 아주 오래된 필름처럼 흐릿하게 스쳐 지나갔다. 그리고 난 아빠에게 바로 전화를 걸었다.

"아빠, 오늘 목욕탕 같이 가지 않으실래요?"

– 서울 갈현초 6 이도전

무엇을 어떻게 쓸까, 마음에 귀를 기울이자 ●───────

여러분도 '아버지'라는 이름을 들으면 기분이 좋아지나요? 아버지의 모습을 본받으려고 한 도전이의 마음가짐에 공감이 가네요. 도전이의 솔직하면서도 아빠를 사랑하는 마음이 잘 담겨 있습니다.

하늘, 사랑, 친구, 엄마, 이름 등 많은 단어 중에 여러분은 어떤 단어를 좋아하나요? 여러분이 좋아하는 단어로 글을 써 본 적이 있나요? 좋아하는 단어로 글을 쓰면 더 좋은 생각, 재미있는 아이디어가 샘솟을 거예요. 마음에 귀를 기울이고 그 생각들을 하얀 종이 위에 펼쳐 보세요. '무엇을 쓸까'와 '어떻게 쓸까'라는 생각이 어우러져 여러분 머릿속은 온통 생각의 놀이터가 될 것입니다.

순수함의 날

"얏호! 드디어 시작이다!" 아침 7시부터 나는 난동을 부렸다. 엄마 아빠가 집 안이 들썩들썩한 나의 소란에 눈을 뜨셨다. 나는 무조건 미래에 내가 들어갈 대학교에 가보자고 떼를 썼다. 하지만 나의 라이벌 이관희의 등장으로 경복궁을 먼저가고 ○○대에 가기로 하였다. 관희는 옛날 임금님께서 사셨던 경복궁의 이모저모를 보고 싶어 했다. 호기심이 발동한 나 역시 관희의 손을 들어주었다.

경복궁은 아주 화려하였다. 특히 근정전은 우리 조상들의 지혜와 재주를 볼 수 있었다. 하지만 불에 탄 집터만 남은 곳도 있었다. 나는 우리나라의 훌륭한 문화재를 보호해야겠다고 다짐하였다. 어린이 박물관에서는 삼국시대의 옷들과 문화를 보았다. 우리나라의 문화가 이렇게 아름다운 줄 오늘 알았다. 내가 제일 멋지게 본 것은 검(刀)이었다. 용맹이 들어있는 듯 번쩍번쩍 빛나고 있었다. 또 신라의 눈부신 왕관과 백제의 불꽃모양 머리장식 앞에서는 입을 다물지 못하였다. 그리고 경회루는 우아하고 근사하였다. 맑은 연못, 헤엄치는 물고기, 물 한가운데 아름다운 집 – 아마 임금님께서 나라 일을 보시다가 힘이 드시면 이 곳에서 쉬다 가셨겠지 하는 생각이 들었다. 이런 경복궁에 오게 해 준 관희가 고맙다.

드디어 내가 원하는 대학, ○○대학교에 가게 되었다. ○○대에 도착, 웅장한 정문 안으로 들어서니 감동의 산사태가 몰려왔다. 건물마다, 건물의 이름마다 내 마음을 감동으로 적셨다. 유럽에 가보지는 않았지만 건물들이 유럽의 건물 같았다. 8년 후에 내가 갈 수 있다는 자신감이 차올랐다.

'○○대여, 기다려라, 내가 간다!'

나는 반드시 ○○대에 합격할 것이다. 그리고 나의 꿈을 활짝 펼칠 것이다. 나는 관희와 잔디밭에서 뒹굴기도 하고 나무들을 안아보기도 하고 멋진 건물들을 계속 바라보기도 하면서 기념사진도 찍었다. 이렇게 ○○대 안에서 찍은 작은 사진은 내 보물 1호가 될 것이다.

　우리는 ○○대 도서관에도 가 보았다. 형, 누나들 한 사람 한 사람이 무척 진지해 보였다. '나도 저 형, 누나들처럼 모범생이 되어야지.' 하고 굳게 다짐했다.

　어느덧 해가 서쪽으로 기울고 있었다. 아참, 한 가지 잊어버린 게 있다. 부모님 앞에 가서 관희와 함께 "엄마, 아빠 감사해요." 말씀드려야지.

– 서울 갈현초 4 이환희

확고한 가치관과 의지를 갖자 •────────────

　확고한 가치관을 가지고 미래의 자기 모습을 그려나간 환희 어린이의 의지가 훌륭하지요. 의지만 훌륭한 게 아니에요. 글은 또 얼마나 잘 썼어요? "얏호!"로 시작한 첫 문장에서부터 새아침의 희망을 짐작하게 합니다. 우리 문화재를 사랑할 줄 아는 관희, 자신이 들어갈 대학교까지 정해놓은 환희. 대한민국의 미래를 보는 것 같아 믿음직합니다.

　우리말이 얼마나 아름답나요? 시작, 미래, 지혜, 합격, 감동, 자신감, 꿈, 도서관, 다짐, 눈부시다 등 특별히 마음에 품은 낱말을 넣어 글을 써 봅시다.

오세암과 펜홀림체

"오세암"을 읽으면서 나는 '펜홀림' 체가 떠올랐다. 하얀 폭설이 온 산하와 암자를 뒤덮은 밤, 엄마를 그리다 끝내 부처가 된 길손이를 생각하면 왠지 펜홀림체를 닮았다는 생각이 든다. 그 글씨체는 지금 시대하고는 어울리지 않는다. 7,80년대에 일일이 손수 쓴 러브레터 같다.

"나도 마음의 눈을 뜨고 싶어, 그래서 우리 감이 누나한테 이 바깥세상을 더 잘 말해 주고 싶어."

잘 손질된 정원보다 시골 뒤란을 생각나게 하는 이 이야기는 펜홀림체로 쓰면 잘 어울릴 것 같다. 나는 이제부터 컴퓨터 글씨체 하나하나에도 그 의미와 감정을 생각해 보아야겠다. 길손이처럼 순수하게 살아간다면, 마음의 눈을 뜰 수 있을 것 같다.

– 서울 숭인초 5 강유나

개성이 담긴 살아 있는 글쓰기●────

유나 어린이의 독창성에 반하지 않을 수가 없네요. 독창성이란 존재하지 않던 것을 생각해 내는 것입니다. 예를 들어, 1950년대에 누가 초고속 인터넷의 보급을 생각했겠습니까? 우리는 지금 세계 각국의 사건들을 안방에 앉아서 보고 듣고 있습니다. 이것은 남이 생각지 못했던 새로운 생각을 실현하기 위해 노력한 사람들 덕분에 가능했던 일입니다.

'오세암'이라는 글을 읽고 글씨체를 떠올린 것은 아무도 생각해 내지 못한 유나 어린이만의 창의성입니다. 이와 같이 자신만의 독특한 개성을 담아 살아있는 글쓰기를 해 보세요. 남의 글을 모방한다는 것은 죽은 글을 쓰는 것과 같습니다.

겨울의 선물

새가 파랗고 푸른 바닷가 같은 하늘을 놀아 달라고 빙글빙글 돌며 짹짹거립니다. 하늘은 움직이진 못하지만 마음으로 새들과 놀아주지요. 눈송이들이 나뭇가지들을 한꺼번에 잡아먹었습니다. 욕심이 되게 많은가 봅니다.

오늘은 눈이 와서 꼭 희망이 눈 속에서 나와 제 마음속으로 들어갈 것 같습니다. 제 마음속에 희망이 들어간 이 멋진 날에 우리 가족은 시골로 발길을 옮깁니다.

기차를 타고 시골로 가는 길은 온통 눈이 내려 하얀 안개꽃다발 같습니다. 드디어 시골에 도착! 기차도 여기까지 오느라 수고 많았겠어요. 이제 곧 시골집이 보일 겁니다. 소금밭 같이 빛나는 시골길의 끝에 우리 할아버지 할머니가 살고 계시지요.

하얀 눈이 쌓인 시골길은 꼭 하얀 코트를 입은 것만 같아요. 길들이 갈아입은 깨끗한 옷을 밟으려니 미안하기만 합니다. 솜처럼 하얀 옷 말이에요. 그래도 길들의 도움으로 할머니, 할아버지를 만나러 무사히 왔어요. 이 추운 겨울 날씨에 할아버지와 할머니는 햇살처럼 저를 꼬옥 안아주십니다.

저는 밖으로 나가 세상을 구경합니다. 나무, 산, 냇가, 바위, 논들도 저를 노래하며 반겨줍니다. 나도 모르게 웃음이 사르르 지어집니다. 냇가에 물이 반짝반짝 빛이 나도록 얼자 물고기들은 숨이 막히는지 자꾸 나오려고 합니다. 저는 그 모습을 보고 걱정이 됩니다. 근데 벌써 누군가 와서 까만 페인트로 밖을 칠해 놓았군요. 밤이 된 거지요. 우리는 이불 속에 쏙 들어가 소리를 끌끌 내며 깊은 잠을 잡니다.

다음날 아침 까치가 시골집에 놀러왔습니다. 우리는 하얀 눈밭에 푹 엎드립니다. 차갑지만 저에겐 따스하게만 느껴집니다. 우리는 눈을 치우며 썰매를 타러 나지막한 산으로 살짝 다가가 안깁니다. 우선 그 산에게 고맙다고 인사를 해야죠. 그 다음 신나게 썰매를 탑니다. 꼭 하늘을 나는 듯한 기분이 듭니다.

근데 눈들이 자기 집인 줄 알고 신발 속으로 들어가서 따뜻하니깐 녹아버리네요. 양말이 흠뻑 젖었어요. 우리는 꽁꽁 언 발로 할머니 집으로 돌아옵니다. 근데 잠깐! 오리도 눈썰매를 타고 갔나 보군요. 오리 발자국이 나란히 보입니다. 우리도 오리처럼 뒤뚱뒤뚱 걸을 수밖에 없습니다. 두발이 눈 속에 푹푹 빠지거든요.

시골집에 도착하자 할머니께서 언 손을 꼭꼭 잡아주시고 양말은 따뜻한 아랫목에 말리십니다. 우리는 오순도순 이야기하며 밥을 맛있게 먹고 아쉽지만 기차역으로 갑니다. 기차를 타고 오는 길에 우리는 생각합니다. 이것은 시골이 준 귀한 선물이라고……

-서울 선일초 3 유수진

상상하면서 느끼면 표현이 달라진다 ●────────

여러분, 조용히 눈을 감고 수진이 할머니 댁 풍경을 그려 보세요. 마치 히얀 눈밭에 까치 한 마리 날아 앉은 듯, 사르르 기쁨이 피어납니다. 이렇게 좋아하는 계절을 글로 표현해 봄으로써 여러분이 보고 느낀 자연에 애정을 갖게 된답니다. 같은 거리를 걸어도 그냥 보고 지나치는 것과, 계절에 따라 그 오묘한 변화를 느끼며 길을 걷는 것과는 표현력에 있어서 확연히 다르지요. 섬세한 표현을 위해, 한 번 더 나무를 바라보고, 한 번 더 하늘을 쳐다보세요. 사계절을 가진 대한민국에 사는 것, 그 자체가 여러분에게 크나큰 축복이 될 것입니다.

여러분은 어떤 계절을 좋아하나요?

17. 자연을 소재로 동시 쓰기

하늘

우리 가족 하늘 보고
소원을 빌자

하늘이 우리를 보고 웃는다
우리는 마음의 비행기 타고서
훨훨훨 날아간다

하늘은 몇 억 년 뒤
눈감고 잠을 잘까
세상 사람이 죽으면
하늘도 눈 감을까

한 사람 태어나면서
하늘 눈도 커진다.

–안산 성포초 4 채희준

가슴속 시적 감각을 깨워요 •————————

"한 사람 태어나면서/하늘 눈도 커진다"라는 시구가 희준 어린이만의 새 생각, 바로 빛입니다.

여러분, 저 하늘을 한번 바라보세요. 선생님은 여러분이 하늘을 보며 무슨 생각을 할지 궁금해집니다. 비록 높은 빌딩이 들어서고 로켓이 날아가는 세상이지만, 하늘에 대한 동경과 신비는 사라지지 않습니다. "하늘은 몇 억 년 뒤/눈감고 잠을 잘까." 하늘을 통해 느끼는 희준 어린이만의 발견이지요. 이것을 시적 영감이라고 한답니다. 사물이든 자연이든 어떤 것이든 우리 주위에 있는 모든 것들은 여러분이 가진 생각의 망에 걸리면 곧바로 시의 재료가 된답니다. 그것들이 여러분 가슴속에 시적 감각을 넣어 줄 것입니다.

시(詩)란, 눈 여겨 살피고 마음으로 느껴 깊어진 생각을 리듬에 맞춰 낱말 하나하나에 빛을 던져 주는 일입니다. 그렇다면 그 빛이란 무엇일까요. 제목을 통해 떠오른 여러분만의 새 생각입니다.

시에는 연과 행이 있어요. 행은 리듬에 맞춰 한 줄씩 나의 새 생각을 쓰는 것이고, 이러한 새 생각이 하나로 묶인 '생각 묶음' 이 바로 연이랍니다. 시는 다른 글과는 달리 매우 짧아요. 그만큼 내 생각이 간결하게 담겨 있어야 합니다. 아직도 시가 어렵나요?

글을 쓸 때 맨 처음 무엇을 쓸까 고민하게 되지요. 예를 들어, '소나무' 라는 제목으로 시를 짓는다면 다른 나무와는 다른 소나무만의 특징을 찾아내야겠지요. 소나무 아래 있을 때 어떤 느낌이 들었나요? 푸른 하늘이 펼쳐졌나요? 은은한 달빛이 보였나요? 여러분의 경험을 통해 떠오르는 낱말, 문장, 이야기, 사건 등 본 대로 느낀 대로 써 보는 것입니다. 다음에 어떤 내용이 먼저 들어가야 할지, 어떤 부분을 어디에 넣어야 좋을지 나만의 시의 집을 짓기 위해 설계를 해야겠지요.

그다음 소리 내어 읽어가노라면 더하고 싶은 부분과 빼고 싶은 부분이 저절로 떠오른답니다. 그렇게 정리된 생각들을 작은 묶음으로 묶어보세요. 하나의 연이 완성될 거예요. 어느덧 리듬을 탄 글을 발견하게 될 것입니다. 이렇게 재미있는 시를 만들어 보세요. 시에 특별한 규칙이 있는 것은 아니에요. 내 생각을 써 보고 이를 다듬어서 리듬과 느낌을 담으면, 아름다운 시 한 편이 탄생하는 것이랍니다.

새싹

꽃 한 송이가
만든 자그마한 꽃씨 하나

땅이 보살피고
바람과 비가 보살피고
햇빛이 보살피고
작고 귀여운 새싹

땅이 행복하고
바람과 비가 행복하고
햇빛이 행복하고
행복한 꽃씨 하나

새 잎이 돋고
땅과 바람과
비, 햇빛에게 감사했다.

예쁘고 자그마한 꽃이 피자,
꿀벌과 나비가 안녕하고 간다.

— 서울 숭인초 3 신윤우

갓 머리를 내민 새싹처럼 ●━━━━━━━━━━━━━━━

봄이 되면 겨우내 움츠렸던 새싹들이 세상 밖으로 힘차게 얼굴을 내밉니다. 자그마한 씨앗 하나 싹 틔우려고 땅, 바람, 비, 햇볕이 함께 모여 보살핍니다. 한 송이 꽃이 피기 위해서는 따뜻한 햇살과 살랑거리는 바람뿐만 아니라, 한낮의 강한 햇볕과 모진 바람, 굵은 장대비도 마다하지 않아야 합니다. 그제야 씨앗은 땅속 깊이 뿌리를 내리고 꽃을 피울 수 있는 것이지요.

여러분의 시 한 편, 글 한 편도 그냥 만들어지지 않습니다. 창의력은 부단한 노력 뒤에 피어나는 꽃과도 같은 것입니다. 갓 머리를 내민 새싹처럼, 여러분의 글도 작고 여리지만 세상 어떤 글보다 환하게 다른 사람들의 마음을 감동시킬 것입니다.

19. 사물 사이의 연결 고리 찾기

나의 꽃밭

따뜻한 엄마 품
형아와 나의 꽃밭
우리가 함께 웃으면
풀꽃도 따라 웃는다

아침에는 우리가
사랑을 전하고
점심에는 우리가
행복을 전하고
저녁에는 기분 좋아 웃는다
하하하 신이난다

– 서울 숭례초 3 윤정민

차곡차곡 채워 두었던 생각주머니를 터뜨려 보자 ●────────────
여러분도 정민 어린이처럼 꽃밭을 엄마 품이라고 생각해 본 적이 있나요? 정민 어린이의 생각과 마음을 리듬이 있는 글자로 옮겨 놓은 것, 이것이 바로 시랍니다. 아침, 점심, 저녁의 화목함과 평화로움을 시간의 흐름에 따라 나타냈습니다.

이렇게 꽃밭을 바라보며 아늑한 엄마 품을 떠올리는 것처럼 여러분도 그동안 차곡차곡 채워 두었던 생각주머니를 터뜨려 봅시다. 아무런 관계가 없어 보였던 만물이 신기하게도 서로 관련되어 있다는 것을 알게 될 것입니다.

20. 자연이 담긴 동화 쓰기

하늘과 바다와 산

평화로운 6월의 어느 날, 하늘과 바다와 산이 만났습니다.

바다 : 안녕? 녀희들은 어떤 물고기가 있니?

산, 하늘 : 물고기가 뭔데?

바다 : 내가 오대양을 다 돌아다녔지만 물고기를 모른다는 애는 처음 본다. 꼬리를 흔들며 물속에서 헤엄치는 물고기 말이야.

산 : 그런 건 모르는데, 그럼 너희는 무슨 동물이 있어?

하늘, 바다 : 그건 또 뭐야?

산 : 내가 백두산, 한라산, 뒷산, 앞산 다 가봤는데 동물 모른다는 애는 처음 본다. 몰라? 네 발이나 두 발로 걸어 다니며 풀이나 고기를 먹는 친구들 말이야.

하늘 : 아직도 모르겠는데, 그럼 너희는 무슨 새가 있어?

산, 바다 : 새? 새가 뭔데? 입는 거니?

하늘 : 아이고, 답답해. 새 몰라? 두 날개로 하늘을 날아다니는 새 말이야.

산 : 오, 녀희들 상상력이 풍부하다. 그런 동물을 생각하다니.

바다 : 누가 할 소리!

하늘 : 내 말이 그 말이야!

그때, 자그마한 조약돌 할아버지께서 한마디 하셨다.

조약돌 : 얘들아, 서로의 모습과 생활은 다 다를 수도 있는 법이란다. 나도 경험해 봤지. 모래를 만났을 땐 작다고 놀리고, 바위를 만났을 땐 크다고 놀렸거

든, 하지만 서로의 다른 모습을 존중해 주지 않으면 자신에게 해만 될 뿐이란다.

조약돌 할아버지의 말씀을 듣고, 하늘과 바다와 산은 서로 사과했습니다. 그리고 선물을 주었답니다. 검은 빛깔의 옛 바다에게 하늘은 푸르름을 주고, 가끔 내리는 비로 겨우 목마름을 달래던 산에게 바다는 연못을 선물하고, 바다와 산은 힘을 합쳐 하늘에게 뭉게뭉게 구름을 선물했습니다. 만약 세 친구들이 화해를 하지 않았더라면 지금의 바다는 시꺼멓고, 산은 메말랐으며, 하늘은 텅 비어 있을지도 모릅니다.

- 서울 선일초 3 최희찬

당연한 것을 달리 보고 새롭게 표현하자 ●━━━━━━━━

재미있게 읽었나요? 우리가 늘 당연하게 생각하며 보아왔던 푸른 바다, 산속 연못, 하늘의 뭉게구름이 이 세 친구들의 화해 덕분이라는 생각, 얼마나 신선한가요? 이렇듯 창의력은 '당연한 것을 새롭게 보고 느끼고 표현하는 힘'입니다.

여러분은 어렸을 때부터 낡은 동화를 섭해 봤을 거예요. 명작 동화, 전래 동화, 외국 동화, 이솝 우화, 위인 동화, 애니메이션 동화 등은 우리에게 익숙하지요. 요즘에는 보길도 은빛 모래알만큼이나 수많은 이야기들이 창의력 요술단지에서 반짝이고 있습니다. 지혜 동화, 감성 동화, 수수께끼 동화 등 많이 있지요. 이처럼 여러분 마음에 있는 정서의 문을 가만히 열어 주어 아름다운 꿈과 용기를 키워 주는 것이 동화랍니다.

자, 그럼 계속해서 친구들의 영롱한 꿈과 상상력을 살펴볼까요? 여러분도 그동안 마음속 깊이 그려 왔던 동화 나라를 색칠해 봅시다.

동물학교 회장 선거

동물학교 5학년 1반에 회장 선거가 열렸습니다. 회장선거에는 모두 열 마리나 출마하였습니다. 드디어 시작!

우리 반에서 가장 몸집이 작은 벼룩이 나왔습니다.

"제가 만약 회장이 된다면……."

벼룩은 한참 동안 말했습니다. 하지만 너무 목소리가 작아 아무도 듣지 못했습니다. 두 번째는 우리 반에서 가장 성실한 오소리가 나왔습니다.

"아, 저는 식물 가꾸는 거에는 자신 있습니다. 저를 회장으로 뽑아 주신다면 우리 반의 화분들을 정성껏 가꿀 것입니다. 빨리 하진 못하지만 성실히 할게요. 날 뽑아 줘요."

오소리는 느릿느릿 말했습니다. 다음으로는 우리 반에서 힘이 가장 센 오랑이가 나왔습니다.

"어흥! 나를 안 뽑으면 너희들 급식, 다 빼앗아 먹을 테다!"

오랑이의 '어흥' 한 번에 모두들 놀라 겁을 먹었습니다. 그러자 오랑이는 모두들 겁을 먹어서 자기를 뽑아줄 줄 알고 씨익 웃으며 들어갔습니다. 이번에는 우리 반에서 가장 빠른 말차례입니다.

"히히힝, 나를 회장으로 뽑으면 매일매일 간식으로 웰빙 야채를 제공해 줄 거야!"

짝짝짝- 당근을 좋아하는 토끼만 열심히 박수를 쳤지만 야채를 싫어하는 곰은 투덜투덜 댔습니다. 다섯 번째로 독수리가 나왔습니다. 독수리는 커다란 날개를 활짝 펼쳐 펄럭거리면서

"나 독수리를 회장으로 뽑아주면 소풍갈 때, 집에 갈 때 내 등에 태우고 데려다 주겠어."

하지만 아무리 커다란 독수리의 날개도 코끼리를 태우기에는 역부족입니다. 날개를 뽐내는 독수리를 밀치며 이번에는 우리 반에서 가장 빠른 치타가 나왔습니다.

"어머머 너희들 참 웃긴다. 회장은 심부름꾼 아니니? 심부름을 잘하려면 나처럼 발이 빨라야 하는 거라고. 나보다 발 빠른 동물 있으면 나와 봐."

모두들 말이 없었습니다. 치타는 정말 빠르거든요. 치타는 의기양양하게 제자리로 왔습니다. 다음으로는 우리 반에서 가장 순한 양입니다.

"얘들아, 날 뽑아줘……."

쑥스러워서 제대로 말도 못하고 얼굴만 빨개져서 내려와 버렸습니다. 그런 양을 놀리며 원숭이가 앞에 나와 섭니다.

"흥흥, 아무리 너희들이 그래도 우리 반의 회장은 바로 나, 원숭이가 돼야 해. 내가 회장이 되면 우리 반을 열심히 공부시켜서 1등반을 만들 거야. 너희들하곤 확실히 차이 나는 바나나 귀족인 내가 우리 반 회장이 되어야 하지. 흠흠."

공부 잘한다고 으스대는 원숭이가 얄밉기만 합니다. 공부만 하느라 의자에 너무 앉아있었는지 원숭이 엉덩이가 빨갛습니다. 이제 마지막 차례입니다. 바로 돼지!

"꿀꿀, 나 돼지를 뽑으면 간식으로 초콜릿, 빵 등 매일 맛있는 간식을 주마. 꿀꿀."

그 커다란 코를 벌름거리며 한 손에는 초콜릿, 다른 한 손에는 빵을 들고 연신 우물우물 거리며 말을 합니다.

이렇게 열 마리의 연설이 모두 끝났습니다. 누가 회장이 될까요? 모두들 두근두근 기대하며 투표를 합니다. 드디어 투표 결과가 나왔습니다.

"우리 반 회장은 바로, 바로, 꿀 돼 지 입니다!"

모두들 맛있는 간식을 줄 돼지를 뽑았던 것입니다. 돼지는 어깨가 우쭐해졌습니다.

다음 날 모두들 돼지가 줄 맛있는 간식을 기대하며 학교에 왔습니다. 1교시, 2교시, 3교시……, 수업이 다 끝나가도록 준다던 간식은 없고, 돼지는 여전히 우쭐거리기만 했습니다. 돼지의 말을 믿고 돼지를 뽑았던 친구들은 후회를 했습니다. 이튿날도, 그 이튿날도 돼지는 여전히 간식에는 관심조차 없습니다. 그래서 선생님께 말씀 드렸습니다. 선생님께선 아이들의 말을 듣고 돼지를 불러냈습니다.

"돼지야, 너는 친구들 앞에서 약속한 선거 공약을 지키지 않았다지? 그러면서 오히려 우쭐거리기만 했다고 하더구나. 사실이니? 친구들이 네가 회장된 게 싫다고 해서 다시 뽑으려고 한다."

친구들은 '맞아, 맞아'를 연발했습니다.

"얘들아, 그럼 누가 회장이 되었으면 좋겠니?"

선생님이 우리 반 친구들에게 말씀하셨습니다.

"제 생각으로는 오소리가 되었으면 하는데요. 오소리는 연설 때 자신을 앞세우지 않고 겸손했어요. 그런데 다른 친구들은 자신이 최고라고 잘난 척만 했어요. 좀 느리긴 하지만 성실하고 착한 오소리가 우리 반 회장이 되었으면 합니다."

선생님도 흔쾌히 허락하셨습니다. 그래서 선거 공약을 지키지 않은 돼지는 회장 자리에서 쫓겨나고 오소리가 회장이 되었습니다.

– 서울 쌍문초 6 안명옥

동물을 의인화하여 캐릭터 완성하기 ●────────────────

동물을 의인화한 '동물학교'에서 회장 선거가 진행되고 있네요. 특히 돼지와 오소리의 반전 드라마는 톡 터져 나오는 한라봉의 과즙처럼 상큼하지요. 명옥 어린이의 동화처럼 동물을 의인화해 보세요. 동물들의 특징을 사람의 성품과 관련지어 각각의 캐릭터를 완성해 보는 것입니다. 이를 통해 여러분은 닮고 싶은 인물과 그렇지 않은 인물의 성품을 생각하게 되고, 아름다운 사람이 되고 싶은 마음이 생길 것입니다.

미래의 우주

2025년 목성 우주기지 프로젝트는 성공한다. 지구인이 목성으로 가서 목성을 과학 선진 기술 별로 만들어 낸다. 자손들이 목성을 다스린다. 2030년 안드로메다 은하계로 우주선을 발사시킨다.

한편 지구에서는 웜홀을 이용한 공간이동 장치를 개발한다. 그리고 안드로메다 은하계로 보낸 우주선을 웜홀로 통과시켜 안드로메다 은하계 외계인과 우주동맹을 맺는다. 은하계에 외계인, 지구인이 오갈 수 있는 계획을 성공시켜 은하계의 교류는 활발해 진다.

30500년 갤럭시 은하계가 우주 동맹을 깨고 안드로메다를 쳐들어간다. 지구인들은 핵무기 30부대를 지원한다. 결국 우주 동맹이 승리한다. 점점 과학 기술을 늘려 평균 수명을 1500살로 늘린다. 1일 생활권으로 우주를 오갈 수 있다.

– 서울 숭인초 6 김승기

우주 속 이야기에 귀를 기울이자 •

목성도 다스리고 우주 동맹도 맺었어요. 평균 수명은 1,500살이 된다고 해요. 이처럼, 우주에 관한 다양한 독서를 통해 풍부한 식견과 상상력을 키우고, 이 지식과 상상력이 합쳐져서 창의적인 '미래의 세상'이 완성되었습니다. 여러분도 밤하늘 수많은 별들을 바라보며 우주 속 이야기에 귀 기울여 보세요. 잠재되어 있던 여러분의 과학적 상상력이 샘물 터지듯 솟아날 거예요.

여러분은 '과학' 하면 어떤 느낌이 드세요? 딱딱하고 어려운 물리학, 흰 가운을 입은 박사님들과 화학 약품이 있는 실험실, 이리 저리 머리를 써야만 풀리는 수학문제……. 이러한 것을 과학적인 눈이 아닌 우리만의 창의적인 눈으로 바라보는 것도 퍽 재미있답니다. 우리에게는 상상력이 있으니 저 하늘 옹기종기 모여 있는 별나라에도 갈 수 있고, 여러분들이 살고 싶은 새로운 지구를 만들어 볼 수도 있겠지요. 책을 통해 보았던 미래의 모습과 상상 속 미래의 모습은 어떻게 다를까요? 우리 함께 그것을 글로 옮겨 볼까요? 어렵게만 느껴졌던 과학도, 여러분의 상상력 배짱으로 훨씬 친근하게 느껴질 것입니다.

23. 내가 만약 지구별의 왕이라면

내가 지구를 만든다면

내가 지구를 만든다면 일단, 다양한 종류의 사람들을 만들 것이다. 황인종, 흑인종, 백인종뿐 아니라 피부색이 파란 사람, 빨간 사람도 만들어 낼 것이다. 다양한 사람들이 모여 함께 사는 것을 보면 지구별 왕으로서, 더 행복할 것 같다.

그리고 일주일은 7일이 아니라 8일로 만들어 사람들을 하루 더 쉬게 해 주고 싶다. 쉬는 날에는 자동차 없이 다닐 수 있도록 모두에게 날개를 달아 줄 것이다. 그러면 자동차 매연으로 인한 환경오염이 줄어들지 않을까?

지구는 오존층 안에 있다. 그런데 요즘 환경오염으로 오존층이 많이 파괴되고 있다. 그래서 오존층을 10% 늘릴 것이다. 만약 더 늘린다면 지구가 더워질 테니 말이다. 그리고 남극에는 얼음을 30% 만들 것이다. 왜냐하면 남극 생물들이 살아가는 데에는 얼음이 이 정도면 되고, 오존층의 파괴로 얼음이 녹으면 해수면이 높아지기 때문이다.

다음으로는, 지금 멸종 위기에 처해 있는 동물들을 많이 만들고 싶다. 그리고 나서 지역의 환경이나 기후에 알맞게 동물들을 보낼 것이다. 무엇보다 나무를 많이 심어 공기를 깨끗하게 하고, 물은 지구의 80% 정도로 할 것이다. 나중에 물이 부족한 시대가 오기 전에 20%는 저장하고, 60%는 쓰도록 하겠다.

지구를 만들 때에는 비도 내리게 했으면 좋겠다. 예쁜 꽃들을 활짝 피게 하고, 나무도 싱싱하게 자랄 수 있도록 말이다. 그리고 사계절을 뚜렷하게 만들어서 사람들이 자연의 아름다움을 흠뻑 느끼며 생활할 수 있도록 도와주고 싶다.

내가 만들고 싶은 지구는 자연을 보호하는 지구이다. 자연과 함께 더불어 살 수 있는 지구가 되었으면 좋겠다.

– 서울 선일초 5 권보성

더 나은 세상을 그리는 상상력 ●

여러분이 지구별의 왕이라고 상상해 봅시다. 어떤 지구를 만들고 싶나요? 현재 지구에서 일어나고 있는 좋지 않은 현상들을 알고 있으니, 미리 예방할 수 있게 만들 수 있겠지요? 아프리카에 더 많은 나무가 자라게 한다든지, 한 달이 지나면 썩어 거름이 될 수 있는 비닐을 만든다든지……. 상상력을 사용하여 더 나은 미래를 그려 본다면, 언젠가 정말 그런 미래가 올지도 몰라요. 어린이 여러분이 바라는 미래, 마음껏 상상하여 글로 옮겨 보세요. 이 세상을 좀 더 아름답고 살기 좋게 만들게 될 거예요.

24. 상상력아, 지구를 지켜줘!

아주 특별한 부자

어느 외딴 섬에서 한 어부가 살고 있었다. 그의 일상생활은 평범했다. 하지만 그는 사랑하는 가족들과 함께 행복하게 살았다. 이른 새벽에 일어나 물고기를 잡은 후 시장에 판 다음 아이들을 학교에 보내고, 오후에는 아내와 함께 학교를 마치고 돌아온 아이들에게 맛있는 빵을 구워주었다. 저녁이 되면, 아이들과 같이 고등어를 구워 저녁을 먹은 후 따끈한 커피를 마셨다. 그리고 아내와 함께 아이들의 노랫소리를 들으며 달빛에 반짝이는 바닷가를 산책하고 잠자리에 드는 것이 그의 일상생활이었다.

그러던 어느 날 자신이 일하던 바다 부근에 공단이 들어선다는 청천벽력 같은 소식이 들려왔다. 그를 포함한 섬에 사는 모든 어부들은 현수막을 걸어 시위하고, 도시까지 나아가 시위도 하면서 하루하루를 반대하며 살아갔다.

하지만 1년이 지난 후, 어부로서의 인생을 포기하고 도시로 떠나는 사람이 늘어나기 시작했다. 결국, 사람들이 거의 없었진 틈을 타서 개발 관리자들이 공장을 하나 둘씩 계속 짓기 시작했다. 폐수정화처리시설을 했다고는 하지만 너무 많이 지은 공장 때문에 바다로 폐수가 흘러나가 물고기가 떼죽음을 당하는 때도 많았다. 그래서 마지막까지 남아있던 그도 도시로 이사를 갈 수밖에 없었다.

꽤 튼튼해 보이는 아파트로 이사를 하고나서 며칠이 지났을까? 동네에 큰 현수막이 걸렸다. 『1년에 한 번밖에 없는 부자대회! 우승하면 1억이라는 어마어마한 상금과 상이 주어짐. 아파트 강당에서 3월 27일 2시에 시작함』 그는 한번 참가하고 싶은 생각이 들었다.

그리고 며칠이 지난 후, 그는 신문에서 '부자의 행복지수'에 관한 기사를 읽게 되었다. '5명의 부자 중에서 2명만 행복하다.' 라는 내용이었다. 부자대회에 참가할 그는 그 기사를 꼼꼼하게 읽어두었다.

얼마 후 부자대회의 시작 종소리가 났다. 예쁜 드레스와 양복을 입은 사람들이 많았다. 그는 첫 번째로 무대 앞에 서서 연설을 시작했다.

"저는 1년 전에 섬에서 살았습니다. 그 섬에서 집을 짓고 사랑하는 아내와 아이들과 함께 살았습니다. 하지만 제 행복한 삶의 터전이었던 그곳에 공단을 세우려는 사람들이 갑자기 나타났습니다. 저희 어부들은 계속해서 건설 반대운동을 했었지만 끝내 저희가 지고 말았습니다. 결국 그 섬에는 공장들이 빼곡히 들어차버렸고, 푸르던 바다는 시커멓게 변했습니다. 그래서 저는 이 도시로 이사 왔습니다. 이 도시는 제가 살았던 섬과는 달리 부자가 아주 많았습니다. 그러나 그들의 표정은 어두웠습니다.

저는 부자라는 것이, 비싼 옷을 입고 좋은 음식을 먹으면서 좋은 집에서 사는 게 아니라고 확신합니다. 행복하게 사는 것은 마음의 평온함에서 오는 것입니다. 마음이 어진 사람은 조그마한 집에 살아도 행복하거든요. 이상입니다." 연설이 끝나자 박수 소리가 터져 나왔다. 일등을 그가 차지한 것은 당연한 일이었다.

– 서울 숭인초 6 이자인

문제의 해결책은 단순함에서 출발한다 •————

요즘은 날이 갈수록 환경이 중요해집니다. 사람들의 욕심으로 지구는 온난화 현상을 겪으며 오염되고 있습니다. 이러한 상황에서 우리는 환경 보전에 대한 중요성을 자각해야 합니다. 세상의 모든 해결책은 단순함에서 시작됩니다. 생명을 사랑하는 여러분의 순수한 상상력으로 환경 보전의 대안을 찾아보세요. 여러분 스스로 환경의 중요성을 깨닫고 작은 것부터 실천할 수 있을 거예요.

25. 시간, 달, 계절에 이름 지어 주기

웃음 소리

0시 : 만남

1시 : 싱긋

2시 : 빙긋

3시 : 배시시

4시 : 방긋방긋

5시 : 방실방실

6시 : 알랑알랑

7시 : 이키이키

8시 : 으헤헤

9시 : 우하하

10시 : 까르르

11시 : 깔깔

12시 : 껄껄

시간의 이름을 '웃음' 으로 정한 이유는 0시 친구를 만난 이후 서로 친해지면서 조금씩 더 크게 웃을 수 있기 때문이다. 또한 웃음은 만병통치약이니까 웃음으로 시간을 정하면 사람들이 더 많이 웃어서 세상사람 모두가 건강하고 행복해질 것이다.

– 충주 중앙초6 전보영

평범한 생각을 뛰어넘어 창의력의 천재가 되어 보자●————

우리에겐 열두 달의 순우리말인 해오름달, 시샘달, 물오름달, 잎새달, 푸른달,

누리달, 견우직녀달, 타오름달, 열매달, 하늘연달, 미틈달, 매듭달이 있습니다. 빛깔 고운 이름입니다. 이번엔 0시, 1시, 2시, 3시… 시간의 이름을 지어 봅시다.

박하사탕처럼 기분이 상쾌해지는 이름표를 달아 주세요. 아마 시간을 더 소중히 생각하고 값지게 보내야겠다는 생각이 들 거예요. 나만의 시간에 나만의 의미를 주어 재미있는 이름으로 불러 보아요. 어쩌면 따분했을지도 모르는 시간 친구들이 모처럼 신나게 웃겠지요.

무엇인가 새롭게 이름 짓는 일. 가끔은 나만의 규칙을 정해 보는 것도 창의력과 사고력을 높이는 데 도움을 준답니다. 이러한 이름 짓기 과정을 통해 새로 태어난 여러분만의 상품들이 '나야 나!' 하고 어깨를 들썩이며 세상을 향해 자랑할 것 같아요.

여러분, 멀리뛰기를 해 보았나요? 멀리뛰기는 도움닫기, 발 구르기, 공중자세, 착지의 순서로 이루어져 있답니다. 이러한 순서를 통해 공중을 날아 더 먼 곳에 도달하는 순간, 이마의 땀을 닦으며 함박웃음을 지을 수 있을 거예요.

'창의적인 글쓰기'도 마찬가지입니다. '새 생각'을 도움닫기로, '창의적인 소개'와 '좋아하는 단어로 글쓰기'를 발 구름으로, '독창적인 동시 · 동화 · 과학 상상글 쓰기'를 공중 자세로 한다면, 우리는 평범한 생각을 뛰어넘어 창의력 천재가 되어있을 것입니다.

우리 한번 힘차게 발 구르기를 해볼까요? 저 멀리 해왕성까지 점프!

26. 국어사전, 엉뚱한 상상으로 다시 쓰기

	나의 생각	본래의 뜻
나들이	나도 듣고 너도 듣는 말	집을 떠나 가까운 곳에 잠시 다녀오는 일. ≒바깥나들이
파랑새	새파랗게 멍든 새	털빛이 파란 빛깔을 띤 새.
천사	전설 속 인물로 해왕성에서 1004년 동안 장수한 할아버지의 이름.	순결하고 선량한 사람을 비유적으로 이르는 말
꿈	꼼꼼하게 일을 처리하느라 굼뜬 사람을 이르는 말.	잠자는 동안 생시처럼 보고 듣고 느끼고 하는 여러 가지 현상
상어	재주가 뛰어나서 상이란 상은 모두 휩쓰는 사람을 이르는 말.	지느러미가 발달하고 날카로운 이빨이 있는 물고기.
향기	향수병에 걸린 사람에게 선물하면 더 이상 고향을 그리워하지 않는다는 작은 그릇.	꽃, 향, 향수 따위에서 나는 좋은 냄새. ≒향

– 서울 숭인초5 최승수

	나의 생각	본래의 뜻
바람	바닷가에 사는 남자 어린이를 이르는 말.	기압의 변화 또는 사람이나 기계에 의하여 일어나는 공기의 움직임.
별똥별	아기에게 채워주는 기저귀 상표.	'유성05(流星)' 을 일상적으로 이르는 말.
그루터기	옛 조상들이 글방에서 글을 배우던 시절, 먼저 글을 배우던 아이들이 새로 들어온 아이에게 부리던 텃세.	풀이나 나무, 또는 곡식 따위를 베고 남은 밑동. ≒뿌리그루
꼬리	꼬마아이들이 좋아하는 영양이 가득한 음식의 이름.	동물의 꽁무니나 몸뚱이의 뒤 끝에 붙어서 조금 나와 있는 부분.
천재	하늘을 나는 재주를 지닌 날짐승을 일컫는 말.	보통사람에 비하여 극히 뛰어난 정신능력을 선천적으로 가진 사람
자동차	자석만 있으면 따라서 움직이는 차가운 고체	원동기를 장치하여 그 동력으로 바퀴를 굴려서 땅 위를 움직이도록 만든 차

– 서울 숭인초5 김동원

풍부한 상상력으로 다시 태어난 단어들●━━━━━

국어사전에 실린 단어의 뜻 외에 여러분이 새롭게 생각한 단어의 뜻을 적어봅시다. 사전적 의미를 넘어서 낱말을 통해 떠오른 여러분의 상상력을 표현해 보세요. 그리고 내 생각과 사전적 의미를 비교해 보세요. 창의적이고 새로운 여러분의 생각들이 샘물 같은 기쁨을 주지요.

자, 여러분의 상상력으로 다시 태어난 단어들을 만나 볼까요?

27. 미래에는 어떤 변화가 일어날까?

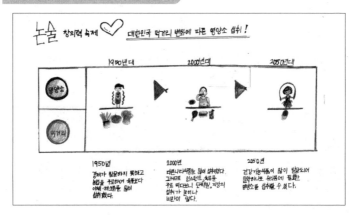

– 서울 갈현초 4 박선우

모든 것들이 아름답고 값지게만 변화한다면●━━━━━

선우 어린이가 '변화' 라는 주제를 가지고 창의력 숙제를 해왔습니다. 2050년, 알약 하나로 식사가 해결되는 시대가 올 수도 있겠다고 하네요. 음식을 준비하고 식사하는 과정이 빠졌으니 간편하기는 하겠지요. 시간을 단축한다는 면에서는 좋겠지만, 식탁에 둘러앉아 나누는 우리의 정(情)이 사라지지 않을까 걱정입니다.

지구에 존재하는 모든 것들이 아름답고 값지게만 '변화' 되면 얼마나 좋을까요.

망원경 속의 가훈

우리 집에 가훈이 없을 적 나는 너무 어려서 세상 밖도 구경 못하는 아주 작은 아이였다. 아직 숨도 엄마와 같이 쉬고 밥도 같이 먹으며 엄마에게 의지하던 그 시절 나는 몰래 탯줄 망원경으로 밖을 내다보았다. 엄마께선 아빠와 함께 가훈을 짓고 계셨다. 아빠의 웃음소리가 들렸다.

"이제 곧 아이가 태어날 테니 경사 났네? 웃을 일이 많을 테니 '웃고 살자' 로 해요."

하지만 엄마께선 좀 더 보충하자고 하셨다.

"웃는 것도 좋지만 가족의 건강도 중요하잖아요. 그러니 '슬기롭고 바르게 튼튼하게' 로 합시다."

두 분의 의견은 계속 뒤죽박죽이었다. 얼마 후,

"가훈 정하는 게 뭐 이리 힘들어?"

아빠의 귀찮은 듯한 목소리가 들렸다. 엄마는

"그래도 아이의 미래를 위해서라면 노력을 해야 해요. 겨우 시작인데 뭘 그래요?"

하며 아빠를 부추겼다. 잠시 고민에 빠진 두 분은 갑자기 뭔가 통한 듯이 동시에

"합쳐요!"

라는 말이 나왔다. 나는 웃겨서 엄마 뱃속을 이리저리 굴러다녔다. 그러다가 세포 친구들을 만났을 때는 "세포야, 안녕! 우리 엄마 아빠 진짜 웃긴다. 푸하하"라고 말을 건넸다. 내가 한창 뛰어노는 사이 엄마아빠는 이제 끝을 맺었다. 그 노력의 땀방울로 이루어진 가훈이 바로 "웃고 살자 건강하게 살자"이다.

이 가훈을 지은 후 바로 다음 날, 엄마는 나를 낳으셨다. 나는 그 노력의 땀방울 때문에 똑똑해진 것이고 뱃속에서 망원경을 가지고 다니던 습관은 아직까지 계속 이어지고 있다. 그때의 다툼은 엄마아빠가 가끔씩 꺼내보시는 좋은 추억이 되었다. 난 이제 10살이다. 10년이면 강산이 바뀐다하던데 10년이 지났어도 나는 우리 집 가훈이 참 자랑스럽다.

– 서울 수색초 3 김동희

동희 어린이의 탯줄망원경이 참 궁금하네요. 이 글은 생활문 형식을 빌려 쓴 '동화' 입니다. 앞에서 읽었던 '하늘과 바다와 산'과 '동물학교 회장 선거'처럼 동화는 여러분의 상상력을 마음껏 발휘할 수 있는 가장 재미있는 글쓰기 형식이지요.

그럼 동화를 쓰는 과정에 대하여 알아볼까요? 우선 이야기가 어느 때, 어느 장소에서 시작될 것인지 배경을 정하세요. 이번에는 이야기의 인물들을 등장시켜 사건을 일으켜야겠지요. 다음으로는 이야기를 점점 복잡하게 만들어 가장 재미있고 감동적인 장면들로 꾸며 봅니다. 그래야 독자들이 흥미를 느끼거든요. 끝에서는 대부분 사건이나 문제가 해결되도록 만들지만, 요즈음의 동화는 문제를 해결해주지 않은 채 독자들의 상상에 맡기며 끝내는 경우도 종종 있답니다.

내친 김에 동화의 특징까지 알아봅시다. 동화는 말로써 이어지기보다 사건이 중심이 되어 전개된답니다. 그리고 현실에서 꼭 일어난 일이 아니라 상상의 세계를 이야기로 꾸미는 경우가 많지요. 또한 동화의 등장인물들은 과거, 현재, 미래를 자유롭게 넘나들 수 있습니다. 뿐만 아니라 이 세상 모든 동물, 식물, 생물, 무생물들이 말을 하고 행동을 할 수 있답니다.

외침

지난 해 겨울방학, 도서관에서 우연히 만화로 된 역사책을 보게 되었습니다. '오래 전, 일본은 한국을 쓰러뜨리고 우리 민족의 말과 글까지 빼앗았습니다.' 라는 내용이었습니다. 나는 일본이 미웠습니다. 그들의 죄를 영원히 용서하고 싶지 않았습니다.

그리고 얼마 지나지 않아 독도를 자기네 땅이라고 우기는 게 아닙니까. 일본의 전 총리 고이즈미가 용서 받지 못할 이토 히로부미와 같은 범죄자를 참배하고 독도(다케시마)의 날을 만들었습니다. 그 이야기를 뉴스에서 보고 어이가 없었습니다. 그러나 난 힘없는 어린이기 때문에 그냥 일본 욕만 하고 다녔습니다. 그러면서 나는 사육신의 한 사람인 성삼문 선생님의 말씀이 생각났습니다.

「하늘에는 두 개의 태양이 있을 수 없고, 백성들에게도 두 임금이 있을 수 없다」
- 성 삼 문 -

상황은 다르지만 조선시대의 충신 성삼문 선생님의 외침은 바로 내가 일본인을 향해 외치고 싶은 말이었습니다. 독도는 하나이고 두 나라가 동시에 주권을 가질 수 없기 때문입니다.

그런데 얼마 전, 신문을 본 나는 너무 기뻐서 눈물이 날 정도였습니다. 그곳에는 한 박사가 무엇인가를 들고 웃는 사진이 있었습니다. 그 박사님은 일본인이었는데 내가 3학년 때, 즉 고이즈미 총리가 망언을 한 때부터 독도 지킴이 활동을 더욱 열심히 하셨다고 합니다. 이 분은 오래 전, 한국으로 귀화하시고 독도 지킴이 활동을 하시다가 얼마 전에 독도가 한국 땅이란 걸 증명하는 증서를 발견하셨다는 겁니다.

일본인이지만 한국을 위해 살아오신 그 분에게 정말 감사의 말씀을 드리고 싶습니다. 그리고 이제 난 일본을 용서해주기로 생각했습니다. 전쟁은 국민이 아닌 정부가 일으켰기 때문입니다. 아직 사랑이라고 말할 수는 없지만 먼 훗날이 되면 그들을 사랑하고 감싸줄 수 있겠지요.

– 서울 갈현초 4 김도희

좀 더 지혜로워지고, 좀 더 행복하게 해 주는 글감 ●————

여러분은 일본에 대해 어떻게 생각하나요?

일본의 역사왜곡에 대한 도희 어린이의 '외침'은 우리의 안일한 마음을 일깨워 줍니다. 일본이 우리의 말과 글을 빼앗았던 과거를 반성하지 못하고 독도까지 자기네 땅이라고 우기는 것에 대한 분노와 독도지킴이 일본 박사에 대한 고마운 마음, 이 상반되는 두 감정이 솔직하게 나타나 있습니다. 특히 성삼문 선생님의 명언을 인용, 일본을 향하여 강하게 외친 것은 매우 효과적인 글쓰기 방법입니다.

하지만 도희 어린이가 여기서 글쓰기를 그쳤다면 읽는 이의 마음이 그리 개운하지는 않았을 것입니다. 우리가 글을 쓰는 목적은 독자를 보다 긍정적인 방향으로 변화시켜 주는 데 있기 때문입니다. 글을 통해 좀 더 지혜로워지고, 좀 더 희망을 갖게 되고, 좀 더 성실한 생활을 하게끔 도와주는 역할을 할 때, 글을 쓰는 사람도 글을 읽는 사람도 보람을 느낄 것입니다. 일본인을 '용서'하고 '사랑'하려는 도희 어린이의 넓은 아량에 따뜻이 손을 잡아주고 싶네요.

오렌지 맛 논술

지금까지 배운 창의력 논술은 상큼한 오렌지로 평가 내린다. 친구들의 풍부한 새 생각은 새콤달콤하였고 동시, 동화, 과학 상상글 등 친구들이 쓴 글을 감상할 때는 그 맛을 거의 표현할 수 없었다. 신의 음식이랄까? 물론 이렇게 맛난 오렌지만 있지는 않다. 우리가 떠든 것과 장난친 것은 너무 시거나 익지 않은 오렌지처럼 얼굴을 찌푸리게 했다. 하지만 역시 마무리는 창의력 뛰어넘기 코너로 우리를 즐겁게 하였다. 다음에는 무슨 맛 논술일까?

– 서울 숭인초 4 박새미

사실과 느낌이 어우러진 글쓰기를 하자 ●──────

지금까지 바른 습관, 훌륭한 인격을 쌓는 노력을 통해 글쓰기의 바탕을 다지고 다양한 주제로 새 생각을 해 보았지요? 또 무엇을 했나요? 그래요. 다른 친구들의 독창적인 글을 감상하며 여러분들의 창의력도 키워보고, 고정관념을 훌쩍 뛰어넘는 글을 써 보기도 했지요. 여러분들은 창의력 편을 공부하면서 무엇을 새롭게 배우고, 생각하고, 느꼈나요?

요약 일기란, 그동안 수업을 통해 배우고 느낀 것들을 자유로운 형식으로 써 보는 짤막한 일기랍니다. 새미 어린이처럼 논술을 오렌지 맛으로 평가 내릴 수 있지요. 여러분이 새롭게 배운 '사실'과 '느낌'을 잘 버무려 보세요. 집을 지을 때 벽돌과 시멘트가 어우러져 튼튼한 집이 지어지는 것 같이, 좋은 글쓰기에서 '사실'은 벽돌이 되고 '생각'은 시멘트가 되어 글을 견고하게 해 준답니다. 창의력 편이 끝났으니 그동안 공부하면서 새롭게 배운 사실과 느낌들을 담아 여러분만의 요약 일기를 자유롭게 써 보세요.

※〈생각 대지에 창의력 꽃 피우기〉장을 통해 만난 잊을 수 없는 문장은 무엇이었나요? 소개문 쓰기, 동화, 과학 상상글 등 친구들의 작품은 또 얼마나 여러분을 행복하게 했는지요? 여기, 여러분의 가슴마다 핀 창의력 꽃이 생각의 대지를 환히 밝히고 있네요.

사고력, 생각 바다에 배 띄우기

잠깐! 이번 장으로 들어가기 전에 잠시 눈을 감고 여러분의 꿈을 한번 떠올려 보세요. 어른이 되어서 이루고 싶은 일이 무엇이었나요? 여러분의 꿈이 섬에 도착하는 것이라면, 그 꿈의 섬까지 여러분을 데려다 줄 배가 필요할 거예요. 어떤 사람은 널빤지로 얼렁뚱땅 대충 배를 만들어서 바다로 나가요. 이렇게 약한 배는 얼마 못가 물이 새고 말아요. 하지만 어떤 사람은 크고 튼튼하게 배를 짓지요. 세찬 비바람이 불어도 끄떡없는 배 말이에요. 이렇게 튼튼하게 배를 것□□□□□□ 것이 있어요. 바로 생각하는 힘이랍□□□□□□단하는 능력이지요. 생각하는 힘을 □□□□□를 타고 꿈의 섬에 도착할 수 있겠지□□□□

아제부터 여러분과 선생님이 사고력이라□□□□□□항해를 시작할 거예요. 자신의 노를 □□하□□□□□게 저어야 원하는 목적지에 다다를 수 있을□□□□□□서요. 선생님은 여러분의 등대가 되어 길을 밝혀줄게요. 자, 지금부터 출발!

사고력, 생각 바다에 배 띄우기

사고력 훈련을 위한 세 가지 조건

여러분, 높은 돌탑을 쌓을 때 가장 중요한 것은 무엇일까요? 맞아요. 훌륭한 돌탑이 완성되기까지는 주춧돌의 역할이 우선이겠지요. 사고력도 마찬가지예요. 생각하는 힘을 기르려면 그 밑바탕이 되는 지지대가 있어야 해요. 이러한 지지대는 다른 사람이 만들어 주는 것이 아니랍니다. 여러분이 스스로 만들어 가는 것이지요.

첫째, 관심으로부터 시작됩니다.

사고력은 관심과 호기심으로부터 시작됩니다. 가장 먼저 여러분 주위에 있는 사물에 깊은 관심을 가져보세요. 10월이면 새파란 하늘 아래 거리마다 노란 물결을 이루는 은행잎을 보면서 여러분은 어떤 생각을 떠올리나요? '부채를 닮았다' 는 친구도 있고, '노란 손수건을 닮았다' 는 어린이도 있으며, '은행나무가 드레스를 입었나' 하며 지나가는 어린이도 있을 거예요. 사고력은 이와 같이 모든 것에 관심을 가지고 들여다봄으로써 키워진답니다. 주위에 있는 모든 것에 관심을 갖고 쳐다보면, 그동안 생각하지 못했던 것들의 소중함을 깨달을 수 있을 거예요.

둘째, 독서를 통해 길러집니다.

사고력은 '왜 그럴까?', '어떻게 되었을까?' 등 독서를 통한 사색으로부터 길러집니다. 사고력을 키우기 위해서는 무엇보다도 여러 분야의 책을 폭넓게 읽는 것이 중요합니다. 우리가 음식을 먹을 때도 편식을 하지 않고 골고루 먹어야 여러 종류의 영양소를 섭취할 수 있듯이, 독서를 할 때에도 다양한 종류의 책을 읽어야 깊은 감동과 폭넓은 지식, 색다른 교훈을 얻을 수 있답니다. 책을 읽으면서 만나는 많은 사람들과 작가의 생각을 나의 생각과 비교해 보기도 합니다. 책장을 넘길 때마다 여러분의 마음이 자라고 생각의 폭이 넓어질 것입니다.

셋째, 깊이 생각하여 정리합니다.

우리는 글을 쓸 때 무엇을 어떻게 쓸까 고민하게 됩니다. 여기서 '무엇'이란 글감에 해당됩니다. 글감이 정해지면 주제를 확실히 세워야 합니다. 말하고자 하는 대상을 자세히 관찰하여 구체적으로 표현해 주어야 합니다. '코스모스가 예쁘게 피었다'라는 표현으로는 머릿속에 코스모스가 그려지지 않습니다. 이보다는 '북한강변에는 여덟 꽃잎의 체리빛 코스모스가 피어 있다'로 한다면 강둑에 조촐히 피어있는 코스모스가 선명하게 떠오르지요. 우리 코스모스 밭으로 나아가 볼까요? 코스모스는 하늘하늘 곧 꺾일 듯해 보여도, 비바람이 불어도 끄떡없습니다. 이를 통해 우리는 '부드러운 것이 곧 강한 것이다'라는 것을 깨닫게 되지요. 이렇듯 주제의 대상을 자세히 관찰하여 이리저리 생각해보는 것, 이것이 깊이 생각하는 것이랍니다. 하지만 그것이 생각으로만 그치면 좋은 글이 되지 못합니다. 그 깊이 있는 생각을 조리 있게 정리할 때 비로소 완성도 있는 글이라 할 수 있지요.

31. 관심 더하기 상상

우리 집 신발장

오늘도 신발장에
가지런히 놓여있는 신발들
나는 언제 외출할까
하루 이틀 기다립니다

오늘은 엄마구두 외출합니다
뾰족한 엄마 구두
예쁘게, 예쁘게 치장합니다

이번에는 우리 아빠
신발이 외출합니다
큼직한 아빠 신발
점잖게, 점잖게 치장합니다

아장 아장 우리아기
신발이 외출합니다
조그만 아기 신발

귀엽게, 귀엽게 치장합니다,
오늘은 누가 누가 외출하나
조용히, 조용히 기다립니다,

– 서울 수색초 4 유형민

지나치기 쉬운 것들에 대해 관심가지기 •────────────

형민 어린이는 신발장에 관심을 갖고 상상력을 발휘했어요. 신발들이 외출을 기다리고 있다는 표현은 형민 어린이만의 반짝이는 생각입니다. 신발들도 주인을 닮아서 엄마 구두는 예쁘게, 아빠 신발은 점잖게, 아기 신발은 귀엽게 꾸민다고 해요. 여러분의 신발은 지금 어떻게 치장을 하고 외출을 기다리고 있을까요?

이렇듯 무심코 지나치기 쉬운 것들에 대한 관심이 사고력의 바탕이 된답니다.

32. 관찰일기 쓰기

사슴벌레 관찰일기

우리 가족이 녀리굴 마을에 갔을 때, 곤충 파는 곳이 있어서 사슴벌레를 사왔다. 그래서 사슴벌레를 키우게 되었다. 나는 사슴벌레를 키우면서 여러 가지 사실을 알게 되었다.

우선 먹이는 단 것을 먹는다는 것이다. 보통 바나나와 젤리 과일 등을 먹이로 주는데, 이것이 없을 때에는 설탕물(가능하면 흑설탕)을 주어도 잘 먹는다.

또 한 번은 사슴벌레 암컷에게 물린 적이 있었다. 수컷의 길이는 7cm정도이고 암컷은 3cm밖에 안 되는 길이였지만 정말 아팠다. 그 후로 나는 사슴벌레가 미워져서 사슴벌레를 멀리하게 되었다. 그런데 얼마 후 사슴벌레가 많이 죽어서 사슴벌레에게 좀 미안했다. 그래서 다시 사슴벌레에게 관심을 갖고, 백과사전을 찾아보니 사슴벌레는 습기가 있어야만 산다는 것을 알게 되었다. 또한 사슴벌레는 짝짓기를 하고 나무구멍에 알을 낳는데, 아무 나무에나 낳지 않는다고 한다. 충분히 썩어서 말랑말랑하고 새끼가 먹을 양분이 풍부한 나무에 알을 낳는다는 것이다. 그리고 사슴벌레는 주로 참나무 주변 땅 속에서 산다고 한다. 참나무에서는 달콤한 수액이 나오기 때문이다. 새로 태어난 애벌레들은 참나무를 갉아먹거나 수액을 빨아먹으면서 자란다고 한다.

그래서 나는 사슴벌레에게 물도 잘 주고 먹이도 꼬박꼬박 주어 잘 키우고 있다. 그러던 어느 날 애벌레가 밖에 나와 있었다. 어느새 알에서 나온 걸까? 나는 그걸 보고 놀랐다. 또 저 애벌레가 크면 완전히 모습이 바뀌어서 사슴벌레가 될 것을 상상하니 신기하기도 했다.

사슴벌레라는 이름은 사슴벌레의 큰 턱이 사슴 뿔 모양과 비슷하다는 데서 유래되었다고 한다. 갑자기 나도 내 사슴벌레들에게 이름을 지어주고 싶어졌다. 하늘이, 로라, 치루? 아니야 이름이 너무 흔해. 무엇으로 할지 좀 더 고민해 봐야겠다.

- 서울 숭인초 4 김윤기

생명체의 속삭임에 귀 기울이기 ●────────

윤기 어린이의 관찰하는 눈이 사슴처럼 초롱초롱하지 않나요? 여러분도 이처럼 좋아하는 동물이나 식물, 또는 곤충 등 살아있는 생명체를 키워보고, 관찰해 보는 것이 어떨까요?

이제 나를 벗어나 주변의 살아 숨 쉬는 모든 생명체의 속삭임에 귀 기울여 볼까요? 어제와는 다른 눈과 귀로 새롭게 세상을 느껴가는 여러분의 모습이 기대됩니다.

33. 반성이 담긴 독서 감상문

나의 인생독본

『아들에게 보내는 아버지의 47가지 인생독본』을 읽고

새해의 계획을 세우는 1월! 내가 읽은 이 책은 새해의 계획을 세우고 마음가짐을 다지는데 도움이 되었다. 인생독본? 무슨 내용일까? 많은 호기심들에 저절로 책장을 넘겼다.

이 책은 제목그대로 47가지의 내용이다. 그 중 내게 가장 다가온 3가지의 주제문을 소개하자면 우선 '노력하지 않고 자란 거목은 없다.' 이다. 이 중에서도 나는 다음 대목에서 눈길을 떼지 못하였다. '젊은이는 남보다 뛰어나고, 남보다 빛나겠다는 각오로 끊임없이 노력하지 않으면 안 된다.'와 '맨 처음에 어렵거나 귀찮은 일에 봉착하더라도 쉽사리 포기하거나 좌절하면 안 된다.'이다. 나는 여태까지 무엇을 위해 얼마나 노력을 했을까? 이 책은 별 생각 없이 하루하루를 보내온 나에게 새삼 많은 깨달음을 주었다.

그간의 나의 생활을 뒤돌아보며 다음 책장을 넘겼다. 이번에는 '한 가지 일에 심혈을 기울이는 것이 중요하다.'라는 글귀가 눈에 띤다. 역시 이 글에서도 감명 깊은 내용이 있었다. '오늘 할 수 있는 일은 절대로 내일까지 미루지 말자.'와 '무슨 일이든 기왕 시작하려면 열심히 해야 한다. 어중간하게 시작했다가 도중에 포기할 것이라면, 차라리 시작하지 않는 편이 훨씬 낫다.'라는 말이다. 이것은 내가 알고 있으면서도 실천하지 못했던 사항들이다.

엄마께서는 나에게 언제나,

"다영이 너는 폭만 넓고 한 가지에 집중하지 않는 것 같아."

난 이 말씀이 무슨 뜻인지 안다. 나는 하고 싶은 것만 많고, 하나에 집중 못하는 것이 단점이다. 피아노도 치고 싶고, 플루트도 잘 불고 싶고, 또 태권도도 재미있고, 포크댄스도 무척 신이 난다. 그런 나에게 어머니께서는 이제 한 가지에만 집중하라고 하시니 쉬운 일이 아니다.

다음 내용을 따라가 보면 '인생의 지혜를 결정하는 독서 습관을 길러라.'이다. 여기서 내가 뽑은 말은 '책을 읽을 때는 목적을 하나로 집중시켜 그 목적을 달성할 때까지는 다른 종류의 책은 손을 대지 말아야 한다.'라는 말이다. 나는 잠시 눈을 감고 나 스스로에게 물음을 던졌다. '나는 얼마나 책을 읽었는가? 주로 어떤 종류의 책을 읽었는가?'

나는 거의 전래동화, 창작동화 등 재미있는 책밖에 읽지 못했다. 책이 두껍거나 내용이 어려운 책은 책을 보다보면 눈꺼풀이 점점 무거워지기 때문이다. 이번 방학 동안의 주목표는 나의 부족한 이해력을 향상시키기 위한 책읽기이다. 난 아직 한 권도 시작하지 못했지만, 이번 방학 동안만은 책을 열심히 끝까지 읽어볼 생각이다.

– 서울 숭인초 5 강다영

다영 어린이는 책을 통해 자신의 생활을 돌아보고 삶의 자세와 습관 등을 반성하였습니다. 독서를 통해 글을 읽는 것 이상의 효과를 얻은 셈이지요. 꾸준한 독서는 어린이 여러분의 생활을 변화시켜 주고 '사고력 곳간'에 지혜의 주머니도 쌓아 줍니다. 여러분의 생각주머니가 언제든 쓰일 수 있게 탄탄히 준비태세를 갖추게 되지요. 필요할 땐 언제든 꺼내 쓸 수 있도록 사고력 곳간을 공 들여 채워 나갑시다. 가을걷이하는 농부의 마음처럼 책을 읽는 뿌듯한 마음이 여러분을 사고력 부자로 만들어 줄 것입니다.

34. 자세히 알고 조리 있게 설명하기

은이

은이는 나의 가장 친한 친구이다. 첫인상이 귀엽고 청순하며 해처럼 밝게 웃는 것이 매력이다.

머리끝은 윤기가 흐르고 머리에 보석 같은 장식 달기를 좋아하며, 머리는 주로 묶고 다니는데 풀고 다니는 모습이 더 잘 어울린다. 머리는 길다. 어림잡아서 어깨죽지를 조금 넘어서는 것 같아 보인다.

은이는 쌍꺼풀이 없다. 은이 같이 뽀얀 얼굴에는 쌍꺼풀이 없는 것이 예쁘다. 그리고 입은 작고, 귀엽다. 앞머리는 예전에는 있었는데 점차 길어지면서 없어졌다.

은이는 얼굴도 예쁘지만 마음은 더 예쁘다. 내가 무슨 말을 해도 어떻게 장난을 쳐도 그 하얀 얼굴에 싫은 기색 하나 없이 생글생글 웃어넘긴다. 얌전해 보이는 은이는 내숭이 있을 것 같지만 전혀 그렇지 않다. 나와 의견이 다를 때에는 당당하게 자기의 의견을 내세운다.

그리고 은이는 음식은 달콤한 것과 담백한 것을 주로 좋아한다. 손은 길쭉하고 손톱은 길다. 다른 친구들의 긴 손톱을 보면 보기 흉한데 은이한테만큼은 긴 손톱이 참 잘 어울린다. 그리고 은이는 동물을 좋아하고 아껴서일까, 고양이, 개

등 애완동물 흉내를 잘 낸다.

혈액형은 B형이다. 별자리는 처녀자리이고 8월의 푸르른 날에 태어났다. 그래서 그런지 은이의 목소리는 여름날의 파랑새처럼 맑고 투명하다. 은이는 어린이 합창단에서 공연도 하고 CD에 은이의 노래도 담았다. 은이는 시도 잘 지어서 백일장에서 큰 상도 여러 번 받았다. 은이는 이 다음에 음반도 내고 싶고, 시집도 내고 싶다고 한다. 나는 이런 은이가 내 친구라는 것이 자랑스럽다.

은이야, 우리 우정 변치 말자.

- 서울 갈현초 5 이진솔

생각의 문 열기 •────────

친구를 생각하는 진솔 어린이의 마음이 무지개 빛깔보다 곱고 아름답네요. 여러분에게도 소중한 친구가 있겠지요. 토끼처럼 동그란 눈을 가진 친구 나영이, 의젓한 내 짝꿍 성준이는 로봇 태권브이, 그리고 노란색 옷이 잘 어울리는 민식이는 노랑 병아리. 이외에 색깔에 비유할 수도 있고, 나무나 꽃에 비유할 수도 있답니다. 그래서 글쓰기는 즐겁고 신나지요. 여러분의 생각을 마음껏 자유롭게 펼칠 수 있으니까요.

생각의 문을 열어 보세요. 어디든 무엇이든 생각의 나래를 펴면 보이지 않는 세계까지 다 보인답니다.

35. 우리 가족 이야기

엄마, 파이팅!

어느새 싱그러웠던 5월이 지나고 따가운 햇살을 맞이하는 6월이 되었다. 며칠 전 학교 담임선생님께서 가정환경조사서를 새로 작성해야 한다고 하시며 작성 종이를 나눠 주셨다. 환경 조사서의 여러 칸 중엔 어머니의 성함과 직업을 쓰는 난이 있었다. 나는 서슴없이 '우향희-아모레카운셀러'라고 적어 넣었다.

그리곤 문득 4년 전 이맘때가 생각났다. 원주에 살고 계시는 이모가 토요일과 일요일을 이용해 놀러 오셨다. 이모는 엄마에게 화장품 선물을 해주셨다. 그런데 누가 알았을까? 이모의 짧았던 방문이 지금 나의, 아마 우리 가족의 생활을 이렇게 바꿔 놓을 줄은 아무도 몰랐을 것이다. 이모가 다녀가신 뒤 며칠이 지나고 엄마께서는 우리 가족에게 아모레 카운셀러가 되고 싶다고 말씀하셨다. 초여름부터 시작되는 찌는 듯한 더위에 모두 신경이 예민해져 있던 탓이었을까, 우리의 대답은 달갑지 않았다. 아빠께서는 엄마가 직장에 다니시게 되면 밤늦게까지 일하게 될 테고 그러면 우리의 교육과 집안일에 소홀해짐을 걱정하셨다.

나 또한 겉으로 표현은 하지 못했지만 학교에서 집에 돌아오면 늘 나를 반겨주시는 엄마가 안 계실 거란 생각에 쓸쓸했다. 우리 집은 다른 맞벌이 집과는 다르게 집안사정이 어려웠던 것도 아니었고 좋은 집으로 새로 이사 온 지 얼마 안 되었을 때인데 이집 저집 찾아다니며 물건을 파는 일이라 고생길을 찾아 나선다는 생각이 들어 나로서는 이해가 되지 않았다.

하지만 내가 반대의 이유를 말도 꺼내지 못해본 건, 좀처럼 당신의 뜻을 잘 굽히지 않는 아빠께서도 결국 고개를 끄덕이셨기 때문이다. 그것은 엄마의 확고한 의지를 존중하셨기 때문이고 우리 가족을 향한 믿음이 확실하셨기 때문이란 걸 나는 잘 안다. 엄마께서는 새로운 일에 도전해 보고 싶다고 하셨고 그렇다고 집안일을 소홀히 한다는 것은 생각조차 해본 적이 없다고 하셨다.

그날 이후 4년이란 시간동안 엄마께서는 직장 일에 소홀한 적도 가정 일에 소홀히 하신적도 없다. 아니 오히려 더 열심히 사셨다. 내가 더 많은 혜택을 받았다고 해야 옳은 표현일 것이다.

2년 전 여름방학 때 「아모레 카운셀러 자녀와 함께하는 프로그램」에 참여해 좋은 추억도 만들었고 덕분에 내 피부도 날이 갈수록 좋아지고 있다. 유난히 웃음이 많으신 엄마께서는 좋은 인상으로 사람들에게 다가간다. 화장품 하나도 정성이라며 선물로 주문하는 화장품은 늘 포장도 직접 하신다.

지난달에 회사가 위치를 바꾸었는데 우연하게도 아빠의 회사 바로 옆이어서 같이 출근하시는 모습이 참 보기 좋다. 늘 우리 가족의 행복한 웃음과 엄마의 즐거운 나날이 계속되기를 바란다.

엄마! 언제나 한결같은 엄마의 모습이 정말 자랑스러워요.

앞으로도 그 밝고 건강한 웃음 잃지 마시고요, 항상 우리 가족 모두가 엄마를 응원하고 있다는 것 잊지 마세요. 앞으로도 봄 햇살 같이 사랑이 넘치는 엄마의 모습 계속되기를 바랄게요.

- 서울 갈현초 6 오하니

목련꽃보다 아름다운 이야기 ●

엄마를 생각하는 하니 어린이의 마음이 기특하네요. 마음이 고우니 글도 예쁘지요. 여러분도 가족에 대한 글을 써 보세요. 무엇이 슬펐나요? 무엇이 즐거웠나요? 가족에 관한 이야기라면 뭐든지 표현해 보세요. 가족과 함께 지낸 시간을 한 편의 글로 담아낸다는 것은 무엇보다 의미 있는 일이 된답니다. 활짝 핀 목련꽃보다 아름다울 거예요.

❄ 소재의 반전
소재를 뒤집으면 새로운 생각의 세계가 나타난다!

36. 하고 싶은 일 적어 보기

여름 방학에 하고 싶은 일s

가족과 함께 안동 할머니 댁에 가서 6박7일 동안 잠만 자다가 오고 싶다. 그러다가 일어나게 되면 할머니 댁 근처 송사리와 개구리가 많은 시냇가에서 바위에 앉아 송사리와 개구리에게 놀이터를 만들어 주면서 송사리에게 물리고 싶다.

-서울 수색초 3 오하은

생활 속의 산소 ●

하은 어린이는 시냇물처럼 깨끗한 마음을 풀어 놓았네요. 여러분은 언제 어디서 무슨 일을 하고 싶은지 생각해 본 적 있나요? 내가 꿈꾸는 일들을 원고지 위에 적어 보는 일은 생활 속의 산소 같은 역할을 해주곤 한답니다.

'말' 하면 무엇이 떠오르나요,

① 새하얀 마음에 들어있는 고운 말,

② 새빨간 마음에 들어있는 나쁜 말,

③ 선생님이 들려주시는 아름다운 말,

④ 부모님이 말씀하시는 행복한 말,

⑤ 기쁜 일이 생겼을 때 들려주는 기분 좋은 말,

⑥ 사람들이 으시시할 때 하는 무서운 말,

⑦ 친구가 재미있게 하는 신나는 말,

⑧ 아빠와 엄마가 다정하게 하시는 사랑의 말,

⑨ 할머니께서 해주시는 지혜의 말,

⑩ 동생과 사이좋게 속삭이는 우애 있는 말,

⑪ 군인 아저씨가 외치는 씩씩한 말,

– 서울 수색초 3 류호성

어휘력에 점수 주기●——————————————

'말' 하면 떠오르는 생각들이 참 많기도 하지요. 호성 어린이의 풍부한 사고력을 짐작하게 합니다. 지금 여러분은 어떤 생각을 하고 있는지 생각나는 대로 쭉 적어 보세요. 여러분의 어휘력에 점수를 준다면 몇 점을 주고 싶은가요?

바리공주와 백설공주 중 누가 더 행복할까요?

저는 결론짓기가 조금 어려웠어요, 둘 다 기분 좋은 결말로 끝나는 데다 권선징악의 교훈을 담고 있기 때문이죠, 고난도 겪었고요, 오랜 고민 끝에 저는 "바리공주"라고 결론 내렸어요, 왜냐고요? 바리공주는 진정한 효도를 알잖아요, 부모님을 위해 죽지 않는 약수를 구해온 것 보면요. 하지만 백설공주는 효도가 무엇인지 모르거든요. 또 바리공주는 지혜, 성실, 미를 두루두루 겸비했지만 백설공주는 미, 그 한 가지만 가지고 있잖아요?

남편을 보아도 두 사람의 행복은 서로 달라요. 백설공주의 남편은 미모에 반해 결혼했지만 성격이 어떤지는 짐작이 안 가요. 그런데 바리공주 남편 무장승은 낭화 덕에 미남으로 변했고 마음씨도 비단결 같이 곱잖아요? 그래서 저는 백설공주보다 바리공주가 더 행복하다고 생각합니다.

- 서울 숭인초 5 강다운

행복한 독후 활동 ●

다운 어린이는 바리공주와 백설공주 책을 읽고 책 속의 주인공을 통해 자신의 생각을 조리 있게 정리해 놓았습니다. 이처럼 책을 읽은 후 책 속의 주인공들을 서로 비교해 보는 것도 재미있는 독후 활동이랍니다. 여러분들은 효를 실천한 바리공주와 아름다운 미모 덕분에 왕비가 된 백설공주 중 누가 더 행복하다고 생각하나요?

39. 책 제목을 활용해서 글쓰기

역사 이야기
『통일 신라와 발해』를 읽고

통 : 통일한 신라는 역사가 천년이나 된다.

일 : 일편단심으로 통일을 이룬 일등공신은 김유신, 김춘추이다.

신 : 신라는 신성하고 훌륭한 아름다운 나라다

라 : 라면의 면처럼 길고 긴 역사를 가졌다

와 : 와장창 무너진 고구려, 백제

발 : 발해는 고구려의 후예가 힘차게 세웠다.

해 : 해가 뜨듯이 달이 뜨듯이 찬란히 세웠다.

- 서울 수색초 3 임호빈

해 뜨듯 달 뜨듯 발해가 세워졌다고요? 호빈 어린이는 역사에 무척 흥미를 갖고 있나 봅니다. 책을 재미있게 읽고 그 제목에 따라 7행시를 지어 보았네요. 여러분도 이렇게 제목을 따라 중심내용을 간추려 가며 시를 지어 보세요. 그러다 보면 줄거리를 좀 더 잘 기억할 수 있을 것입니다. 여러분은 어떤 책을 재미있게 읽었나요? 책을 읽은 후 여러 가지 형식을 통해 자신의 생각을 정리해 보는 것은 매우 중요하답니다.

40. 친구란?

친구

고맙다고 말하면 미소를 지으며
"친구란 이런 거야, 너만의 메신저
언제나 너만을 위해 살아가는 메신저"

살아도 우린 하나 죽어도 우린 하나
친구란 보험이야 영원한 생명보험
영원히 너와 함께 할 우린 하나 밝은 별

– 서울 수색초 4 김지혜

생각의 창 넓히기 ●────────────

친구가 메신저라는 생각, 얼마나 참신한가요? 지혜 어린이처럼 생각의 범위를 자유롭게 넓혀 보세요. 여러분은 친구에 대해 어떤 다른 생각을 가지고 있나요? "친구란, 내 슬픔을 등에 지고 가는 자"라는 인디언 속담에서도 알 수 있듯이 친구는 나를 위해서 희생할 수 있는 사람입니다. 그만큼 소중하다는 뜻이지요.

여러분은 친구에 대해 어떤 생각을 가지고 있나요? 자신만의 참신한 생각을 한 편의 시로 표현해 보세요.

30년 후의 내 모습

나는 마음이 쿵쾅쿵쾅 뛰었습니다. 바로 오늘이 세계 유아 지도사 시험 합격 자가 발표되는 순간입니다. 아, 수석입니다. 500점 만점에 500점을 받은 것입 니다. 파란 눈으로 가득 차 있는 시험장에 나 혼자 검은 눈이니 오기가 생겼다 고 할까요. 예선까지 참 치열했는데, 내가 본선에 그것도 수석으로! 합격한 것 입니다. 이제 유아 교육지도사만의 명예의 전당에 올라가겠지요.

제2의 마더 테레사라고 불리는 줄리아 매런과 어깨를 나란히 겨루는 것입니 다. 내게 유치원 때 추억이라고는 별로 없습니다. 하지만 초등학교 때 확실한 꿈 을 키워주신 2학년 때 담임선생님의 말씀이 나를 이 자리에 있게 해준 것입니 다. 신문을 읽기만 하던 나에게 이제 인터뷰가 들어오고 있네요. 나에게는 새로 운 인생이 시작될 것입니다. 제2의 줄리아 매런을 꿈꾸며 우리 어린이들에게 확실한 꿈을 심어주겠습니다.

이제, 난 알겠습니다. 꿈이 있는 자에겐 세상이 너무나도 밝다는 것을요.

2036년 9월 14일

– 서울 숭인초 5 김효선

꿈 그리고 비전 •

2036년에 유아 교육자로서의 자신의 꿈을 이룬 효선 어린이의 당당한 비전이 대견합니다. 또한 풍부한 상상력과 패기에 감탄이 절로 나와요. 이젠, 여러분의 꿈이 궁금하네요.

여러분, 꿈과 비전의 차이점이 무엇인줄 아세요? 꿈은 무엇이 되고 싶다는 막 연한 생각이지만, 비전은 그 꿈을 향한 명확하고 구체적인 계획이 있는 것이랍 니다. 여러분도 효선 어린이와 같은 확실한 비전을 세웠겠지요? 그날을 상상하 면서 꿈을 향해 노력하는 여러분의 모습이 참 예쁘네요.

다양한 방식을 이용해서 맛깔스러운 글을 쓸 수 있어요!

42. 토박이말을 사용해 부모님의 사랑 표현하기

우리들의 고갱이는 어머니이시다

우리들의 고갱이는 어머니이시다. 어머니의 끝없는 사랑을 나도 처음엔 당연하다고 생각하였다. 그래서인지 우리는 효도라는 수당마저 드리지 않고, 꿈에도 생각하지 못하고 있다. 그저 가끔 안마하는 것이 끝이다.

내가 아마 5살 때였을 것이다. 나는 열이 많이 나고 있었다. 하지만 어머니는 힘든 내색 안 하시고 밤을 지새우신 채로 나를 간호하셨다. 어머니의 사랑이 열이라는 악마를 물리친 것일까? 시나브로 펄펄 끓던 열이 떨어졌다. 그 때 나는 '아, 어머니의 사랑이 정말로 아름다운 것이구나! 아마 어머니가 안 계시면 이 세상의 생명체는 없어질 거야.' 라는 생각을 했다.

지금 나는 노랫말의 한 구절이 생각난다. '믿음과 소망과 사랑 중에 그 중에 제일은 사랑이라.' 아마 그 말은 어머니의 사랑을 두고 나온 것일 게다.

우리가 눈썹씨름을 할 때면 어머니의 토닥거림이 우리를 꿈나라로 부른다. 어머니의 사랑이 없으면 가당키라도 한 말인가? 가끔씩 문제로 사건을 일으키는 아이들을 보면 나는 그 아이의 어머니부터 떠오른다. 그 아이의 어머니께서 얼마나 마음 아파 하셨을까? 이처럼 어머니의 존재는 우리들에게 없어서는 안 되는 중요로우신 분이다.

- 서울 숭인초 4 강유나

외래어로 말할 수 없는 특별한 속삭임 ●────────────

여러분은 처음 유나 어린이의 글을 읽었을 때 고개를 갸우뚱 했을 거예요. '고갱이, 시나브로, 눈썹씨름, 중요롭다' 등 평소에는 자주 쓰지 않는 토박이말을 이용하여 어머니의 사랑을 구수하게 표현했습니다.

'고갱이'는 사물의 중심이 되는 것을 나타내고, '시나브로'란 말은 '모르는 사이에 조금씩'이라는 뜻입니다. 또한 '눈썹씨름'이란 잠을 자려고 눈을 붙이는 일을 비유하는 말인데 표현이 참 재미있지요. 마지막에 나오는 '종요롭다'는 없어서는 안 될 매우 중요함을 의미합니다.

이처럼 토박이말을 이용하면 읽는 이의 흥미와 호기심을 유발할 수 있답니다. 이러한 풍부한 표현력은 토박이말을 바로 알고 즐겨 쓰는 관심 속에서 비롯된답니다. 외래어와 한문으로는 표현할 수 없는 의미들이 여러분 글에 맛깔스러움을 더해줄 것입니다.

자, 그럼 여러분에게 고갱이 역할을 해주는 것은 무엇인지 생각해 볼까요?

43. 토박이말을 넣어 가족 소개하기

너스레를 떨어도

온돌처럼 따뜻한 우리 가족을 소개하겠습니다.

우리 오빠 이름은 권우진입니다. 오빠는 외탁하여 외삼촌의 입, 코, 귀가 닮았습니다. 오빠와 나는 4살 터울입니다. 중학교 3학년이랍니다. 우리 오빠는 저녁마다 주전부리를 많이 하지만 살이 찌질 않고 보기 좋습니다. 그 또한 날씬한 외삼촌을 닮았기 때문입니다. 오빠는 나와 게임을 할 때마다 정정당당히 하지 않고 꼼수를 쓰지요. 그래서 오빠와 나는 따따부따 싸운답니다. 그러다가 어느 틈에 설레발을 치기도 하고 너스레를 떨기도 하며 오빠와 재미있게 놉니다.

우리 아빠 이름은 권성철입니다. 우리 아빠는 저녁마다 주전부리를 많이 하셔서 배가 볼록 튀어나오셨습니다. 집에서 부르는 별명은 올챙이지요. 아빠는 오빠와 나에게 주말마다 이야기 하나씩을 해주십니다. 그런데 어사무사하게 이야기를 해주셔서 나중엔 무슨 내용인지 하나도 모르지요. 그러나 놀아줄 땐 재미있게 놀아주십니다.

마지막으로 우리 엄마 소개를 하겠습니다. 우리 엄마의 이름은 김수현입니다. 엄마는 우리가 본데없이 행동하면 질색을 하십니다. 사람 사이에 데면데면

한 것을 무척 싫어하시지요. 겉도 멋져야 되지만 속 또한 멋있어야 한다고 강조하십니다. 그래서 오빠와 나는 엄마를 어려워하고 또 정말 무서워합니다.

그래도 세상에서 제일 예쁘신 우리 엄마!

오빠와 내가 너스레를 떨어도, 좀 데데하게 굴어도 허투루 넘어가 주실 수는 없나요?

- 서울 수색초 5 권소영

정감 있는 한마디 •————————————————

소영 어린이의 경우 글 전체적으로 토박이말을 자연스레 사용했습니다. 너스레, 터울, 주전부리, 꼼수, 따따부따, 설레발, 데데하게, 허투루 등 소영 어린이가 사용한 토박이말의 뜻을 알아볼까요?

'너스레'는 남을 놀리려고 늘어놓는 말솜씨입니다. '터울'은 한 어머니의 자식으로 먼저 낳은 아이와 다음에 낳은 아이와의 나이 차이를 일컫지요. '주전부리'는 때를 가리지 아니하고 군음식을 자꾸 먹는 것을 말하고, '꼼수'는 쩨쩨한 수단이나 방법을 말합니다. '따따부따'는 딱딱한 말로 이러쿵저러쿵 따지는 모양이고, '설레발'은 몹시 서두르며 부산하게 구는 행동을 나타내지요. '데면데면하다'는 사람을 대하는 태도가 친밀감이 없는 것을 의미하며, '데데거리다'는 말을 좀 더듬거리는 모습이나 퉁명스럽게 말하는 것을 뜻해요. 끝으로 '허투루'는 아무렇게나 되는대로 하는 것을 일컫는답니다.

토박이말을 사용한 글을 읽어보니까 우리말이 좀 더 친근하게 느껴지지요? 글도 더 정감 있어 지고요. 토박이말의 의미를 잘 알고 직접 사용하다 보면, 어느새 정겨운 말들이 내 안에 들어와 있는 것을 발견하게 될 거예요.

나는 뚱땡이

엄마께선
나보고
주전부리 왕이래요

나는 주전부리만 보면
감질이 돌아
몸이 간질간질거려요

손님이 계시건 안계시건
휘뚜루마뚜루 먹어요

엄마께선 매일매일
나보고
뚱땡이래요

칫, 난 외탁했는데……,

– 서울 갈현초 3 권윤지

오묘한 시의 마력 •

윤지 어린이의 시가 참 재미있지요? 그런데 여러분은 이 시에 담긴 토박이말의 뜻을 알고 있나요? 어렵다면 선생님과 다시 읽어 볼까요? '주전부리'는 앞에서도 공부했지요? 기억나나요? 맞아요. '주전부리'는 군음식을 때 없이 자주 먹는 것으로, 군것질을 의미해요. '감질'은 먹고 싶거나 갖고 싶어 몹시 애타는 마음이에요. 그리고 '휘뚜루마뚜루'란 말은 재미있는 의태어로, 이것저것 가리지 않고 닥치는 대로 마구 해치우는 모양이랍니다. 그리고 '외탁'은 한자어이지만, 잘 모를 것 같아 설명해 드릴게요. 외탁이란 생김새나 성질 등이 외가를 닮았을 때 쓰는 말이에요.

그런데 보세요. 엄마는 윤지보고 뚱땡이라고 놀리지만, 사실 윤지는 외가댁 식구를 닮아 주전부리를 좋아하고 뚱뚱하대요. '칫, 나는 외탁했는데……' 라는 말이 얼마나 재치 있고, 재미있나요! 이것이 시의 묘미랍니다. 시의 첫걸음은 이처럼 자신이 경험하고 느낀 것을 솔직하게 털어놓는 데서 비롯된답니다.

자신의 체험은 없고 생각만 쓴다면 감동이 없는 시가 되고 맙니다. 좋은 시를 쓰기 위해 많이 경험하고, 많이 생각하고, 많이 써 보도록 하세요.

45. 생활 속에서 만나는 격언

열 살의 청춘

이제 하루만 더 있으면 귀신보다 더욱 무섭다는 시험 날이다. 도대체 시험은 누가 만들었지? 아마도 지옥에 있는 악마대왕이 만들었을 거야. 머릿속에 천재의 뇌가 들어있는 우리 논술 친구들은 식은 죽 먹기겠지만, 좀 부족한 나로선 아주 벅차다.

'아아, 이 아름답고 푸르고, 신비로운 열 살의 청춘을 어찌 공부만으로 때우랴.'

그럼 어디 시험 기간이 들어선 뒤 나의 생활을 알아볼까? 우선, 시험 범위가 나온다. 그때 교실은 완전히 교도소 분위기다. 아이들은 모두 스크림같은 표정으로 교실을 나온다. 나는 죽은 돼지 시체의 표정으로 나온다. 걱정거리란 하나도 없는 아이들도 이 시간에는 비명을 지른다.

그 다음날, 어머니의 따가운 시선을 받으며 책상 앞에 앉는다. 흑흑, 이럴 때 얼마나 등골이 오싹한지……. 그러나 우리에게도 희망은 있다! 어머니가 잠시 밥을 지으러 가시면 거실로 뛰어나가 만화책을 집어 든다. 으흐, 이때의 짜릿함이란! 그러나 그 장면을 어머니께 들키기라도 하면 내 등은 여지없이 어머니의 손바닥 고문을 당하고야 만다.

게다가 할아버지께선 "사람이 배우지 않으면 어두운 밤길을 걷는 것과 같단다. 우리 혜정이 밝은 길을 걷고 싶은 게지?" 하시며 은근한 눈치를 주신다. 그렇게 며칠이 지났다.

드디어 시험 하루 전! 온 집안이 난리가 난다. 물 좀 마시려고 부엌에 가면 할머니께 이런 말씀부터 듣는다.

"으이구, 내일 시험이라며! 시간 아깝다! 어서 가서 공부해!"

이게 끝이 아니다. 할아버지께선, "혜정아, 너를 믿는다!"라고 하신다. 양심이 찔려서 도대체 살 수가 있어야지. 아, 행복은 성적순이 아니라고요! 휴우, 아름다운 열 살의 청춘을 위해 나는 또 다시 책상 앞에 앉는다.

– 서울 선일초 3 노혜정

마음을 밝히는 명심보감 ●

시험은 임금님도 무서워한다지요? 그러니 혜정 어린이가 시험이 무서운 것은 당연하지요. 여러분도 혜정 어린이처럼 솔직한 마음을 가득 담아 글로 써 보세요. 글을 쓰다보면 무서운 생각, 힘들었던 마음도 어느새 눈 녹듯 사라진답니다.

'격언'이란, 인생을 현명하게 살아가는 데 도움을 주는 가르침을 뜻해요. '명언'은 사리에 맞는 훌륭한 말을 뜻하고요. 이러한 글귀가 모여 이루어진 지혜서로서 동양의 『명심보감』과 서양의 『탈무드』가 유명하답니다.

마음을 밝히는 보배로운 거울, 명심보감 속의 격언을 사용해 여러분의 경험을 종이 위에 담아 볼까요?

명심보감 격언
· 아버지 나를 낳으시고 어머니 나를 기르시니, 그 은혜는 넓은 하늘처럼 끝이 없어라.
· 사람이 배우지 않으면 마치 캄캄한 밤길을 가는 것과 같다.
· 남이 나를 소중히 여겨주기 바란다면, 내가 먼저 남을 소중히 여겨야 한다.
· 좋은 한마디 말을 얻는 것이 천금보다 낫다.
· 한 가지 일을 경험하지 않으면, 한 가지 지혜도 자라지 않는다.

나의 열 살

나는 10이란 숫자를 좋아한다. 왜냐하면 10은 왠지 꽉 찬 느낌이 들기 때문이다. 하지만 나의 열 살은 아직 덜 찬 것 같다. 열 살은 이제 어린이티를 벗고 청소년처럼 행동할 시기이다. 그런데 나는 아직 어린이티를 벗지 못한 것 같다.

며칠 전 일이었다. 할머니 댁에 조카 예성이가 놀러왔다. 그런데 엄마하고 가족들이 예성이에게만 잘해 주는 것이었다. 난 샘이 나서 엄마에게 여쭈었다.

"엄마! 왜 예성이만 안아줘요?"

"예성이는 아직 어리잖아."

"그래도 나는 엄마 딸이잖아요."

"하은아, 네가 지금 엄마한테 서운한 마음이 들었지, 명심보감에 '한 가지 일을 경험하지 않으면, 한 가지 지혜도 자라지 않는다.' 는 말이 있단다. 우리 이쁜이, 이런 경험을 통해 한층 마음이 자랐을 걸."

그 날 나는 자면서 눈물을 흘렸다. 엄마는 그렇게 말씀하셨지만 난 어른들이 예성이만 예뻐해 주는 것이 정말 못마땅하다. 다시 애기가 되어서 아양도 부리고 가족과 함께 여행도 많이 하고 싶다. 대여섯 살 때는 엄마가 무엇이든지 다 해 주셨는데 이젠 엄마는 무엇이든지 스스로 하라고 하신다. 아침에 일어나는 것도 나 혼자서 해야 하고 옷 입는 것, 가방 챙기는 것, 연필 깎는 것 내가 할 수 있는 것은 모두 다 스스로 해야 한다.

열 살은 그만큼 책임감을 갖고 스스로 해야 하는 것이 많다. 나는 때때로 이런 생각을 하곤 한다. '언제까지나 애기로 있을 순 없을까?' 하지만 언제까지 애기일 순 없을 것 같다.

엄마는 열 살을 걸음마를 다시 하는 나이라고 하셨다. 처음 걸음마를 시작할 때 나는 너무 불안하고 엄마 손을 놓으면 넘어질까 겁이 났었다. 정말 수도 없이 넘어졌다. 그런데 자꾸 넘어지다 보니 점점 자유롭게 걷게 되었다. 이처럼 열 살의 걸음마는 어른이 되기 위한 첫 발 같다.

이제 조금씩 엄마 품을 떠나서 내 스스로 걸음마를 시작해야 한다. 가다가 넘어지지 않을지, 잘 할 수 있을지, 위험하진 않을지 걱정도 되지만 용기를 내어서 끝까지 걸음마를 할 것이다.

열 살은 잘 알 수 없고 신비한 일로 가득 차 있는 것 같다. 이제 열 살도 얼마 남지 않았다. 곧 있으면 나도 4학년인 열한 살이 된다. 열 살의 남은 시간을 웃음으로 행복하게 보내고 싶다.

– 서울 구산초 3 박하은

신비스러움으로 가득 찬 나이 ●──────────

열 살의 특징을 어쩌면 이렇게 싱그럽게 표현해 놓았을까요? 추운 겨울을 지나 파릇파릇 움트는 새순이 연상되네요. 어떻게 자라날지 신비스러움으로 가득 찬 나이, 열 살이지요. 이제 스스로 걸음마를 시작하려는 하은 어린이가 마냥 사랑스럽습니다. 여러분도 더 넓은 세상, 새로운 세계를 향하여 한 걸음 한 걸음씩 발걸음을 내디뎌 보세요.

하은 어린이의 글을 한층 더 돋보이게 하는 것은 무엇인가요? 맞아요. 바로 명심보감에 나오는 격언이었어요. 격언을 넣어 글을 완성하니 주제가 훨씬 더 살아나지요? 여러분도 격언을 넣어 글을 지어보세요. 더욱 힘 있고 생기 있는 글이 될 거예요.

47. 명문장을 인용하여 글쓰기

다롱이

『어린 왕자』책을 읽다보면 "장미가 소중한 건, 그 꽃에게 바친 시간들 때문이다"라는 말이 나옵니다. 나에게도 시간과 함께 정이 든 다롱이라는 귀여운 강아지가 있습니다.

지난겨울 12월 10일, 나의 가슴에서 빛을 내줄 그 무언가가 나에게 나타났습니다. 흰 눈이 내리는 날, 하얀 털복숭이의 한 동물이 나의 마음속을 뚫고 들어

온 것입니다.

걸음을 걸으면 발자국이 눈 속에 폭 들어가듯 외할아버지 품에 안겨 우리 집으로 온 다롱이는 내 마음 속에 살며시 들어 왔습니다. 짧은 다리에 눈은 맑고 귀는 커서 그 귀여운 모습이 내게 커다랗게 자리 잡았습니다.

하루하루가 지나갈수록 내 뒤만 졸졸 따라다니며 내가 나갔다 오면 좋아서 어쩔 줄 몰라 하며 반가워합니다. '다롱아' 하고 부르면 귀를 팔랑팔랑 거리면서 날개라도 단 것처럼 달려옵니다. 그러는 사이 다롱이는 나의 마음에 애정의 싹을 틔웠습니다. 1년이 지난 지금 내 마음 속 작은 싹은 아주 큰 사랑나무로 자랐습니다.

– 서울 선일초 4 유지성

서로의 수호천사가 되어 주는 사이 ●────────────

지성 어린이는 "장미가 소중한 건, 그 꽃에게 바친 시간들 때문"이라는 어린왕자의 명문을 이용하여 "시간과 함께 정이 든 다롱이"에 대한 이야기를 시를 쓰듯 아름답게 수놓았네요.

강아지와 함께한 시간만큼 정이 든 1년이 어린왕자가 장미와 함께 보낸 시간들처럼 소중하고 특별하다는 것을 의미합니다. 다롱이의 팔랑거리는 귀가 날개처럼 보인다니, 지성 어린이와 다롱이는 서로의 수호천사가 아닐까요?

여러분의 마음 속 상자에는 어떤 명문장을 담아 두었나요? 좋은 문장을 소중히 여기는 사람은 그 말 속에 담긴 뜻을 헤아려 그것을 쫓아 노력하는 삶을 살 수 있답니다.

자, 여러분! 지금부터 외우고 싶은 명문장을 정해서 한 걸음 한 걸음 닮아가려는 노력을 해 보세요. 『큰 바위 얼굴』의 어니스트처럼 여러분의 모습도 얼마나 훌륭한 모습으로 성장할지 무척 기대된답니다. 명문장을 인용해서 글을 써 볼까요? 여러분의 모습처럼 예쁘고 씩씩한 글이 나올 것 같네요.

내 동생 낫 놓고 기역자도 모르네

어릴 적 내 동생은 한글은 모르면서도 빠뿌뿌삐하며 입 멈출 줄을 몰랐다. 그래서 보다 못한 내가 한글을 가르친 적이 있었다.

기역하는데 동생은 끼역이라고 해서 낫과 비슷한 모형조각을 놓고 기역했다. 하지만 발음은 여전했다. '나에게는 식은 죽 먹기인데 동생에게는 무리구나.' 그래서 천리 길도 한 걸음부터라고 생각하고 천천히 가르쳤다. 어느 날 동생이 이제 ㄱ,ㄴ,ㄷ,ㄹ,ㅁ,ㅂ까지 외웠을 때다.

복습을 하여서 다 외웠는지 확인하려고 닮은 꼴의 도구들을 모두 들고 왔다. 동생은 다 외우나 싶더니 또 모른다고 한다. 내 마음은 '아이고 밑 빠진 독에 물 붓기구나' 하며 실망했다. 다시 한 번 낫과 비슷한 모양 조각을 놓고 "이게 뭐야" 하고 물었다. 동생은 ㅁ이라고 했다. 왜냐하면 ㄱ도 되고 ㄴ도 되니까 둘이 합체를 하면 ㅁ이 된다고 해서 ㅁ이라고 대답한 것이라고 한다. 으, 머리가 지끈지끈 아파 와서 "공부는 다음에"를 몇 번씩이나 말했다. 화창한 날 아침 한글 마지막 테스트, 난 아침 일찍 일어나 동생을 가르쳤다. 다른 것은 잘 외웠지만 꼭 ㄱㄴ을 보면 ㅁ이라고 한다. 잘 가르쳐줘도 무조건 제자리걸음, 낫 놓고 기역자도 모르는 애는 난생 처음이다.

"동생아, 한글 좀 외워봐." 하니 동생은 "형아는 외울 수 있어?" 하고 대든다. 만약, 엄마가 아기를 한 명 더 낳으시면 한글 가르칠 때 절대 낫과 비슷한 모형 조각을 사용하지 않겠다고 다짐했다.

– 서울 수색초 3 김동희

교훈 꾸러미, 속담 꾸러미 •────────────────

동희 어린이는 동생에게 한글을 가르쳤던 경험을 토대로 알고 있는 속담을 넣어 실감나게 표현했습니다. 글의 흐름을 따라가면 속담의 의미도 저절로 파악하게 되네요. 이렇게 속담도 알고, 사고력이 풍부한 글도 쓰고, 얼마나 좋아요?

'꿩 먹고 알 먹고', '누이 좋고 매부 좋고', '도랑 치고 가재 잡고' 이런 속담들이 떠오르지 않나요?

속담이란, 예로부터 민간에 전하여 오는 쉬운 말로서 풍자 · 비판 · 교훈 등을 간직한 짧은 구절을 이른답니다. 조상들의 재치와 지혜가 가득 담긴 속담 꾸러미를 살며시 풀어 볼까요? 다양한 속담을 알맞게 인용하여 글을 써 봅시다.

속담 보기	
· 하룻강아지 범 무서운 줄 모른다.	· 가는 말이 고와야 오는 말이 곱다.
· 웃으면 복이 온다.	· 여우볕에 콩 볶아 먹는다.
· 낫 놓고 기역자도 모른다.	· 봄추위가 장독 깬다.
· 작은 고추가 맵다.	· 가뭄에 콩 나듯.
· 고래 싸움에 새우 등 터진다.	· 금강산도 식후경.

49. 속담을 사용해 동화 쓰기

어린 참새 이야기

어느 소나무에 촐랑거리고 게으른 어린 참새가 살고 있었다. 겨울이 되자, 여름 내 놀기만 하던 참새는 먹을 것을 모아두지 못했다. 쫄쫄 굶어야 했던 참새는 어디든 남는 먹이가 있는지 살피고 돌아다니며 구걸을 했다. 그러나 동물들은 하나같이,

"아유~ 만날 놀고먹고 잠만 잤으니 요모양 요꼴이지, 우리도 음식이 충분하지 않단다." 하며 문을 닫아버렸다.

그렇게 일주일이 지나고……, 거의 굶어 죽을 지경이 되자, 어린 참새는 그만 해서는 안 될 짓을 결심하고 말았다. '그래, 까짓 거 조금만 가져오는 건데 뭐, 눈 가리고 아웅 하면 되겠지?' 하고 생각한 어린 참새는 밤에 몰래 꿩의 집에 들어가 음식을 한 보따리 들고 멀리 도망갔다. 그러나 다음날, 꿩과 경찰새들이 참새를 찾아 왔다.

"하룻강아지 범 무서운 줄 모르네? 아무리 도망가 봤자 눈 위에 네 발자국이

다 찍혔어!" 경찰새들은 참새의 집을 수색하다가 소리쳤다.

"여기 음식 보따리 한 자루가 있습니다!"

갑자기 참새의 얼굴이 빨개지면서 "저것은 내 것이 아니에요."라며 핑계를 댔다.

"나 참, 닭 잡아먹고 오리발 내미네. 내가 어제 '짹짹' 거리는 소리를 들었어. 호박이 넝쿨째 들어온 줄 알았니?"하고 꿩이 소리쳤다. 더 이상 할 말이 없게 되자 참새는 울면서 사과를 했다.

"정말 죄송합니다. 저는 굶어 죽을 것만 같았어요. 흑, 흑."

이 얘기를 들은 꿩은 "쯧쯧, 핑계 없는 무덤 없다더니……." 하고는 동정심이 생겨 참새에게 음식 보따리의 반을 나눠 주고 참새의 사과를 받아 들였다.

그 후, 꿩과 참새는 둘도 없는 친한 친구 사이가 되었다.

– 서울 갈현초 5 이은

효과적인 글쓰기 ●━━━━━━━━━━━━━━━━━━━━━━━━━━━━━

은이 어린이도 속담을 담아서 재치 있는 글을 써 보았네요. 풀어서 말하기에 매우 복잡하거나 적절한 표현이 어려울 때, 속담을 사용해서 말해 보세요. 말하고자 하는 것을 좀 더 효과적으로 전할 수 있답니다.

50. 깊은 마음, 깊은 생각이 감성을 만나다

어머니의 자장가

아기별 꿈꾸고 밤안개 퍼질 때에
한 자락 꿈을 접어 베개 밑에 넣어주신
은은한 어머니의 자장가 그윽한 난초 냄새

조각이불 조각조각 사랑으로 수놓아
희망 갖고 살아라 그윽한 세상노래
꽃내음 담아 주시는 어머니의 자장가

달빛처럼 조용히 내 가슴에 내려앉는
냇물처럼 졸졸졸 내 마음을 흐르는
어머니 자장가 소리 닮아보고 싶어라,

– 서울 도봉초 6 이정은

난초향 스미는, 달빛 깃드는●

정은 어린이가 은유법을 사용하여 시를 지었네요. 첫째 연에서는 어머니의 자장가를 "그윽한 난초 냄새"로 표현했고, 둘째 연에서는 "그윽한 세상노래"로 비유했네요. 그리고 셋째 연에서는 어머니 자장가가 "냇물처럼 흐르고 달빛처럼 내려앉는다"는 표현으로 직유법의 절정을 이루었어요.

시에서 향기가 나네요. 난초 냄새가 스며드는 것도 같고, 은은한 달빛이 깃드는 것도 같습니다. 시에서 가장 중요한 것은 자신이 이야기하고자 하는 주제를 어떻게 표현할 것인가 하는 데 있습니다. 이 시는 초등학생의 감성을 뛰어넘어 읽는 이의 눈길을 붙잡아 놓는 마력이 있어요. 어머니 자장가가 나오기 위한 배경이 첫 문장에서부터 동화처럼 펼쳐지고 있지 않나요? 어머니를 향한 어린이의 사랑처럼 여러분도 마음을 담아 시를 지어 보세요.

잠깐, 이 시는 엄격히 말하면 시는 시되, 일정한 형식에 의해 지어진 '시조'에 해당합니다. 시조에 대해서는 〈감수성 편〉에서 자세히 배울 거예요.

51. 개요 짜서 글쓰기

내가 살고 싶은 곳

싸락싸락 창 밖에는 눈이 내립니다. 아마 수평선이 보이는 김제 바닷가에도, 만경리로 들어가는 마을 어귀에도 눈이 내리겠지요.

저는 지금 살고 있는 서울도 좋아하지만 저 멀리 전라북도 김제를 제가 살고 싶은 곳, 1위로 꼽습니다.

김제 만경리 마을에 들어서면 그때부터 공부라는 단어는 제 머릿속에서 사라집니다. 하루 종일 컴퓨터 앞에 앉아있을 수도 있고 만화책을 볼 수도 있고 텔레비전도 마음껏 볼 수도 있습니다. 그야말로 우리 어린이들의 천국입니다.

우리 집에서는 상상도 못했던 일들이 그곳에서는 벌어집니다. 여름이면 조금 덥기는 하지만 그림 같은 수평선이 우리들 마음을 확 트이게 해줍니다. 밤이 되면 반짝이는 반딧불이가 어둠 속에서 절로 시를 짓게 합니다. 그리고 어디선가 울려오는 매미소리는 한낮의 더위를 잊게 하지요. 이러한 자연 속에서 끝없이 이어지는 우리들의 웃음소리는 밤도 낮도 잊게 합니다.

김제의 겨울은 더욱 낭만적입니다. 김제에만 눈이 내리는 듯 그곳은 유난히 눈이 많이 옵니다. 덜컹덜컹 비포장도로하며 오르막길에서는 바퀴가 헛돌기도 해서 찾아가기는 힘들지만 지평선과 수평선이 다 보이는 아름다운 곳입니다. 아랫목에 앉아 고구마나 감자 따위를 구워 먹으며 아무 이야기나 재잘거리기도 하고 만화책을 보며 낄낄댑니다.

그렇지만 눈이 오는 날이면 하루를 거의 밖에서 보냅니다. 오는 눈을 마음껏 맞으면서 쌓인 눈을 손 시린 줄도 모르고 동글동글 뭉쳐 눈사람도 만들고 눈 놀이도 하면서 계속 놉니다.

김제는 이렇게 우리를 공부에서 완전 해방시켜 줍니다. 하루 24시간이 어떻게 지나가는지 모릅니다. 하루가 24시간이 아닌 36시간이었으면 좋겠다는 엉뚱한 소망을 이야기하면서 우리는 또 한 번 웃어댑니다.

그리고 시골 특유의 반찬이 우리의 입맛을 붙듭니다. 알싸한 도라지나물에, 산뜻한 미나리나물, 고소한 고사리나물 등 주로 비타민과 섬유질로 이루어진 반찬이랍니다. 구수한 할머니 손맛에 밥 한 그릇은 뚝딱 비웁니다.

우리 가족은 일 년에 적어도 네 번은 그곳에 가지만 나는 서른 번은 더 갔으면 좋겠습니다. 지금도 그곳의 수평선이 나를 부릅니다.

– 서울 갈현초 5 이도경

구성과 표현을 충분히 고민하자 ●────────────────

도경 어린이의 글, 잘 읽어 보았나요? 이 글을 읽고 나니 선생님도 김제에 한 번 가보고 싶어지네요. 특히 싸락싸락, 덜컹덜컹, 동글동글과 같은 의태어가 그 느낌을 더욱 실감나게 해 줍니다.

우리는 논설문을 쓸 때 개요 짜기를 먼저 합니다. 생활문 역시 처음, 중간, 끝에 다루어야 할 구도를 생각한 다음에 써야 완성도가 높은 작품이 됩니다. 그런데 개요 짜기가 뭐냐고요? 개요 짜기란, 말하고자 하는 내용을 몇 단락으로 나누어 중심문장을 써 가는 것이랍니다. 여러분이 하고 싶은 말을 다 쓰는 것은 아니지요. 개요 짜기의 구체적인 예는 〈논리력 편〉에서 보여 줄게요.

도경 어린이는 글의 첫 문장을 당시의 배경과 그곳에서 느꼈던 기분으로 시작하고 있습니다. 이렇듯 첫 문장에서 배경이나 지은이의 느낌을 쓰는 것은 주제로 나아가기 위한 자연스러운 장치입니다. 그리고 생각을 곁들여 다음 이야기들을 차례차례 써 나가면 됩니다. 이 작품 역시 김제에서 만들었던 아름다운 추억을 차례차례 이야기해 주고 있습니다. 끝부분의 할머니 이야기는 이 글의 백미라 할 수 있겠지요. 이처럼 글을 쓸 때 주제를 효과적으로 나타내기 위해 '어떻게 구성할까', '어떻게 표현할까'를 충분히 고민한 후 글을 써야 한답니다.

6월에는 여섯 살이 되고 싶다

6월은 너무 어지럽다. 오늘 치른 한자경시대회, 다음 주 월요일에 갈 수련회, 29일에 있을 수학경시대회 등 어지러운 나날이 날 괴롭히고 있다.

한자경시대회 때문에 학교에서나 집에서나 한자, 한자공부를 하였다. 난 그것 때문에 집에서는 폭발할 것 같았다. 손이 닳도록 한자공부를 하는 내가 대견스럽기도 하고 짜증도 났다. 한자책을 찢어버리고 싶을 정도로 말이다. 휴, 드디어 오늘 한자경시대회가 끝났다. 그리고 글짓기 모임에 오니 백일장이 기다리고 있다. 내 머릿속에서 들끓는 한자들을 조용히 시키고 가만가만 새 생각들을 들여놓아야지.

그런데 나는 이 시간에도 왜 자꾸 수학시험 걱정이 되는지 모르겠다. 한자경시대회를 보기 전부터 수학시험지를 풀었다. 집에서 틀린 문제 때문에 학교에서 또 시험을 보고 틀리면 재시험도 보고, 그것도 틀리면 남아서 또 시험을 본다. 수학경시대회는 멀었는데 벌써 걱정이 된다. 나는 수학경시대회가 제일 싫다. 어려운 시험지와 문제집을 가지고 늘 집에서 끙끙 앓는다.

난 병에 걸린 것 같다. 바로 공부병이다. 6월에는 공부병이 계속된다. 난 내 동생을 보면 늘 부럽다. 쉬운 공부와 재미있는 유치원, 숙제도 조금에 과자 파티 등 동생은 마냥 즐겁다. 또 여름엔 수영복을 입고 풀장에 뛰어들어 신나게 놀고 겨울엔 눈싸움하며 즐겁게 논다.

공부병에 시달리고 있는 나와는 완전 딴판이다. 또 토요일에도 마음껏 놀 수 있고 TV도 보고, 컴퓨터도 하고, 놀이터까지 갈 수 있는 내 동생은 참 좋겠다.

난 6살이 되고 싶다. 그럼 내 동생처럼 마음껏 놀 수 있으니까 말이다. 나의 이런 공부병이 빨리 가셔야 할 텐데 어쩌지. 하지만 공부병을 빨리 없애려면 병원에 가서 되는 것도 아니고 침대에 누워 있어서 낫는 것도 아니다. 6월이 빨리 지나거나 공부를 떨쳐내면 금세 나아지는 것이다.

공부병은 참 예민하다. 어떤 약속같이 꼭 해야만 된다는 생각이 나를 붙잡고

'강수진, 공부 하렴' 하는 것 같다. 어쩌면 그것이 나의 소원이 아닐까! 집에만 들어서면 공부냄새가 막 풍기니 공부를 안 할 수가 없다. 게다가 연필과 지우개도 재촉을 하니 말이다. 어찌 보면 공부도 재미있는 놀이가 된다. 책과 학용품이 재촉하면 나는 웃으면서 받아주어야지. 그러다보면 나중에는 공부병이 점점 물러날 것이다. 나는 그것을 믿는다.

– 서울 갈현초 4 강수진

첫 문장을 잘 써야 •

수진 어린이가 '6월'이라는 글감을 가지고 사고력 바다의 중심에 들어왔어요. 예사롭지 않은 글 솜씨지요? 수진 어린이는 제목에 대한 중심 생각을 첫 문장으로 내놓았네요. 6월에는 여섯 살이 되고 싶다는 그 솔직한 마음에 고개를 끄떡이며 미소를 보냅니다.

글쓰기에서 첫머리를 잘 쓰면 절반은 쓴 것과 다름없다는 말이 있습니다. 그만큼 시작이 중요하다는 것이지요. 첫머리는 대체로 글을 쓸 때의 분위기로부터 시작하든지, 주제에 기여할 수 있는 대화체로부터 시작하든지, 혹은 주제를 아우르는 중심 문장으로부터 시작하기도 합니다.

53. 주인공과 나를 비교해 보는 독서감상문 쓰기

미래, 과거, 현재의 선물
『어린이를 위한 위대한 선물』을 읽고

오늘 아주 특별한 선물을 받았다. 그 선물은 바로 『어린이를 위한 위대한 선물』이라는 책이다. 이 책은 아마 이름처럼 어린이를 위한 마음의 큰 선물이 될 것이라는 믿음으로 나는 신나게 집으로 달려 들어왔다. 논술 선생님께서 이 책을 선물해 주시지 않았다면 난 이 이야기에서처럼 선물을 아예 찾지도 못한 채 그대로 어른이 되어버렸을지도 모른다. 그런데 이 책을 읽으며 내 주위를 돌아보았다. 나도 주인공 소년처럼 무언가를 발견하고 자신이 하는 것과 자신이 있는 곳이 행복해지고 싶어서였다.

이 책 속의 소년은 시골 할아버지 댁의 벽난로를 유심히 지켜본다. 나도 우리 집을 가만히 둘러보니 장식용의 아기 천사들이 눈에 띄었다. 치마를 입은 커트 머리의 쌍둥이 천사와 새를 들고 노래하는 천사가 옛날과는 다르게 느껴졌다. 이제 보니, 아기 천사들은 어여쁜 목걸이를 하고 흥겹게 노래를 부르며 나를 쳐다보는 합창단 같았다. 아마, 이 천사들을 만드신 분은 공예사가 아니라 천사를 이끌어 주시는 하느님이었을 것이다.

이 책은 내게 선물이 되기도 하고 하나의 약속이 되어 주기도 했다. 과거에서 배우는 것과 현재 속에 사는 것, 미래를 계획하는 것이 머릿속에 새겨졌기 때문이다.

또, 이 책에서 가르쳐 준 것 중에 하나는, 세 가지 그림이 우리에겐 있어야 한다는 것이다. 나도 세 가지 선물에 대한 약속을 그림을 그리며 계획할 것이다. 그것을 이루어가는 과정을 담은 설계도, 그 곳을 찾아가는 지도, 멋진 모습을 그린 상상화를 말이다.

나도 내년이면 이 소년처럼 중학교 1학년이 된다. 이 소년처럼 많은 내용과 지식을 깨닫고 과거, 현재, 미래를 알며 한 해를 마감하고 싶다. 그리고 과거는 돌, 현재는 흙, 미래는 공기라면, 나는 그 사이에서 무럭무럭 자라는 꽃이 되고 싶다. 또 아룸이가 가지고 있는 이야기처럼 나도 아주 좋은 이야기를 찾아서 많은 사람들에게 알려 주고 싶다. 돌과 흙, 공기 안에서 자라는 꽃이 너무나도 행복할 것이라는 생각이 든다.

– 서울 수색초 6 강경혜

주인공의 삶, 나의 삶 ●

선물은 주는 사람에게도 받는 사람에게도 모두 설레는 기쁨입니다. 경혜 어린이에게는 '선물'이라는 책이 좋은 선물이 된 것 같네요. 책을 읽는 데 그쳤다면 결코 좋은 선물이 되지는 못했을 거예요. 하지만 경혜 어린이는 책을 읽고 자신의 느낀 점을 정리하여 독후감을 썼군요. 이렇듯 생각을 정리하여 글을 써 나갈 때, 여러분은 자연스럽게 생각하는 힘을 기를 수 있답니다. 그러니 책을 읽은 후에는 반드시 독후감 쓰는 습관을 기르도록 하세요.

군이 독후감을 쓸 필요가 있냐고 반문하는 어린이도 있을 거예요. 그렇지만 생각해 보세요. 독후감을 쓰면 책을 읽었을 때의 감동을 오래 간직할 수 있어요. 독후감을 쓰는 과정에서 생각을 더 깊이 있게 정리할 수 있어 좋고요. 작품에 대한 비판력도 생겨 어떤 책이 좋고 나쁜지 구별할 수 있게 된답니다. 책을 읽을 때마다 독후감을 쓴다면 따로 글쓰기 연습을 하지 않아도 문장력을 기를 수 있으니 얼마나 좋은가요.

독후감을 잘 쓰고 싶다고요? 먼저 여러분이 본대로 생각한대로 솔직하게 쓰는 것이 중요해요. 그리고 줄거리보다는 책을 읽으며 느꼈던 점, 인상 깊었던 부분과 그 부분에 대한 생각, 그리고 주제를 통한 다짐과 각오 등을 쓰는 것이 좋습니다.

'왜?' 라는 생각을 가지고 내가 주인공이라면 어떻게 했을지 상상하며 주인공의 삶과 나의 삶을 관련지어 비교해 보는 것도 좋은 독후감 쓰기의 한 방법이랍니다. 독후감 쓰는 것이 그렇게 어렵지만은 않지요? 자신감을 가지고 책 속으로 들어가 볼까요?

54. 책 속에서 위대한 인물 만나기

손에서 피가 나게 만든 대동여지도

그에 관한 기록은 없다. 그는 양반의 자손도 아닌데다가 당시에는 지도에 관한 관심도 적었고, 게다가 개인의 지도 제작이 허용 되지 않았기 때문일 것이다. 1834년 〈청구도〉 2 책을 만들었다. 지도에 관한 책과 여러 지도를 본 김정호는 실망이 컸다. 왜냐 하면 대동여지도를 만드는데 자꾸 실패했기 때문이었다. 그날부터 강이고 산이고 다 돌아다니며 지도를 그리기 시작했다. 그곳의 특산물이며 절과 같은 유적도 꼼꼼하게 기록하였다.

왜 나 같으면 아무 것도 안 하고 전국에 있는 길을 걸어만 다녔어도 힘들었을 텐데 정말 대단하신 분이다.

그렇게 30년이라는 세월을 온통 지도 만드는 일에 매달려 오던 김정호는 1896년 드디어 대동여지도를 완성했다. 그 대동여지도는 22첩의 지도를 붙여 만든 동서의 길이가 3m, 남북의 길이가 6m 60cm에 이르는 대형 지도로서 당시로서는 굉장히 정확하고 큰 지도였다. 또한 산과 산맥, 강의 이름과 모양, 능묘, 관청, 도로 등에 이르기까지 자세하게 기록 되어 있다.

김정호의 끈기 있게 노력하는 모습을 보고 나도 그렇게 끈기가 있어야겠다는 생각이 머릿속에서 떠나지 않았다. 그리고 요즘 세상에는 지하철, KTX, 택시, 버스로 편히 다니지만 옛날에는 자기 발로 다 걸어서 다녔을 텐데 김정호가 불쌍하기도 하고 대단하기도 하다. 김정호는 이미 이백 년 전에 국토순례를 한 것이다. 우리나라의 아름다운 광경과 백성들이 살아가는 모습까지도 지도로 남기고 싶었던 그의 마음이 내 마음속에 깊이 박혔다.

– 안산 안산초 6 양솔

열정이라는 가능성 •

양솔 어린이의 가슴속에는 전국의 세세한 지도는 물론, 아름다운 국토의 풍경까지도 들어있으니 행복하겠어요. 책 읽기는 이래서 좋지요. 훌륭한 업적을 남기신 위인들의 삶을 돌아볼 수 있어 좋고, 그분들의 삶을 본받을 수 있어서 더욱 좋지요. 나라 사랑과 끈기와 열정이라는 가능성을 열어 주신 김정호 선생님께 감사드리자고요!

먼 나라 이웃 나라

민주주의의 본고장인 영국에 대해 알고 싶어서 이 책을 읽게 되었다. 영국은 웨일스, 스코틀랜드, 북아일랜드, 잉글랜드로 이루어져 있다. 영국의 나라 이름은 거의 모두가 'England'인줄 알고 있지만 진짜로는 상당히 길다. 이름하여 'United Kingdom of Great Britain and Northern Ireland' 이다.

영국의 가장 큰 특징은 섬나라라는 것이다. 누구나 아는 사실이지만 이것은 아주 중요하다. 같은 예로 일본을 들어보자. 일본은 세계 대전에서 패한 것을 빼고는 다른 나라의 침략을 받지 않았다. 영국도 거의 침략을 받지 않았다. 그런데 일본은 세계 2위인데 영국은 계속 떨어지고만 있다. 그 이유는 무엇인가? 일본은 세계대전에서 패한 뒤 자신보다 강한 나라가 있음을 알고 노력해 왔다. 그러나 영국은 세계 1,2차 대전에서 승리한 뒤 자신이 최강국인줄만 알고 노력하지 않았다. 그 결과 세계 10위로 떨어진 것이다.

영국의 지형은 남쪽이 평평하고 북쪽은 산으로 되어있다. 남쪽은 평지라 로마가 자주 쳐들어 왔다. 그리고 영국은 4개의 나라로 이루어져 있는데, 이 나라들은 서로 사이가 안 좋다.

예를 들면 잉글랜드와 독일이 축구 시합을 하면 스코틀랜드와 웨일스 사람들은 독일을 응원한다고 한다. 어찌 이럴 수가 있는 것인가? 아무리 사이가 좋지 않다고 해도 한 나라인데 너무한 일이다. 영국은 대륙과 달리 평화로워서 왕의 세력이 강하지 못했다고 한다. 그 이유는 국회 때문이다. 왕의 세력이 강해지면 국민들에게서 세금을 많이 걷으려 한다. 그러나 국회는 국민들을 보호하는 차원에서 이에 반대하고 나선다. 국민들 역시 국회의 편이다.

실제로 영국의 제임스 2세는 국회와 싸우다가 국회(신하들)에 의해 처형되었다. 그러나 제임스 2세의 처형은 국민들에게 큰 충격을 주었으며 그가 마지막에 남긴 말은 국민들의 심금을 울렸다. 왕이 한말은 이랬다. "왕이 신하를 사형시키는 것과 신하가 왕을 사형 시키는 것, 어느 죄가 더 크다고 생각하는가?

기억하라! 짐은 여러분의 왕이다." 여러분은 어떻게 생각하는가? 나는 신하가 왕을 사형시키는 것이 더 큰 죄라고 생각한다. 물론 우리나라에서도 중종반정과 인조반정이 있었으나 이건 왕의 잘못이 아니고 신하의 잘못이다. 그래도 왕은 국민들이 믿고 따르는 유일한 사람이 아닌가?

영국인이 존경하는 인물 네 명은 이 사람들이다. 스페인의 아르마다를 무찌를 정도의 해군을 키운 프랜시스 드레이크, 국민들을 잘 돌본 빅토리아 여왕, 나폴레옹의 함대를 무찌른 넬슨제독, 검소한 생활로 국민들의 본보기가 된 엘리자베스 1세 여왕.

영국은 민주주의의 본고장이라는 이름에 걸맞게 730년의 역사를 가진 국회, 유명한 런던 탑 등 볼거리가 많다. 영국은 지역감정이 좋지 않은 나라이다. 하지만 서로의 감정을 풀고 화합한다면 다시 한 번 세계 강대국으로 떠오를 수 있을 것이다.

- 서울 갈현초 6 서승원

원대한 꿈을 품게 하는 원동력 •

예로부터 '신사의 나라'로 알려진 영국에 대해 특징적인 요소들을 짚어 가며 잘 써 주었네요. 특히 가장 인상 깊은 명대사를 소개하여 우리에게 많은 생각을 하게 해 줍니다. 승원 어린이만의 재치라 할 수 있겠네요.

인류의 역사를 밝혀주는 이와 같은 역사서는 여러분에게 원대한 꿈을 품게 하는 원동력이 되어 줄 것입니다. 다양한 분야의 책을 많이 읽으면 생각의 가지도 더욱 다양하게 뻗어갈 수 있을 것입니다.

『모모』를 읽고

– 서울 숭인초 6 김승기

없어서는 안 되는 사람 ●

맨 처음에 "모모"라는 제목과 "시간이 멈추었다"라는 문장이 우리에게 궁금증을 불러일으킵니다. 모모와 시간이 어떤 관계가 있을 것만 같이 느껴집니다. 잠깐 모모의 줄거리를 따라가 볼까요?

이 책의 주인공 모모는 고아입니다. 그런데 시간이 지나면서 모모는 그 마을에 없어서는 안 되는 중요한 사람이 됩니다. 사람들이 무슨 고민이 있거나, 힘든 일이 생기면 모모에게 달려와 이야기를 하는데, 모모는 그때마다 가만히 그리고 열심히 듣고만 있습니다. 그런데도 사람들은 고민이 풀리는 거죠.

그러던 어느 날, 평화로운 마을에 검은색 신사들이 나타납니다. 그 신사들은 사람들에게서 시간을 빼앗고, 그 시간을 이용하여 목숨을 이어가는 유령 같은 존재입니다. 사람들은 계속 일만 하며 중요한 것을 잃어버리고 삽니다. 사랑, 웃음, 행복 등 진정한 시간은 모두 검은색 신사들에게 빼앗기게 되지요. 모모는 검은색 신사들의 정체를 알아차리고 호라 박사와 거북이 카시오페이아와 함께 검은색 신사들과 맞서 싸워 결국 승리하게 됩니다.

모모의 이야기는 우리들에게 많은 생각을 하게 하지요. 이 책을 읽으며 선생님은 학교에서 공부 잘하는 어린이에게 상장을 주는 것도 좋지만, 친구들을 잘 이해하고 친구의 이야기를 잘 들어 주는 어린이에게 상장을 준다면 얼마나 좋을까 하는 생각을 해 보았답니다.

특별히 그 긴 내용을 짧막한 만화를 통해 확실하게 전달한 승기 어린이의 재능이 참 돋보이지요. 생각을 표현하는 데에는 글로 나타낼 수도 있지만, 이렇게 승기 어린이처럼 만화로 나타낼 수도 있어요. 그 외에 또 어떤 방법들이 있을까요? 여러분의 생각이 다양한 것처럼 표현도 다채롭게 해 보세요.

57. 책을 통해 깨닫는 자연의 소중함

자연을 이루는 소중한 생명
『콩알 하나에 무엇이 들었을까?』를 읽고

이 책의 한 부분에서는 콩알 하나에 하늘과 땅과 사람이 들어있다고 설명하고 있다. 옛 어른들은 하늘, 땅, 사람을 천, 지, 인 삼재라고 해서 우주를 이루는 세 기둥이라고 생각했다. 그러니까 하늘과 땅과 사람이 들었다는 말은 콩알하나에 우주가 들어있다는 말이 되는 것이다. 어떻게 작은 콩알 하나에 지구도 아닌 큰 우주가 들어있다는 걸까? 나의 궁금증이 마구마구 간지럼 태운다.

콩알은 혼자 자라지 못한다. 콩깍지, 콩 덩굴, 흙, 햇빛, 비, 또 벌이나 나비가 꽃가루를 옮겨 주어야 한다. 잘 생각해 보면 콩 한 알이 비록 하찮아 보이지만, 알고 보면 온 우주가 도와 만들어 내는 엄청난 작품이다. 아하! 이런 뜻이 담겨 있었구나! 콩알 뿐 아니라 우리가 먹는 모든 낱알 모두 다 그렇다.

그리고 옛 어른들은 "밥은 줘도 똥은 못 줘."라고 할 만큼 똥을 소중히 여겼다고 한다. 옛날 어른들은 똥의 소중함을 잘 알고 있었나 보다. 요즘 사람들은 밥의 귀중함은 잘 알지만, 똥의 소중함은 잊고 있다. 우리들 중에도 똥을 구린내 나고 더럽다고 생각만 하고 소중히 여기는 친구들은 드물다. 나도 이 책을 읽기 전엔 똥의 중요성을 잘 몰랐었다. 하지만 이제는 똥의 중요함과 소중함을 조금씩 알아가는 것을 느낄 수 있다. '강아지 똥' 이야기도 생각난다. 모두 하찮게 생각하는 강아지 똥이 식물의 영양소가 되는 소중함을 알 수 있었다.

자! 이 책을 읽고 다시 한 번 깨달았으니 나의 마음가짐에 커다란 공책을 놓아두고 써넣어 볼까? 아무리 써도 칸이 많이 남는 그런 공책을 넣고 똥의 중요성을 적어야지!

바글바글 작은 생명이 살아가는 흙에는 미생물이 무려 2억 마리가 살고 있다고 한다. 미생물이 좋아하는 먹잇감은 나뭇잎이다. 미생물이 가을에 떨어지는 나뭇잎 먹고 내뱉은 나뭇잎은 썩어서 흙 속으로 스며든다. 썩은 나뭇잎은 흙을 아주 기름지게 만들어서 영양가를 듬뿍 머금은 좋은 흙이 되는 거다. 겨울엔 풀도 마르고 나뭇잎도 떨어져 있을 테니 그걸 미생물이 먹는다. 미생물이 있는 흙에서 자란 야채, 채소, 과일을 먹고 우리 몸에도 미생물이 많이 있다. 우리 몸에 미생물이 많이 있을수록 우리는 건강해진다. 우리 할머니께서는 과일껍질, 쌀뜨물, 개똥 까지도 꼭 화단에 주신다. 화단의 꽃이, 방울토마토가 풍성하게 잘 열린 것이 미생물 덕이었군!

각시붕어는 우리나라에만 사는 예쁜 물고기인데, 조개와 서로 도움을 주고받는다. 각시붕어는 조개에 알을 낳는다고 한다. 조개에 넣지 않으면 안 된다고 하는데, 각시붕어는 어린 조개가 달라붙을 때, 자기 몸의 영양분을 빨아먹게 한다.

우리 조상들의 서로 돕는 마음을 닮은 게 아닐까, 가만히 생각해 보면 우리도 서로 도움을 주고받는다. 이 세상에 쓸모없는 건 없다는 생각에 춤을 흥얼흥얼 추기 시작했다. 하찮은 개복숭아도 사람에게나 곤충들에게 에너지가 될 수 있다는 이야기에서 서로 주고받는 도움을 알려 준다. 또, 논에서 나는 벼는 우리생활에 꼭 필요한 것 중에 하나이지만, 논에 있는 벼와 풀 외에 셀 수 없이 많은 생물들이 살고 있다. 이 이야기도 세상에 쓸모없는 것이란 아무것도 없다는 걸 말해준다.

이 세상에 있는 자연은 모두 소중한 생명들로 이루어져 있다. 우리 주위에 모든 것들, 무엇보다 하찮게 여긴 곤충, 미생물 똥조차도 너무도 소중하다는 것을 알았다. 동물을 사랑하고, 식물을 예뻐하고, 환경을 더욱 소중히 보존해야겠다. 나는 시골에 갔을 때 "벌레가 많아서 싫어!", "땅이 질어서 싫어!"라고 불평하곤 했다. 공기도 좋고, 별도 많이 보인다는 것은 잊고서……

이 책을 읽고 난 시골의 환경이 자연을 그대로의 모습으로 보이기 시작했다. 더 많은 생명들이 크게 숨 쉬는 걸 느낀다.

– 서울 갈현초 3 이나영

우주가 만들어 낸 콩알 하나 ●

독서를 통해 자연의 소중함을 깨달은 나영 어린이에게 박수를 보냅니다. 여러분도 눈을 크게 뜨고 주위의 환경을 바라보세요. 우주가 만들어낸 콩알 하나, 똥과 미생물의 소중함, 우리나라에만 사는 각시붕어 등 이 세상 모두가 서로 도와가며 살아가고 있지요.

우리는 말로만 자연의 소중함을 외칠 뿐 어떤 것이 진짜 소중한지 알지 못한 채 '사람 중심'으로 세상을 살아가고 있어요. 작은 곤충 하나, 눈에 보이지 않는 미생물 하나까지도 자연의 일부임을 알고 환경보호를 실천해야겠지요. 이번 기회에 다시 한 번 우리가 지킬 수 있는 환경보존 방법을 몇 가지 짚어 볼까요?

여러분은 흔히 쓰고 있는 폐지나 신문지, 빈 병과 깡통 등을 분리수거하고 있나요? 칫솔, 면도기, 종이컵 등 일회용품의 사용은 되도록 줄여야 되겠지요. 음식은 먹을 만큼만 덜어 먹어 음식찌꺼기를 남기지 않도록 합니다.

우리 어린이들이 이렇게 어렸을 때부터 환경 지킴이가 된다면 100년 후 지구는 좀 더 깨끗해지겠지요. 자연을 사랑하는 여러분이 되길 바라며, 지금 이 순간부터 자연의 소리에 귀 기울여 봅시다.

58. 책 속에서 만나는 역사를 만든 사람들

『목숨을 건 도전 비행』을 읽고

이 책에는 지금까지의 비행의 역사와 비행에 대한 업적을 남긴 사람들, 비행에 대한 뒷이야기 등이 실려 있다. 나는 여태까지 비행의 역사는 라이트 형제에서부터 시작한 줄 알았는데 그들이 태어나기 훨씬 전에도 여러 가지 비행역사가 있었다는 것을 알게 되었다.

맨 처음에 비행에 성공한 사람은 바로 몽골피에 형제이다. 몽골피에 형제는 베르사유 궁정의 공원에서 왕과 왕비가 보는 앞에서 비행실험을 했다. 그 형제는 뜨거운 열로 열기구를 떠올리는 데 성공했다. 하지만 사람들은 단지 연기 때문에 올라갔다고 생각했다. 원래 열기구가 올라가는 이유는 뜨거운 공기 때문인데 말이다.

또 브라질의 유명인사 산토스 뒤몽은 자신이 만든 비행선 6호기를 타고 카페에서 카페로 날아다녔다고 한다. 지금으로선 상상도 할 수 없어서 나는 상당히 웃겼다.

오토 릴리엔탈이라는 사람은 황새를 관찰하여 16제곱미터, 24킬로그램의 글라이더를 만들어 76미터를 활공하는데 성공했다. 그러나 자신이 만든 글라이더를 실험하다가 돌풍에 휘말려 추락하여 세상을 떠났다.

라이트 형제는 릴리엔탈의 이론을 주로 하여 동력비행기를 만드는데 성공하였다. 그리고 긴 시간 비행을 성공했다.

나는 오랫동안 도달할 수 없던 하늘을 정복한 사람들이 정말 대단하다고 생각한다. 왜냐하면 자신의 목숨까지 바쳐가면서 하늘을 정복하고야 말겠다는 자신감을 가지고 비행에 도전했기 때문이다. 나도 비행기를 직접 만들어 보고 싶다. 그러면 미래에는 사람들이 내가 만든 비행기를 타고 다닐 수 있을 것이다.

– 서울 선일초 5 신명석

목숨을 건 도전과 노력 •

『목숨을 건 도전 비행』이 결코 홀렁홀렁 읽히는 쉬운 책은 아닌데, 책을 읽지 않은 사람도 알 수 있게끔 깔끔하게 정리해 놓았네요. 지금 여러분들은 옛날 사람들로서는 꿈도 꾸지 못할 정도로 편리한 생활을 하고 있습니다. 그것은 이렇게 목숨을 걸고 힘쓴 사람들의 도전과 노력 덕분이랍니다. 도전과 노력, 오늘부터 우리들의 친구가 되었습니다.

59. 책 속 인체 탐험

『척추는 어떻게 생겼을까요?』를 읽고

쑥쑥이는 키를 재어 벽에다 눈금을 그었습니다. 쑥쑥이의 키가 아침에 그어 놓은 눈금보다 내려갔어요. 글쎄, 나도 잘 모르겠어요. 참 이상하죠? 아, 사실은 키가 준 것이 아니라 우리의 등마루를 이루는 등골뼈가 굽어진 것이래요. 우리가 활동하는데 낮에는 등골뼈가 굽어져 있데요. 하지만 밤에 누워 있을 때는 원래대로 돌아 온데요. 그래서 등골뼈가 제대로 펴진 아침에는 키가 조금 더 커지는 것이래요.

나는 그런지 몰랐어요. 그리고 왜 낮에는 등골뼈가 굽어지는지 모르겠어요. 한번 그 궁금증을 풀어 볼까요? 그런데 등골뼈의 구조에 대해서 알고 넘어가야 될 것 같아요. 등골뼈는 척추라고도 한다는데 모두 33개의 뼈로 구성되어 있다고 해요. 위로부터 목 부위에 있는 7개의 뼈를 '경추'라고 하고 가슴부위에 있는 12개의 뼈를 '흉추'라고 한데요.

그리고 허리 아랫부분에는 5개의 '요추'가 있답니다. 또 골반을 구성하고 있는 천골과 미골이 있데요. "와! 참 어려운 말이 많이 나와요." 이렇게 여러 개의 뼈들로 이루어진 척추는 얼핏 보면 매우 튼튼하고 강해 보이지만 실제로는 별로 힘이 없답니다. 나는 뼈의 이름 경추골, 흉추골, 요추골, 천골, 미골 모두 힘이 세고 단단한 줄 알았더니 별로 힘이 없다네요.

뼈가 힘이 별로 없는 까닭은 바로 뼈들이 서로 연결되어 있지 않고 제각각 떨어져 있기 때문이래요. 나는 등뼈가 제각각 떨어져 있다는 걸 알았어요. 이렇게 각기 떨어져 있는 뼈들은 강한 근육과 힘줄에 의해 연결되고 고정되어 있는 것이랍니다. 이 척추뼈 사이에는 탄력 있는 연한 뼈가 있는데, 이것을 '추간판'이라고 한대요.

어른들이 나는 키가 크대요. 그런데 알고 싶은 게 하나 생겼어요. 내 몸속에 있는 뼈는 어떻게 생겼을까? 약할까, 튼튼할까? 참 궁금해요.

- 서울 쌍문초 3 송승은

체력은 국력, 그리고 실력 ●

이 책을 읽어 본다면 우리 몸속에 있는 뼈에 대하여 관심을 갖게 될 거예요. 뼈를 튼튼히 하기 위해서 여러분이 해야 할 일은 알맞은 음식 섭취와 규칙적인 운동이겠지요.

체력은 국력이라는 말도 있지만, 체력은 또한 실력입니다. 그러므로 몸을 건강하게 만드는 일은 여러분의 행복한 숙제입니다. 독서를 통해 사고를 튼튼히 하고, 운동을 통해 몸을 튼튼히 만듭시다!

60. 독서 토론하기

「알록달록 코끼리 엘머」를 읽고

서울 갈현초 3

조이름 : 꿈이랑 둥지랑

조원 : 박하은, 이승용, 권윤지, 이민지, 김재구, 오소라, 김지훈

의장 : 오소라

찬성 : 박하은, 이민지, 권윤지

반대 : 이승용, 김지훈, 김재구

의장 : 오늘은 '알록달록 코끼리 엘머'에 대한 독서 토론을 하겠습니다. 우선 줄거리 요약부터 해주기 바랍니다. 네, 김지훈 군이 해주세요.

지훈 : 어느 숲 속에서 코끼리 떼가 살고 있었는데, 모두 체격도 다르고 나이도 다르지만 색깔은 똑같았습니다. 그러나 엘머만은 알록달록 아홉 가지 색깔로 보통 코끼리 색이 아니었습니다. 엘머 덕분에 코끼리들은 하루하루를 신나게 보냈습니다. 그런데 어느 날 엘머는 자신이 다른 코끼리와 다르다는 것이 싫어서 코끼리 떼에서 몰래 빠져나왔습니다. 한참 후에 엘머는 코끼리 색깔의 회색빛 열매를 보고 그 열매로 온몸에 문질렀습니다. 이제 엘머는 다른 코끼리와 색이 같아졌습니다. 그런데 다시 코끼리 떼로 돌아가서 친구들을 보니까 표정이 아주 어두웠습니다. 엘머가 사라졌기 때문이죠. 엘머는 그 표정이 웃겨서 참다 참다 그만 "푸하하"하고 웃어버렸습니다. 결국 엘머의 정체는 드러났고 다른 코끼리들은 이날을 '엘머의 날'로 정하기로 했습니다. 그 후로 매년 그날이 오면 다른 코끼리들은 알록달록 화려하게 꾸미고 엘머는 평범한 코끼리의 색을 칠했답니다.

의장 : 그럼 이번에는 이 이야기의 주제에 대해서 말씀해주시겠습니까?

빈시 : 삭 바 선생님은 다른 사람과 똑같지 않아도 자신만의 아름다움이 중요하다는 것을 알리고 싶어서 이 동화를 쓰신 것 같습니다.

지훈 : 저는 우리들의 상상력을 키우기 위해 썼다고 생각합니다.

의장 : 저는 '먼저 웃음을 터뜨리는 건 언제나 엘머였어요' 라는 문장이 참 기억에 남는데요. 여러분이 가장 기억에 남는 문장은 무엇이었나요?

지훈 : 저는 "엘머 덕분에 코끼리들은 행복했어요."라는 문장이 좋습니다.

하은 : 저는 '그래서 1년에 한 번 그 날이 되면, 코끼리들은 모두 알록달록 몸을 꾸미고 행진을 한답니다.' 라는 문장이 마음에 듭니다. 알록달록한 코끼리들의 행렬은 생각만으로도 참 멋있을 것 같습니다.

의장 : 잘 들었습니다. 이번에는 책에 나오는 인물의 특징에 대해서 이야기 해 봅시다.

재구 : 주인공 엘머는 웃음이 많고, 친구들에게도 웃음을 줍니다. 처음에는 알록달록한 자기 자신을 싫어했지만 마지막엔 다시 좋아하게 됩니다.

윤지 : 코끼리 친구들도 엘머의 참된 친구들 같습니다. 엘머가 자신들과 다르다고 해서 따돌리지 않고, 오히려 엘머가 있으면 항상 즐겁고 유쾌하게 지냅니다.

의장 : 지금까지 우리는 책에 대한 내용과 여러분의 느낌을 들어보았습니다. 이제 본격적으로 토론에 들어가겠습니다. 이야기의 마지막에 코끼리들은 '엘머의 날'을 정해 알록달록하게 꾸미고 행진을 하는 기념일을 만들었습니다. 그렇다면 '기념일을 만든 것'에 대한 토론을 시작하겠습니다.

하은 : 저는 기념일을 만드는 걸 찬성합니다. 엘머가 친구들을 알록달록한 무늬로 웃겨준 것처럼 다른 친구들도 엘머를 웃겨주어야 좋기 때문입니다.

승용 : 저는 기념일을 만드는 것에 대해 반대합니다. 코끼리들이 기념일에 온몸에 무늬를 만들어서 즐겁게 논 다음에 씻으려면 물이 더러워질 것입니다. 즐겁게 놀기 위해 환경을 오염시켜서는 안 됩니다. 또한 코끼리가 물에 들어가면 악어들이 코끼리들을 잡아먹을 것입니다.

민지 : 저는 코끼리들이 악어에게 잡아먹힐 만큼 약하다고 생각하지 않습니다.

윤지 : 저도 동의합니다. 엘머도 보통 코끼리가 돼서 그 느낌을 체험해보는 날을 만드는 것이 좋다고 생각합니다. 또한 엘머와 코끼리들에게도 특별한 시간을 가져보는 것이 좋다고 생각합니다.

지훈 : 기념일이 일 년에 한 번은 있으니까 너무 오래하면 엘머가 특별해보이지 않을 것입니다. 그리고 해마다 그렇게 행진을 한다면 아주 작은 생물들은 코끼리들이 지나갈 때 다 깔려죽고 말 것입니다.

재구 : 저는 기념일을 만드는 것이 옳지 않다고 생각합니다. 왜냐하면 다른 코끼리들의 몸에 페인트를 칠하면 건강에 해로울 것이기 때문입니다.

승용 : 기념일을 해마다 챙기면 처음에는 어떻게 꾸밀지 고민도 하고 즐겁게 놀겠지만 갈수록 지루해질 것입니다. 또한 꾸미는 데 쓰이는 열매가 너무 아깝습니다.

하은 : 이승용군은 열매가 많이 소모된다고 했는데 여러 번 있는 것도 아니고 일 년에 한 번 있는 기념일에 열매를 다 쓰지는 않습니다. 설령 다 쓴다 해도 열매는 다시 생깁니다. 또한 그렇게 다른 친구들이 알록달록 꾸미는 모습을 보고 엘머도 스스로가 충분히 아름답다는 것을 알 수 있을 것입니다.

윤지 : 기념일은 모두가 신나게 놀 수 있는 날입니다. 저는 '엘머의 날'이 생일과도 같은 것이라고 생각합니다. 만약에 제 생일날 모두가 변장을 하고 축제

를 한다면 저는 정말 행복할 것입니다. 물론 축제를 즐기는 제 친구들도 즐거울 것이고요. 일 년에 한 번쯤은 이런 날도 좋지 않나요?

재구 : 하지만 다른 코끼리들 중에는 자기 몸에 칠을 하는 걸 싫어하는 코끼리도 있을 것입니다. 그렇다면 기념일은 없어도 된다고 봅니다. 또한 꼭 기념일이 아니어도 엘머와 코끼리들은 신나게 웃으며 친하게 지냈다고 보입니다.

의장 : 또 다른 의견 있습니까?

민지 : 코끼리뿐만이 아니라 다른 동물들도 기념일에 참여하면 더 재밌을 것입니다. '엘머의 날'은 동물들이 속상했던 일들을 잊을 수 있는 날이 될 것입니다. 그러면 숲 속 친구들 모두 친해질 것입니다.

의장 : 이제부터는 찬성과 반대 측의 종합의견을 들어보겠습니다.

윤지(찬성 측 대표) : 기념일을 만드는 것에 대해 찬성합니다. 그 이유는 엘머가 코끼리들이 자기의 알록달록한 색깔을 부러워한다는 것을 알 수 있기 때문입니다. 또한 엘머가 자기의 모습도 아름답다는 것을 느낄 수 있는 기회가 될 것입니다.

승용(반대 측 대표) : 기념일을 만드는 것에 대해 반대합니다. 온몸에 색칠을 하는 것을 싫어하는 코끼리도 있을 수 있고 기념일 후에 몸에 묻은 것을 씻어내는 것은 물을 오염시키는 환경오염의 원인이 될 것입니다.

의장 : 그럼 여기서 토론을 마무리하겠습니다. 기념일을 찬성하는 편에서는 기념일을 만들면 엘머가 자신의 아름다움에 대해 알 수 있고, 친구들과 더욱 친해질 수 있다는 주장을 했습니다. 또한 이렇게 특별한 날을 만들어서 모두가 함께 즐기면 속상한 일도 잊을 수 있다고 했습니다.

반대편에서는 기념일에 노는 것이 환경오염의 원인이 될 것이라고 했습니다. 그리고 굳이 기념일이 아니어도 모두들 사이좋게 지낼 수 있다는 의견입니다.

그럼 '알록달록 코끼리 엘머'의 독서토론을 마치겠습니다.

근사한 토론 마당 •

'꿈이랑 둥지랑' 조의 독서 토론이 엘머의 노란, 빨간, 주황, 분홍, 보라, 파란, 초록, 검정, 하얀색 피부만큼이나 다양하고도 선명합니다. 짧은 그림책을 읽어도 생각에 생각을 더한다면 이렇게 근사한 토론 마당을 펼칠 수 있답니다.

그럼, 독서 토론을 할 때 갖추어야 할 요건들을 알아볼까요. 우선 책을 요약한 줄거리를 발표하면서 조원들이 책의 중심 내용을 상기합니다. 또한 조원 각자가 느낀 점을 말해봅니다. 이를 통해 지은이가 나타내고자 한 주제를 짚어 보고, 책 속 등장인물의 특징도 살펴봅니다. 여기에 책 속 명문장도 소개하면 더욱 좋겠지요. 마지막으로 의장은 토론할 문제를 제시합니다.

이렇게 독서 토론은 보다 맑은 사고, 보다 바른 생각, 보다 건강한 가치관, 보다 깊은 통찰력을 키울 수 있습니다. 자주 이런 기회를 통해 여러분의 생각이 얼마나 옳은지, 진취적인지, 도덕적인지 판단해 보도록 합시다.

❄ 다양한 일 경험하고 글쓰기
갖가지 경험을 오롯이 글로 담아 보세요!

61. 역사의 향기가 담긴 글쓰기

부여와 공주를 다녀와서

새벽에 눈을 뜨고 밖으로 나와 보니 포근한 바람이 기분 좋게 내 얼굴을 스쳤다. 오늘은 고산자회에서 부여와 공주로 역사여행을 가는 날이다. 날씨도 내 기대를 알고 있는지 12월인데도 봄 날씨 같았다. 어머니가 끓여주신 맛있는 스프도 먹는 둥 마는 둥, 아버지를 재촉해 길을 나섰다. 컴컴한 새벽길을 달려 관광버스가 있는 약속 장소에 도착할때까지 차가 출발해 버릴 것 같아 조바심이 났다.

6시 30분, 관광차가 출발하도록 같이 가기로 한 친구가 나오지 않았다. 혼자 여행하기는 처음이다. 차도 나처럼 신이 나는지 잘도 달렸다. 내가 처음으로 부여와 공주를 가보고 싶다는 생각이 든 것은 작년 봄에 공주에 사시는 할머니 친구 분이 보내주신 팸플릿을 받고부터였다.

그러다가 4학년이 되면서 사회 시간에 백제에 대하여 배우면서 부여와 공주가 백제의 도읍지였다는 것을 알게 되었다. 내가 사는 서울은 조선시대의 문화유적이 많은 곳이다. 조선시대의 문화와 백제시대의 문화는 어떤 차이가 있을까? 또 차이가 있다고 해도 알아볼 수 있을까? 백제에 대해 내가 가지고 있는 지식은 아주 짧기 때문에 걱정이 되었다.

드디어 부여에 도착했다. 동학혁명군 위령탑이 있는 우금치에서 기념촬영을 하고 국립부여박물관으로 향했다. 박물관에 들어서면서 눈도 크게 뜨고 숨도 한번 크게 들여 마셨다. 백제문화와 유적을 보전하려고 부여지방 사람들이 만든 '부여고적보존회'가 발전되어 지금의 국립부여박물관이 된 것이라고 한다. 이 박물관은 청도부기와 제기, 토기 등이 전시되어 있어 선사시대 충남지역 사람들의 생활을 엿볼 수 있는 곳이었다.

드디어 역사실에 들어섰다. 그리고 전시되어 있는 기왓장을 본 순간, 조금 전의 내 걱정이 순식간에 사라졌다. 백제의 기왓장에는 연꽃무늬가 새겨져 있는 것이었다. 서울에서 본 5대궁 어느 기와에서도 볼 수 없었던 것이었다. 백제시대 유물과 조선시대 유물의 차이점을 한 눈에 확실히 확인할 수 있었다. 또 백제는 돌 다루는 기술이 뛰어나 돌에다가 여러 가지 무늬를 넣어 잘 꾸며져 있지만 조선은 나무 다루는 기술이 뛰어났다. 백제의 돌 다루는 기술은 신라에도 전해졌지만 신라 사람들은 게으름을 피워서 제대로 기술을 배우지 못해 백제에 비해 그 기술이 뒤졌다고 한다.

종교의 차이도 찾아 볼 수 있었다. 조선시대에는 유교사상을 숭배하였지만 백제시대는 불교를 숭배해서 석등과 시체를 화장하고 남은 뼈를 담는 단지 뚜껑 꼭지에도 연꽃무늬를 새겨 넣은 것을 보아도 알 수 있다. 백제의 불상은 매우 섬세하고 부드러운 선을 이루고 있었으며 장식도 화려했다.

궁남지는 현존하는 우리나라에 있는 연못 가운데 최초의 인공연못이라고 한다. 삼국유사에는 이곳이 무왕의 어머니가 연못에 살고 있는 용과 결혼하여 무왕을 낳았다는 전설이 있다. 그런데 궁남지는 무왕이 이 연못을 만들었다는 사실을 알고 보면 맹랑한 이야기에 지나지 않는다. 무왕이 자신을 신격화시키기 위해 만들어 낸 전설이라는 것을 알 수 있다. 궁남지는 둥근 연못 가운데에 작은 섬이 하나 있고 연못가에는 능수버들을 심어 놓았다. 아이들이 버들가지를 꺾어 휘두르는 모습이 보였다. 보기 좋은 모습은 아니었다.

정림사지 오층석탑은 백제시대 사람들이 나무로 된 탑을 돌로 바꾸어 탑을 만들기 시작했다는 것을 알 수 있는 중요한 자료라고 한다. 한동안 이 탑은 백제를 멸망시킨 당나라 장수 소정방이 세운 것으로 잘못 알려져 왔지만 백제를 멸망시킨 뒤에 그것을 기념하기 위해 소정방이 '대당평 제국 비명'이라는 글을 세워져 있는 탑에 새겨 넣었다고 한다.

부여에서 공주로 가는 길에 신기령 휴게소에서 점심을 먹었다. 일행 중 혼자 여행 온 사람은 나뿐이라며 선생님께서 점심을 사주셨다. 그리고 공주로 자리를 옮겼다.

백제가 신라와 고구려에 쫓겨 도망와 자리를 잡은 곳이 공주라고 한다. 공주에서 처음 찾은 곳은 공산성이다. 공산성은 조선시대 때의 이름이고 백제 때 이름은 웅진성이다. 백제 때는 흙으로 쌓은 토성이었던 것을 조선 때 석축으로 다시 쌓았다고 한다.

조금 걸어가다 보니 인조 임금님이 나무 두 그루에 벼슬을 내렸던 자리 쌍수정이 보였다. 무슨 나무였는지는 선생님께서도 모른다고 하셨다. 그래서인지 공산성은 백제의 유물이라기보다는 조선시대의 유물 같은 느낌을 주었다. 공산성 다음으로 찾아간 곳은 무령왕릉이다.

무령왕릉은 배수공사 중 우연히 발견되었다고 한다. 이 능은 무령왕과 왕비를 합장한 무덤이다. 무령왕릉에서 발견된 특이하고 중요한 유물이 있는데 그것은 지신에게 무덤 터를 샀다는 기록을 새긴 지석이다. 불교에서는 아무리 작은 물건 하나라도 남의 것을 공으로 갖지 말라는 가르침 때문은 아니었는지……. 백제인의 정신을 짐작할 수 있는 유물이라는 생각이 든다. 왕릉의 묘실 전체는 검은 벽돌로 쌓고 벽돌 한 장에 연꽃무늬 반쪽을 새겨 넣어 두 장을 쌓으면 연꽃 한 송이가 맞추어진다. 무령왕릉도 백제의 불교문화를 쉽게 접할 수 있던 곳이다. 이 왕릉의 발견으로 백제문화와 미술의 높은 수준과 연대를 증명하는 역사적 계기가 되었다고 한다.

무령왕릉을 나와 송산리 고분군으로 갔다. 그러나 철문이 굳게 닫힌 채 우리를 맞이했다. 내년까지는 문을 열지 않는다고 한다. 무척 궁금한 곳이었지만 아쉬움을 안은 채 국립공주박물관으로 향했다. 이곳에는 무령왕릉에서 발견된 귀걸이, 목걸이, 팔찌 등 금으로 만든 장신구와 왕과 왕비의 관, 시신을 받쳤던 머리 받침대와 다리 받침대 등 유물이 전시되고 있었다. 머리받침대 중 왕의 받침 대는 봉황이, 왕비의 받침대는 나뭇잎이 금으로 조각되어 있었다. 금 귀걸이는 너무 아름다워 우리 어머니께 선물하고 싶은 욕심이 생기기도 했다.

백제 금동대향로는 아랫단은 용으로 조각을 하고 윗단은 연꽃 위에서 악기를 연주하는 사람들을 조각해 놓았다. 백제 사람들의 뛰어난 기술과 재치를 엿볼 수 있는 유물이었다. 박물관을 돌아보면서 목이 부러진 불상, 원형이 보존되지 않은 돌칼 등은 우리의 귀중한 역사 자료가 제대로 보존되지 않고 있는 것 같아 부끄럽고 화도 났었다.

선생님은 부여와 공주는 일본 사람들이 가장 많이 찾아오는 관광지로 백제의 문화를 일본으로 전해주었다고 설명해 주셨다. 한반도에서 이주민들이 일본으로 건너가면서 일본의 고대 국가문화 창조의 힘이 되었고 그 때문에 백제를 찾게 되는 것이라고 한다.

일본 문화는 백제 문화에서 비롯되었다고 한다. 이는 지금의 국립부여박물관이 일제시대에는 '조선총독부 박물관 부여분관' 이었다는 낫빤 보아도 알 수 있고 일본의 옛 뿌리로서 백제에 관한 일본 사람들의 관심이 깊은 것으로 알 수 있다고 한다. 지금은 어렵고 이해하기 힘든 말이지만 내가 커서 고학년이 되면 더 자세히 알 수 있을 것이다. 그래도 우리의 백제문화가 일본 문화보다 앞섰다는 사실은 나를 기분 좋게 만들었다.

부여와 공주를 돌아보면서 의자왕과 삼천궁녀, 망해버린 백제라는 좋지 않았던 나의 기억은 말끔히 씻어졌다.

그리고 여행 작가 유연태 선생님이 해 주신 사인을 받아들고 집으로 돌아오는 길에 생각했다.

'오늘 밤은 백제의 석공이 되어 돌을 깎고 다듬는 꿈을 꿀 것 같다.'

– 서울 쌍문초 4 국동훈

백제의 석공이 되어 •

기행문에서는 어디에 가서, 무엇을 보고, 어떻게 느꼈는지가 중요합니다. 여행을 떠나기 전의 설렘과 기대까지도 적어준다면 더 풍부한 기행문이 되겠지요.

동훈 어린이의 글을 살펴보면 이러한 기행문의 요건을 다 갖췄을 뿐만 아니라 단락 간의 연결이 매우 자연스럽다는 것을 알 수 있을 거예요. 재미없는 기행문을 보면 '다음은 어디로 갔다', '그 다음은 어디였다', '다음에 간 곳은 어디다' 처럼 단락 간의 변화가 없습니다. 하지만 이 글은 "무령왕릉은 배수공사 중 우연히 발견되었다고 한다", "무령왕릉을 나와 송산리 고분군으로 갔다", "일본 문화는 백제 문화에서 비롯되었다고 한다" 등 단락마다 어울리는 문장을 사용하여 기행문에 탄력을 주고 있습니다. 게다가 "오늘 밤은 백제의 석공이 되어 돌을 깎고 다듬는 꿈을 꿀 것 같다"의 여운이 있는 마지막 표현으로 기행문의 명품을 만들어 주었네요. 이러한 요소를 담아서 현장감 있는 여러분의 느낌을 적어 보세요. 선생님도 오늘밤 여행을 하고 있는 여러분을 꿈에서 만날 것만 같은데요?

62. 시간의 흐름에 따라 여행 이야기 쓰기

유쾌! 상쾌! 통쾌!

1월 17일 6시, 평소와는 달리 나는 벌써 일어나 있었다. 아니 어쩌면 기대에 벅차서 잠을 이루지 못하였다는 것이 옳을지도 모르겠다. 서둘러 나온 때문인지 떠오르는 태양이 어느 때보다 빛나보였다.

우리 논술 친구들의 추억을 만들기 위하여 아주 오랜만에 모두 모였다. "와, 움직인다." 출발인가? 자연을 조금씩 음미할 때쯤 갑자기 기차역도 나오고 터널이 나와 분위기를 깨곤 하였다. 그러나 그 아름다운 자연의 윤곽이 드러날 때 너무나도 아름다웠다.

우리는 둘러앉아서 게임을 했다. 친구들끼리 호흡을 맞추는 게임이라서 단결성을 기를 수 있었다. 이렇게 단결 게임을 하며 금방 4시간을 보냈다.

기차에서 내린 우리는 다시 들뜬 마음이 되어 결코 우리한테 만만해 보이지 않는 40°정도의 언덕을 10여분 정도 올라가 식당에 들어갔다. 점심시간인 것이다. 2층에 올라서니 버섯전골이 기다리고 있었다. 워낙 배가 고픈지라 정신 없이 먹다보니 한 친구의 모자가 없어지는 작은 소동도 벌어졌다. 결국 가방에서 나왔지만 말이다.

맛있는 점심을 다 먹고 나와서 얼음공예 전시관에 갔다. 얼음을 조각으로 깎은 멋진 작품에 너도 나도 사진 찍기 바빴다. 탑, 십이 지신, 동물 등을 돌아보니 20분의 시간은 너무나도 빨리 갔다. 투명하고 맑은 얼음 조각상은 그대로 예술이었다.

그리고 걸어서 다시 10여 분, 이번에는 석탄 박물관에 갔다. 매캐한 연기가 나는 것 같고, 땅도 흔들리는 것 같았던 지하는 나에게 많은 생각을 하게 했다. 탄광 아저씨들이 얼마나 힘들게 일하셨는지 확실히 깨달을 수 있었다.

그리고 이 여행의 백미인 눈썰매장에 갔다. 올라갈 때부터 엉금엉금 기어 올라갔다. 그리고 10초 만에 내려오는 유쾌! 상쾌! 통쾌한 기분! 그리고 떠밀리는 허무감. 힘들게 올라왔지만 10초의 즐거움은 다시 수포로 돌아가곤 하였다. 그래도 재미있어서 한 번 더 탔다.

그리고 우리는 아쉬움을 뒤로하며, 다시 기차에 올라탔다. 오는 길에도 역시 우리는 힘든 줄 모르며 많은 이야기꽃을 피우기도 하였고 게임도 하였다. 정말 우리는 뭉치면 힘들 줄 모르나보다. 항상 이렇게 단결된 모습이었으면 좋겠다.

같은 목적을 가지고 같은 생각을 하며 한 곳에 모이는 것은 아름다운 일이다. 이렇게 기나긴 시간을 우리 친구들과 함께했으니 길이길이 추억으로 남을 것이라 믿는다.

– 서울 숭인초 6 김승현

체험이 모여, 생각이 쌓여 ●

승현 어린이가 친구들과 함께 많은 것을 보고 배우고 느끼고 왔네요. 참 좋은 경험을 하고 왔군요. 눈꽃축제를 다녀온 후 그곳에서의 추억을 시간 순서대로 그림을 그리듯 한 폭 한 폭 펼쳐 놓았어요.

여행은 어떤 사람에게는 휴식이 되고, 어떤 사람에게는 새로운 경험이 되고, 또 어떤 사람에게는 소중한 인연을 만들 수 있는 좋은 기회가 되기도 한답니다. 여러분도 방학이 되면 좋은 친구들과 여행을 해 보세요. 몸과 마음이 충전되는 새로운 힘을 얻게 될 테니까요. 그런 의미에서 승현 어린이의 겨울 여행은 그 어떤 여행과도 비교할 수 없는 값어치가 있답니다. 눈송이처럼 어여쁜 시절 논술 반 친구들과 여행을 하였고, 또 그것을 이렇게 기행문으로 남겼기 때문입니다. 아마 이러한 체험들이 모여 채워진 사고력 바다는 여러분 마음속에서 오래오래 반짝이며 흐를 것입니다.

63. 전시회를 다녀와서

우주 festival

현대의 과학은 옛날에는 상상하지도 못한 것들을 발명하고 발전시키고 있다. 그 중 하나가 우주에 대한 기술이다. 인공위성의 발달로 '네비게이션'이라는 편리한 기계를 만들어 낸 것을 보면 쉽게 알 수 있다. 그래서 나는 우주에 관한 모든 것이 궁금해져서 마침 열린 '우주 페스티벌'이란 행사장에 가기로 했다.

행사장에서는 인공위성의 기능, 우주선들의 이름, 길이 등 많은 것들이 자세하게 설명되어 있어서 우주에 관한 정보를 쉽게 이해할 수 있었다. 그리고 우주에 관한 영상을 보기도 했다. 영상을 통해 우주에 관하여 연구하였던 사람들의 이론과 주장 등을 보게 되었다. 그리고 우주복도 내가 예상한 것보다 훨씬 비싸다는 사실에 놀랐다. 하지만 우주복은 안전을 위해 비쌀 수밖에 없다는 사실을 알게 되었다. 마지막으로 나는 우주비행사 시험을 어디서 어떻게 하는지도 알게 되었다. 그 중 하나가 물속에다가 우주와 같은 환경을 만들어 훈련을 하는 것이다. 그 훈련을 하다가 힘들어서 우주비행사를 포기한 사람도 많다고 한다. 더욱이 우주 비행사가 되면 많은 위험이 따른다고 하니 우주 비행사가 존경스러워졌다.

행사장을 나와 더욱 많은 사실이 궁금해져서, 집에 와서 우주에 대한 책을 찾아보았다. 그 책에도 '우주 페스티벌'에서 본 사진과 글이 실려 있었다.

끝없이 펼쳐진 우주는 정말 신기할 따름이다. 현재의 과학으로는 우주에 관한 것을 더 밝혀내기에는 미흡한 점이 많은 것 같다. 나는 그 우주의 비밀을 끝없이 파헤쳐 보고 싶다.

– 서울 선일초 5 노상윤

오감으로 느끼는 현장 학습 ●

　상윤 어린이는 '우주 페스티벌'에 다녀온 이후 우주에 대한 호기심이 자극되어 더욱 원대한 꿈을 품게 되었을 것 같아요. 나중에 커서 아인슈타인 박사와 같이 멋진 과학자가 될 것 같습니다. 여러분도 과학의 세계에 관심이 많나요? 끝없는 상상력과 호기심을 갖고 과학 세계의 문을 두드려 보세요.

　무한한 가능성이 있는 어린이 시절에 이렇게 크고 작은 체험을 통해 사고력을 신장시키는 것은 매우 중요합니다. 백 번 듣는 것보다 한 번 보는 것이 낫다고 하지요? 다양한 공연 문화와 전시회를 접해 보세요. 컴퓨터 화면 속 화려한 영상이나 책 속에 묘사된 활자에서 벗어나 오감으로 느낄 수 있는 현장 학습을 시도해 보는 것이 좋습니다. 또한 특별한 체험을 했다면 그 시간을 찬찬히 정리해 보세요. 그 가운데 체험에서 얻은 지식과 깨달음을 여러분의 것으로 완전히 소화시킬 수 있을 것입니다.

　체험은, 바다처럼 깊고 넓은 여러분의 잠재력에 더해진 밝은 빛이 되어 언젠가는 세상을 밝힐 수 있는 여러분만의 환한 능불이 될 것입니다. 이때 선생님과의 다짐 하나, 반드시 기록문은 써야 해요.

64. 미술 작품이 준 생생한 감동을 글로 옮기기

「강변회음」을 보고

　아침 일찍 친구 란희와 함께 남산 도서관에 다녀왔다. 사철 푸른 나무들과 야생화가 모여 있는 남산수목원을 구경하고 남산 도서관에 도착했다. 오늘은 김득신 화원의 「강변회음」이라는 그림집을 보았다.

　김득신 화가는 조선 후기의 화가로 인물화에 뛰어났으며, 당시 풍속화의 천재 김홍도를 계승했다고 한다. 김홍도의 화풍에 더 많은 배경을 삽입하여 특색 있는 그림을 그렸으며 「강변회음」 외에도 「파적도」, 「밀희투전」 등이 있다고 한다.

채 속 그림의 은은한 색감과 버드나무와 강물과 나룻배, 그리고 조선 사람들의 여유로운 모습이 참 마음에 들었다. 김득신 화원의 작품은 매우 섬세하여 그림을 보고 있노라면 마치 사람들의 음성이 들려오는 듯 느껴졌고 얼굴 표정, 손가락 놀림까지 동영상을 보고 있는 것 같았다.

그리고 나는 움막집에 친근감이 느껴졌다. 요즘으로 치면 텐트정도 되지 않을까? 나무와 짚단을 엮어 지은 듯한 움막이 그 앞에 소박하게 앉아있는 사람들과 참 잘 어울린다.

버드나무 둥치에 늘어지게 잠자고 있는 두꺼비 역시 한눈에 들어온다. 손에 쥐고 있는 숟가락이 금방이라도 입에 들어갈 듯 생생하다. 벌컥벌컥 막걸리를 마시고 있는 것처럼 보이는 털보 아저씨는 삼국지의 장비를 떠오르게 한다. 그리고 낚싯대는 휘어진 나뭇가지 같다. 그 곳에 앉아 있거나 날아오르는 새들의 움직임 또한 실물처럼 살아있다.

이 같은 조선인들의 한가로운 모습은 각박한 현대사회를 살고 있는 요즘 사람들에게 부러움을 살만하다. 잔잔한 강물과 나루터에 평화롭게 정착해있는 배 한 척, 그 곁에 드문드문 보이는 물풀들이 정취를 더해준다. 이 모든 것들이 나의 마음과 나의 눈에 여유를 준다.

– 서울 역촌초 5 전보영

표현은 시냇물같이 자유롭게 •

보영 어린이가 그림을 보고 느낀 점을 진솔하게 표현해 주었네요. 남산 도서관에 올라 가장 친한 친구와 더불어 감상한 그림이라 더 특별했을 것입니다. 눈으로만 작품 감상을 끝내지 않고 이렇게 작품을 보고 난 후의 감동을 생생히 전한다면 여러 사람이 그 느낌을 함께 나눌 수 있어 보람은 배가 되겠지요.

미술 감상문을 어떻게 써야 하는지 몰라서 막연하다고요? 미술 감상문 역시 독후감이나 기행문과 비슷하다고 생각하면 됩니다. 미술관이나 전시회에 가게 된 동기를 쓰거나 그곳의 분위기를 먼저 쓰는 게 일반적인 방법입니다. 그리고 작품을 처음 대했을 때 어떤 느낌을 받았는지, 지금까지 보아왔던 작품과는 어떤 차이점이 있는지 생각해 보세요. 그 후 미술 작품을 천천히 여러 모로 살펴가면서 나름대로의 느낌을 적어나가는 겁니다. 또 작가에 대한 설명과 그 외에 다른 작품을 소개해도 좋답니다.

하지만 무엇보다 중요한 것은 여러분의 생각과 느낌을 고스란히, 그리고 진실하게 담는 것입니다. 형식에 구애 받기보다 시냇물같이 자유로운 글을 써 보세요.

❄ 사고력 뛰어넘기

발전시킨 생각을 색다르게 표현하자!

65. 역사적 인물과 가상 인터뷰를

고구려를 세운 활의 신 주몽을 찾아서
-고구려는 누가 세웠을까-

활 하면 떠오르는 고구려 시조 주몽, 부여 대소 왕자의 질투를 받아 고향에 있는 어머니 아내 예씨를 두고 떠나게 된 주몽, 뛰어난 활솜씨로 고구려를 세운 주몽을 찾아보기로 했다.

요즘 왕세자 결정 때문에 찾아뵙기 힘들었지만 힘들게 얻어낸 시간.

「나랏일을 하시는 도중 찾아뵈어서 죄송합니다. 태자 결정 때문에 고민이 많으시다 들었습니다.」

「그렇습니다. 저에게는 아들 비류와 온조가 있습니다. 하지만 둘은 용감한 성격이나 무예 실력 등 모든 면에서 비슷하여 왕세자를 결정하기가 힘듭니다. 사실은 부여에 저의 또 다른 아내와 아들이 있거든요. 아내 예씨에게 저의 동강난 칼을 일곱 모가 난 주춧돌과 소나무 밑에 증표로 남겨 두었다고 말했습니다. 제 아들이 동강난 칼을 찾아오면 좋을 텐데요.」

주몽의 눈시울이 붉어졌다. 5년 전 어머니 유화가 돌아가시고, 아무 소식이 없는 예씨와 아들이 그리운 모양이다.

「요즘, 왕께서 천제의 아들이며, 알에서 태어났다는 소문이 돌고 있습니다. 모두 사실입니까?」

「예, 물론 사실입니다. 부여 금와왕의 구출을 받은 저의 어머니 유화는 금와왕의 방안에 유폐되었습니다. 그때 하늘에서 어머니를 향해 햇빛이 비쳤습니다. 어머니는 그 햇빛을 피했지만 햇빛은 어머니를 따라다녔습니다. 햇빛을 받은 어머니는 갑자기 해산 기미를 보이더니 이윽고 커다란 알을 하나 낳았습니다. 부여 금와왕은 이를 매우 불길하게 생각했습니다. 그래서 그 알을 돼지의 먹이로 주어 버렸습니다. 그러나 돼지가 그것을 먹지 않자, 이번에는 그것을 길에 버렸습니다. 그런데 지나가는 우마조차도 이를 피해 지나갔습니다. 또한 들판에 버려도 새와 짐승이 그 알을 감싸 주었으며, 깨뜨리려고 해도 깨지지 않았습니다. 그리하여 마지막에는 그 알을 낳은 어머니에게 돌려주게 되었습니다. 어머니께서는 그 알을 이불로 싸서 따뜻한 아랫목에 놓아두었습니다. 마침내 그 알을 깨고 속에서 아이가 나왔습니다. 그게 바로 저입니다. 다음날부터 저는 부여 대소왕자와 같이 생활하게 되었습니다.」

순간 꽃잎 몇 장이 소식을 전하듯 주몽의 무릎 위에 내려앉았다. 주몽은 말을 이었다.

「저의 외할아버지는 물의 신입니다. 어머니는 하느님의 아들, 즉 저의 아버지 해모수와 사랑에 빠져 결혼을 하였는데 아버지가 하늘로 돌아가시자 외할아버지께서는 허락도 없이 결혼한 어머니를 내쳤다고 하셨습니다.」

주몽은 활을 잘 쏘서 단번에 고구려를 세운 것 같지만 부여를 떠나 고구려의 왕이 되기까지는 힘든 일이 많았다고 한다.

「저는 활을 잘 쏜다는 이유로 대소 왕자의 질투를 받았습니다. 금와왕은 저에게 마구간 일을 돌보게 했는데 저는 명마 한 마리를 골라 일부러 먹이를 주지 않았습니다. 금와왕은 가장 형편없어 보이는 말을 저에게 줄 것이 뻔했기 때문입니다. 하루는 금와왕과 대소왕자와 같이 사냥을 나가게 되었는데 저의 예상은 적중하여 금와왕은 가장 비쩍 마른 말을 저에게 주었습니다. 금와왕과 대소왕자는 화살을 백 개씩 가지고, 저에게는 다섯 개밖에 주지 않았지만 저는 한 번에 두 마리씩 열 마리를 잡았습니다. 그렇게 되자 금와왕과 대소 왕자는 저를 더 못살게 굴었습니다. 그래서 저는 어머니의 뜻에 따라 오이, 마리, 협보 이들부하와 함께 부여를 탈출했습니다.

　동부여를 도망쳐 남하하여 엄수기슭에 이르렀습니다. 앞길을 가로막는 엄수를 향해 저는 소리쳤습니다. "나는 천제의 아들이며 하백의 외손자다. 지금 나를 쫓는 자가 뒤를 따르니 그 위험이 급한데 강을 건널 수 없다. 어떻게 하면 좋은가?" 저의 외침을 듣고 물고기와 거북이 달려와서 등을 나란히 하여 다리를 만들어 저를 건너게 해 주었습니다. 제가 무사히 이쪽 기슭으로 건너자 물고기와 거북은 간데없이 흩어져 버리고, 저를 뒤쫓던 자들은 강을 건너지 못했습니다. 그래서 저는 안전하게 이곳 졸본 부여에 도착할 수 있었습니다. 그 물고기와 거북이 없었더라면, 저는 지금 이 자리에 없었을 것입니다.」

　어떠한 일을 함에 있어서 혼자서는 할 수 없다는 것을 주몽은 덧붙였다. 오이, 마리, 협보와 같은 충신이 없었다면 고구려를 세운 주몽도 없었을 것이다. 그의 곁에서 도와주는 이들이 있었기에 지금의 고구려도 있는 것이다.

– 서울 숭인초 6 최승문

현재의 시간 뛰어 넘기 ●

　현재의 시간을 뛰어넘어 역사 속 인물과 가상 인터뷰를 할 수 있는 승문 어린이의 실력과 상상력이 정말 놀랍지 않나요? 선생님도 승문 어린이의 기발한 생각에 깜짝 놀랐답니다. 여러분, 역사에 대해 정확히 알고, 올바른 역사의식을 갖는 것은 매우 중요합니다. 그 첫걸음은 바로 역사와 친숙해지는 것입니다. 승문 어린이처럼 자신이 이해한 바를 토대로 새로운 형식 안에 담아 보는 것은 역사를 이해하고 재해석 하는 데에 큰 도움이 됩니다.

　여러 시대를 거쳐서 다양한 역사적 인물들이 최근에 TV 사극 주인공으로 등장하고 있습니다. 우리가 사극을 재미있게 볼 수 있는 것은 역사적 기록을 바탕으로 만들어낸 작가들의 번뜩이는 각본과 그 시대를 대변하는 의복·고궁·음식 등의 재현 덕분입니다. 또한 어렸을 때부터 역사적 사실에 대한 식견과 통찰력을 견고하게 다질 수 있었던 사고력 훈련 덕분이기도 하지요.

〈가우디의 바다〉를 읽고

바다신문

1989년 1월 28일 제작

이 신문은 물에 젖지 않게 하기 위해서 방수 처리가 되어 있으며 인간어로 번역 되어있으니 이 점 양해해 주시기 바랍니다.

바다거북 가우디, 바다를 위해 사망하다

오늘 아침 7시 경, 사람들의 핵실험을 막기 위해 폭탄의 줄을 제거하던 바다거북 가우디가 그만 사망하였다. 다행히도 폭탄은 끊어져 심한 생명 피해는 없었다고 한다. 한편, 유명한 바다 역사 수사대라고 일컬어지는 『해미르』수사대는 가우디의 일생을 조사하여 한 인간 작가와 함께 책을 낼 전망이다. 『해미르』수사대는 다지마 신지라는 인간 작가와 책을 내는 이유는 그 사람이 주로 자연에 관한 책을 냈기 때문이라고 말했다.

돛새치 기자

정체불명의 폭탄 실험 및 자연 보호 대책 위원회 설립

가우디의 죽음과 함께 알려진 폭탄 실험의 내막이 조사되자 정부에서는 폭탄 실험 및 자연 보호 대책 위원회를 설립하였다. 회장 귀신고래는 "단순히 바다만을 보호하는 것이 아닌 모든 자연을 보호하기 위해 이 위원회를 설립하였다. 다시는 가우디의 죽음과 같은 사건이 일어나지 않기를 바랄 뿐 이다." 라고 말했다. 이에 대한 시민들의 반응은 매우 좋다. 직업이 해양 쓰레기 청소부인 해마는 "이 위원회의 캠페인에 의해 해양 쓰레기가 많이 줄었으면 좋겠다."라는 말을 했다.

해파리 기자

여러분, 이런 처참한 광경을 보고만 있을 것입니까? 다함께 힘을 모아서 평화롭지만 자연의 안정을 위한 큰 시위를 해봅시다!
날짜:1989년1월29일
시간: 오전11시부터 오후 5시까지
준비물: 비상식량

바다신문

1989년 1월 29일 제작
이 신문은 물에 젖지 않게 하기 위해서 방수 처리가 되어 있으며 인간어로 번역 되어있으니 이 점 양해해 주시기 바랍니다.

가우디의 일생, 드디어 밝혀지다

베일에 싸여있던 가우디의 일생이 드디어 밝혀졌다. 조사한 바에 따르면 가우디는 수족관으로 붙잡혀 갔다가 꾀병을 부려 수족관을 탈출, 바다로 떠났다. 그러나 오염된 바다를 며칠간 있다가 결국 죽음을 무릅쓰고 따라온 노랑꼬리돔 폴루를 잡아먹는다. 다시 혼자가 된 가우디는 눈 먼 거북 로티와 결혼을 한다. 그러나 로티가 병에 걸리자 로티의 병을 치료하기 위해서 가우디는 생명의 바다인 수리야 바다로 간다. 하지만 그 곳에서 자기 가족만을 생각하던 가우디는 바다를 위한 행동을 하기 위해 핵폭탄을 끊다가 그만 숨진 것이었다. 이런 가우디의 불행한 일생을 조사한『해미르』수사대는 인간의 무분별한 파괴를 다시 한 번 느끼게 되었다고 말했다. 그러나 시민들은 어떻게 동료를 잡아먹을 수가 있냐며 가우디도 악한 동물이라는 의견이 분분하고 있다.

돌고래 기자

평화 시위, 실패로 끝나

지난번에 평화 시위를 하기로 한 시민들의 계획이 수포로 돌아가 버렸다고 한다. 그 이유는 시위 장소에 수 만개의 물고기 시체와 괴생물체, 그리고 쓰레기가 차있었기 때문이다. 시민들은 이러한 광경에 매우 놀랐다. 하지만 굴하지 않고 시위를 시작하였다. 그러나 시작한 지 1시간 후, 심한 악취를 견디지 못한 5명의 문어가 질식사하고, 3명의 조개가 혼수상태에 빠졌다고 한다.

제주 은갈치 기자

바다 토론 - 바다거북 가우디, 착한 동물일까, 나쁜 동물일까?

사회자: 그럼 지금부터 제 19283746회 바다 토론을 시작하겠습니다. 이번 주제는 가우디가 착한 동물인가 아닌가인데요, 참가자 4분을 모시겠습니다. 먼저, 가우디 옹호편에서는 고래께서 나오셨습니다. 가우디 반론편에서는 전복께서 나오셨군요. 그럼 이제부터 토론을 시작하겠습니다. 먼저 옹호편, 말씀해 주십시오.

고래: 에, 안녕하십니까? 저는 고래입니다. 제 생각에는 가우디는 비록 자신의 동료를 죽였지만 결국 자신의 목숨과 바꾸어 바다를 구출해 내었습니다. 이것만 해도 이미 과거의 죄는 중요하지 않은 것 아닙니까?

전복: 현재는 현재이고 과거는 과거입니다. 어떻게 죽음을 무릅쓰고 따라온 동료를 잡아먹을 수가 있습니까?

고래: 그건 그렇지만 결국은 바다의 많은 생명들을 살리지 않았습니까?

사회자: 죄송합니다만 지면 관계상 토론은 다음 기회에 계속하겠습니다. —끝—

– 서울 갈현초 4 김도희

"지금까지 「바다신문」의 김도희 기자였습니다."

호소력 있는 신문기사입니다. 도희 어린이는 『가우디의 바다』를 읽고 깨달은 것을 신문의 형식으로 나타내었습니다. 바다오염의 심각성이 문장마다 배어 있네요. 도희 어린이에게 사고력 표창장을 수여합니다.

인상 깊게 읽은 책에서 생각을 발전시켜 신문 한 부 만들어 보는 것은 어떨까요? 여러분만의 신문을 만들면서 직접 편집장이 되어 보면 정말 신날 거예요.

67. 마음을 담은 그림 편지 쓰기

삶의 표지판이 되어준 형에게

– 서울 갈현초 6 박상용

가슴에 물드는 우애 •

형을 좋아하고 믿고 따르는 상용 어린이의 마음을 잘 그렸네요. 형제간의 우애는 수채화 물감이 종이 위에 고요하게 번지는 것처럼 서로의 가슴에 물드는 것이랍니다. 여러분에게도 형제간의 사랑이 전해지지 않나요?

마음을 전하는 데에는 다양한 방법이 있습니다. 글로 쓸 수도 있고, 그림을 그릴 수도 있고, 직접 말로 할 수도 있어요. 방법이 무엇이든지 가장 중요한 것은 여러분의 정성과 마음을 담는 것이에요. 사람과 사람을 연결해 주는 것은 사랑이니까요. 우리 모두 서로서로에게 행복 바이러스를 전해 볼까요? 마음을 그림과 글로 표현하는 사이, 여러분의 사고력도 쑥쑥 자라 있을 거예요.

※ 자, 여러분! 생각 바다를 건너왔나요? 그렇다면 사고력 바다를 건너면서 맛보았던 수많은 감동들을 마음속 깊이 새겨 보세요. 그래야 세찬 물결이 몰려 와도 오래오래 남아 있을 테니까요.

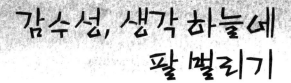

감수성, 생각 하늘에 팔 벌리기

하늘……, 끝없이 이어지는 느낌입니다. 한없이 펼쳐지는 기분입니다. 아득히 높아지는 것 같기도 합니다. 이 신비로운 하늘 아래 여러분은 미래를 향해 팔 벌리고 있는 꿈 많은 세대입니다. 여러분의 미래가 어떻게 펼쳐질지는 지금의 선택에 달려 있습니다.

우리, 강철 같은 의지와 물결 같은 삼성으로 어떤 것이 소중하고 어떤 것이 감사한지 살펴볼까요? 무엇을 해야 하고 무엇을 하지 말아야 하는지 헤아리며 감수성의 태엽을 힘차게 감아 봅시다. 하늘 멀리 우주까지 우리의 꿈을 펼

감수성, 생각 하늘에 팔 벌리기

감성지수가 높은 어린이

'하늘' 하고 입에서 웅얼거려 보면 끝없이 이어지는 느낌이 듭니다. 한없이 펼쳐지는 기분입니다. 아득히 파장을 일으켜 주는 낱말이기도 합니다. 이 신비로운 하늘 아래 여러분은 미래를 향해 팔 벌리고 있는 꿈 많은 십대입니다. 여러분의 미래가 어떻게 펼쳐질지는 여러분이 하기 나름입니다.

21세기는 EQ(감성지수)가 높은 사람이 성공한다고 합니다. 그렇다면 감성지수가 높은 어린이는 어떤 어린이일까요?

긍정적이고 적극적인 어린이, 자신이 정한 목표를 쉽게 포기하지 않고 노력하는 어린이, 친구를 이해하고 배려하는 어린이, 당장의 기분보다는 앞날의 일을 위해 감정을 조절할 줄 아는 어린이, 아름다움을 사랑하는 어린이, 자기 자신에게는 엄격하고 타인에게는 너그러운 바로 여러분들처럼 밝은 어린이를 말한답니다.

감성지수는 어떻게 해야 높아지는지 궁금하다고요? 물론 선천적인 것도 있지만 이 세상 어느 것도 노력 없이 좋아지는 것은 없습니다. 이제부터 선생님만 따라오세요. 어느 순간 감성에너지로 가득 찬 스스로를 발견하게 될 거예요.

68. 내 모습 들여다보기

기린꽃

기린꽃은 사막의 장미이다. 우리 집 가훈은 '立志-뜻을 세워라'인데, 기린꽃을 보면 우리 집 가훈이 떠오른다. 물도 없고, 나무도 없는 사막을 환하게 밝혀주는 기린꽃. 분홍색 아주 작은 꽃잎에 금색의 반짝이는 꽃봉오리의 가시가 있는 선인장 같은 꽃이다. 생명력이 매우 강하여 사시장철 피어있는 꽃이다. 기린꽃이 사막을 밝히듯 나 또한 주위를 밝히는 사람으로 크고 싶다.

– 서울 숭인초 6 김승현

감수성 통장에 기린꽃 저축 ●───────────────

여러분은 거울을 즐겨 보나요? 거울 속 내 모습이 누구를 닮았나요? 거울 속 내 모습은 어디를 향해 손 흔들고 있는지요? 여러분의 진정한 모습을 찾아 무슨 말을 하고 싶은지 가만히 귀 기울여 보세요.

감성훈련에서 제일 중요한 것은 내 모습 들여다보기랍니다. 승현 어린이가 제일 먼저 우리들의 감성은행에 통장을 개설했네요. 그리고 자신의 모습을 기린꽃에 비유하여 저축했어요. 기린꽃. 이름만 들어도 예쁘지요? 승현 어린이처럼 자신의 모습을 꽃에 비유해 보는 것도 재미있겠지요? 색깔에 빗대어 볼 수도 있고, 나무에 비유해 볼 수도 있답니다.

여러분은 누구인가요? 지금 어디서 어떤 모습으로 서 있나요? 자신과 닮았다고 생각되는 것에 비유하여 글을 써 봅시다.

아들아

아들아
네가 처음
기도를 가르쳤다

아는 이
모르는 이
사랑하게 하소서

오늘도
그리고 내일도
진실이게 하소서,

딸아

딸아
네가 예뻐 하늘을 공부했다

하늘은
가진 것 다 주어도
생색내지 않는다

이마가
서럽게 하얘져도
강물 같은 시를 쓴다,

- 유지화의 『여윈다리 삐에로』시집 중에서 -

연지색

눈부신 태양처럼 당당하게 살라고 하늘에 빗대었을까, 떠가는 구름처럼 자유롭게 살라고 하늘과 비교했을까, 빛나는 별처럼 반짝이라고 하늘을 생각했을까, 소복소복 흰 눈처럼 깨끗하게 살라고 하늘을 얘기했을까, 흘러가는 강물처럼 겸손하게 살라고 이런 시를 쓰셨을까.

이 시는 딸에게 보내는 엄마의 소망의 메시지 같다. 딸에 대한 엄마의 사랑이 묻어나는 시이다. 그래서 나는 연지곤지 예쁜 연지색이 떠오른다. 어여쁜 딸의 뺨에 연지색이 스며드는 것만 같다.

– 서울 숭인초 5 박새미

검정색

새미는 딸을 연지색으로 비유했지만 나는 「아들아」를 읽으며 검정색이 떠올랐다. 엄마의 기도 속에는 이 세상에 있는 사랑의 빛깔이 다 들어있는 것 같기 때문이다. 이 모든 색깔을 섞으면 검정색이 된다. 그래서 「아들아」는 색으로 따질 수가 없고 모든 색을 주어도 과하지 않다. 이 시를 읽고 짧은 시에도 많은 생각이 들어간다는 것을 알았다.

– 서울 숭인초 5 정경훈

부모님께 색깔을 드린다면 ●────────

'세상의 모든 물건 중에서 내 몸보다 더 소중한 것이 없다. 그런데 이 몸은 부모님이 주신 것이다.' 율곡 이이 선생님의 말씀이 생각납니다. 맞아요, 여러분. 우리를 있게 하신 부모님의 은혜는 어떤 수식어로도 대신할 수 없는 깊고 높은 것이지요. 부모님께 색깔을 드린다면 어떤 색을 드리고 싶은가요?

여러분은 자기 자신을 아끼고 부모님의 은혜를 알며 이웃과 사회를 위해 무엇을 할 것인가를 생각해 보아야 한답니다. 그리고 날마다 자신을 발전시켜 나가야 하지요. 그런 마음들이 여러분의 감성 에너지를 한껏 충전시켜 줄 것입니다.

새미 어린이는 「딸아」라는 시를 읽고 나서 곱디 고운 연지색을 떠올렸네요. 우리 부모님의 마음에는 퍼내어도 마르지 않는 샘이 있다는 것을 새미 어린이는 알고 있군요. 「아들아」라는 시를 가지고 대부분의 어린이들은 흰색, 파란색, 노란색 정도로 표현했는데, 경훈 어린이는 검정색이라니 좀 의외지요. 독창성 있는 발상이 마음에 듭니다.

여러분이 좋아하는 색깔을 순서대로 말해 볼까요? 연두색, 살구색, 병아리색, 청포도색, 감색, 올리브색, 코코아색, 크림색…… 여러분도 시 속의 아들, 딸이 되어 떠오르는 색깔을 쓰고, 그렇게 생각한 이유도 써 보세요.

70. 다른 사람을 이해하고 헤아리는 글

나와 다른 친구, 제인이

우리 반에는 제인이라는 한 친구가 있습니다. 제인이는 어렸을 때 심장수술을 하느라 제 때 학교를 들어가지 못해 우리 나이보다 한 살이 많습니다. 그래서 그런지 모르지만 제인이는 이해하는 능력이 조금 떨어지는 듯합니다. 공부 시간에 시험을 잘 보는 것도 아니고, 발표를 잘하는 편도 아닙니다. 친구들은 이런 제인이를 왕따시킵니다. 제인이와는 아예 눈도 마주치려 하지 않습니다.

나는 이런 제인이가 안돼 보여서 학교 소식지에 「친구를 왕따시키지 말자」라는 주제로 글을 써서 올리기도 하였습니다.

또 한번은 명수라는 친구가 있는데 제인이를 화장실로 데리고 가서 이유도 없이 계속 때리는 것이었습니다. 나는 명수에게 화를 내며 따졌고, 그 후 그 아이와는 말도 하지 않았습니다. 제인이를 지켜 주겠다는 마음이 우정으로 변했기 때문입니다.

제인이는 공부를 잘하지는 않지만 매우 순진합니다. 하루는 쉬는 시간에 장난기가 발동하여 제인이에게 우리 집에 탱크가 있다고 하였더니 제인이는 진짜인 줄 알고 매우 부러워하였습니다. 제인이는 내가 무슨 말을 해도 그대로 믿어 주고 웃어 주고 기뻐해 줍니다. 이런 제인이가 나는 무척 좋습니다.

"제인아, 너는 나의 소중한 친구야!"

– 서울 갈현초 4 유재혁

사람으로 태어난 이유 •————————————————————

여러분은 『애벌레가 애벌레를 먹어요』라는 책을 읽어 보았나요? 읽어 보지 못한 친구를 위해 그 책의 내용을 잠깐 소개해 볼게요. 주인공 고재는 어여쁜 여자아이들과는 달리 힘없는 친구들 편에 서는 의리파 여자 아이입니다. 고재네 반에는 승준이라는 자폐아가 있는데, 승준이는 애벌레를 무척 좋아합니다. 고재네 반 아이들은 자폐아에다 벌레까지 좋아하는 승준이를 매일 놀리며 왕따 시킵니다. 고재는 이런 승준이를 더 챙겨 주고 도와주고 싶어 한답니다. 그러나 고재를 좋아하는 친구들은 승준이와 떼어 놓기 위해 고재를 괴롭히기까지 합니다. 우여곡절 끝에 고재는 불쌍한 승준이를 위해 자신이 그렇게도 싫어하는 애벌레를 처음 손으로 만집니다. 오직 승준이가 좋아한다는 이유 하나로 말이에요.

이 책의 주인공 고재처럼, 재혁 어린이 역시 따돌림을 당하는 제인이를 위해 많은 노력을 기울였네요. 학교 소식지에 「친구를 왕따 시키지 말자」라는 글을 올리는가 하면, 제인이를 괴롭히는 명수와는 아예 말도 하지 않습니다.

그래요, 여러분. 이 세상에 나와 같은 사람은 아무도 없습니다. 모습이 다르고 생각이 다릅니다. 혹여 나보다 못나고 약할지라도 그 모습 그대로를 이해하고 감싸 줄 때, 여러분의 감성나무는 더욱 풍부하게 햇살을 받고 자라날 것입니다.

이제 시시 때때로 주위를 돌아보기로 해요. 내 중심적으로 생각했던 태도에서 벗어나 다른 사람의 입장을 이해하고 헤아려 주는 사람으로 성장하는 것, 그것이 이 땅에 사람으로 태어난 이유 중에 하나가 아닐까요.

청어

송이송이 눈송이를 닮은 진솔아, 소복소복 눈이 바삐 내리는 겨울이야, 포근하던 햇빛과 새하얀 눈도 새침을 부리는지 날씨가 참 춥다, 이런 날씨에 감기는 들지 않았니? 답장에 괜찮다고 써 보내면 좋겠구나,

나는 수평 저울이 기울어 질 듯 말 듯 하는 것처럼 감기가 걸릴 듯 말 듯 해, 콜록콜록 기침이 나올 적마다 제철 만난 청어처럼 팔팔 잘도 뛰어다니는 네기 떠오른단다,

진솔아, 우리 가족이 한해를 장식하는 그런 멋진 날을 앨범 속에 고이 간직하려고 파티를 열 건데 와 줄 수 있겠니?

– 서울 갈현초 5 최윤영

청어가 헤엄치듯이●————

윤영 어린이의 초대 편지입니다. "새침을 부리는 날씨"라든지 "수평 저울이 기울어 질 듯 말 듯 하는 것처럼 감기에 걸릴 듯 말 듯" 한다든지 하는 표현이 겨울잠을 깨우는 봄비의 속삭임 같습니다. 특히 "기침이 나올 적마다 제철 만난 청어처럼 팔팔 잘도 뛰어다니는" 친구의 모습이 생각난다고 하니, 이런 친구가 있어 진솔이는 매우 행복할 것 같아요.

윤영 어린이의 톡톡 튀는 묘사로 글 전체에 생명력이 넘칩니다. 이렇게 살아 숨 쉬는 글은 읽는 이의 숨겨진 감성까지 꺼내 줍니다. 초대받은 친구들은 아마 청어가 헤엄치듯이 어여쁜 몸짓으로 춤을 출 것 같네요.

겨울 방학에 꼭 하고 싶은 7가지

① 겨울 바다에 가서 바닷바람을 맞으며 코코아를 마시고 싶습니다.

② 눈 덮인 학교 운동장에 발자국을 남기고 싶습니다.

③ 안면도 바다 쪽에 가서 밤에 모닥불을 피워 손을 녹여보고 싶습니다.

④ 좋아하는 오빠와 같이 고구마를 직접 화롯불에 넣어 구워보고 싶습니다.

⑤ 새해 첫 날, 새벽산에 올라 해 뜨는 것을 보고 싶습니다.

⑥ 불빛이 나는 유람선을 타보고 싶습니다.

⑦ 이 추운 겨울에 두꺼운 옷을 못 입는 사람들의 입장을 생각하며, 직접 체험해 보고 싶습니다.

– 서울 수색초 5 서승연

안아 주고 싶은 마음 ●

여러분은 겨울방학 때 무엇이 제일 하고 싶은가요? 늦잠자기, 눈사람 만들기, 썰매타기……. 누구나 떠올리는 이런 평범한 생각을 뛰어넘어 봅시다. 여러분 머릿속에 문득문득 떠올랐던 구체적인 장면들이 있잖아요. 승연 어린이처럼 눈이 펑펑 내리는 날 학교 운동장에 발자국을 남기고 싶을 수도 있고요, 평소 마음 속으로만 좋아하던 오빠와 고구마를 직접 드럼통에 넣어 구워 보고도 싶을 거예요. 안아주고 싶은 예쁜 마음들입니다.

해는 태양계 행성이 이용하는 에너지의 근원입니다. 햇빛은 모든 동식물을 자라게 하지요. 뿐만 아니라 적당한 햇빛은 우리 인간의 면역 기능을 강화시켜 준다고 합니다. 갑자기 웬 과학 이야기냐고요? 그만큼 해가 소중하다는 걸 말씀드리고 싶어서입니다. 글쓰기에 있어서도 창의적인 글쓰기, 사고력이 풍부한 글쓰기, 논리적인 글쓰기 모두 중요하지만, 가장 기본이 되는 것은 감수성이랍니다. 감수성으로 빚어낸 글은 해처럼 찬란하지요.

감성지수가 높은 어린이는 똑같이 방학을 맞아도 특별합니다. 감성의 에너지가 샘솟는 어린이는 똑같이 비를 맞아도, 똑같이 나무 아래 서 있어도 한 편의 시를 탄생시킵니다. 여러분의 감성 에너지를 담은 글 한 편, 써 볼까요?

어울리는 짝꿍		그렇게 생각한 이유
오동나무	장대비	장대비는 굵고 세찬 비다. 그리고 오동나무는 잎이 크고 넓다. 그러니 장대비가 떨어질 때 오동나무가 큰 잎으로 받아줄 수 있다. 장대비는 성격이 급할 것 같고 오동나무는 동글동글하니 이름만 들어도 마음씨가 넉넉할 것 같다. 그러니 장대비가 성을 내더라도 이해해 주어 서로 마음이 잘 맞을 것 같다.
플라타너스	단비	단비는 가뭄 끝에 내리는 비이다. 플라타너스는 훌쩍 키가 큰 신사 같은 나무이다. 그러니 가뭄이 오면 플라타너스는 물이 많이 부족할 것이다. 그때 단비가 내려주면 플라타너스에게는 사막의 오아시스와 같으니 마음이 잘 맞을 것이다.
느티나무	이슬비	가냘픈 이슬비는 성격도 다정할 것이고 좀 날쌜 것이고 느티나무는 이름에 '느' 자가 들어가서 그런지 왠지 성격도 느긋할 것 같다. 빠른 것과 느린 것이 만나면 부족한 부분을 채우게 되어 서로 마음이 잘맞을 것 같다.
소나무	여우비	소나무는 사시사철 늘 푸르기 때문에 마음이 한결같을 것이다. 여우비는 햇볕이 나오면 잠깐 지나가는 비이니 변덕이 있을 것 같다. 변함없는 소나무와 변덕쟁이 여우비가 만나면 시 공부가 잘될 것이다.
은행나무	안개비	나무 중에서 가장 장수하는 나무가 은행나무라고 한다. 그러니 힘도 세고 건강할 것이다. 스치는 바람에도 밀려가는 안개비는 약하면서 줏대도 없을 것 같다. 그러니 꿋꿋한 은행나무가 연약한 안개비를 지켜주면 좋겠다.

– 서울 갈현초 6 최현준

어울리는 짝꿍		그렇게 생각한 이유
소나무	이슬비	소나무와 이슬비는 뉴질랜드 목장을 떠오르게 한다. 그 아름다운 아침 풍경은 마치 소나무에 이슬비가 내려앉은 것 같다.
플라타너스	장대비	자라나는 어린이의 꿈을 쑥쑥 자라게 하듯이, 죽죽 내리는 장대비는 플라타너스를 더욱 나무답게 해줄 것 같다
은행나무	단비	인내의 열매는 얻기 힘들다고 했다. 가뭄 뒤에 내리는 비가 아름다운 은행나무와 만나면 어떤 나무보다 탐실한 은행열매를 맺을 것이다.
오동나무	여우비	오동나무는 나무의 생김새나 그 이름에서 느껴지는 것이 마음씨 좋은 한국의 아저씨 같다. 여우비의 잔꾀도 오동나무 앞에서는 재롱이 될 것 같아 잘 어울릴 것이다.
느티나무	안개비	느티나무는 언제보아도 친구 없이 쓸쓸히 서있는 것 같다. 이럴 때 다정하고 부드러운 안개비가 내리면 느티나무의 쓸쓸함이 다 없어질 것 같다.

– 서울 갈현초 6 조요섭

나도 맞고, 너도 옳고 ●──────────────────────────

친구들이 자연 속에서 어울리는 짝꿍을 찾아보았네요. 현준이와 요셉이의 글을 대하면서 여러분은 어떻게 생각했나요? 그래요. 두 친구의 생각이 다 미소를 짓게 만들어요. 요셉이의 생각도 맞고, 현준이의 말도 옳지요. 그러니 글쓰기가 재미있고말고요.

여러분도 이처럼 자연 속에서 서로서로 어울리는 것들을 찾아보면서 이야기를 나누어 보세요. 하얀 눈밭에는 매화가 어울릴까요, 까치가 어울릴까요, 아니면 소나무가 더 어울릴까요?

---

74. 서로서로 어울리는 것들 찾아보기

어울리는 것들

1. 짚으로 지은 초가집에는 추억의 가마솥이 어울립니다.
2. 멋있고 화려하게 지은 집에는 꽃이 활짝 핀 정원이 어울립니다.
3. 싸우다가 화해한 친구들이 어울립니다.
4. 누룽밥과 묵은지가 어울립니다.
5. 청국장과 고슬고슬한 보리밥이 어울립니다.
6. 매콤한 돌솥비빔밥엔 싱싱하고 향 좋은 나물이 어울립니다.
7. 쏠쏠한 전깃줄에는 참새떼가 어울립니다.

– 서울 수색초 4 원홍식

생각의 뜰 ●──────────────────────────

첫 문장부터 인상적입니다. 서로서로 어울리는 것들이 문장마다 새롭게 등장하고 있지요. '연필과 지우개', '바늘과 실', '책상과 의자'와 같이 평범한 것들을 끌어들이지 않고 생각의 뜰에 많은 것들을 불러들였네요. 홍식 어린이의 빼어난 감수성에는 월계관이 어울리겠지요.

우리도 서로서로 어울리는 것들을 한 번 찾아볼까요?

콜라 속에 톡! 쏘는 맛처럼

대부분의 아이들은 콜라의 톡! 쏘는 묘미로 콜라를 좋아한다. 나는 키도 작은 보통 초등학교 2학년 학생이었다. 그런데 논술반 덕분에 지금 6학년인 나는 논술의 톡 쏘는 맛을 가질 수 있었다.

낱말 뜻도 많이 알지 못하고 글을 잘 못 쓰는 2학년 때 나는 학교 특강으로 논술부를 들어갔다. 그때는 아무 생각 없이 논술부에 들어갔지만 나는 발을 디딘 순간부터 왠지 모를 논술반의 따스함과 특별함을 느꼈다. 꽃봉오리가 터질 듯한 선생님의 웃음과 나를 환하게 반겨 주는 논술반 친구들과의 수업, 그리고 "새 생각을 키워보세요.", "논술은 정답이 없어요. 여러분의 생각이 최고입니다."라는 말씀은 나에게 명언으로 깊숙이 자리 잡았다.

또, 선생님께서 글을 보시며 "조은비, 오늘의 논술왕!"이라고 써 주셨을 때 논술에 대한 자신감이 생겼다. 선생님의 칭찬의 말씀들이 나의 새 생각 창고에 차곡차곡 쌓여서 지금의 문학소녀로 성장 할 수 있었던 것이다.

그리고 3학년 때 글을 좋아하고 음악에 관심이 많았던 나에게 시조는 정말 꿀벌에게 꿀 같은 존재였다. 선생님의 훌륭하고도 인자하신 가르침으로 시조의 매력에 풍덩 빠지게 만들었다. 시조를 즐거워하고 열심히 해서 전국 시조 백일장에서 차상 3번, 차하 1번을 수상하였고 나는 '시조공주'라는 별명과 함께 '시조를 잘 짓는 아이'로 친구들의 부러움을 샀다.

논술은 나에게 콜라의 톡 쏘는 즐거움을 가져다 준 최고의 선물인 것 같다. 우리 논술 선생님은 나에게 헬렌 켈러의 설리번과 같은 선생님이시다. 나에게는 지독한 학원 속의 쉼터이자 배움터였던 논술반, 그리고 논술의 참된 아름다움과 시조라는 것을 알게 해 주신 논술 선생님께 정말 감사드린다.

나에게 콜라를 만들어 주신 부모님 다음으로 톡! 쏘는 맛을 찾게 해 준 우리 논술반! '논술 끝'이라고 생각하지 않고 '스스로의 시작'이라고 생각하고 더욱 열심히 글을 쓸 것이다.

– 서울 수색초 6 조은비

카멜레온처럼 다채로운 논술 •————

논술의 톡 쏘는 맛이란 무엇일까요? 카멜레온의 색이 여러 가지인 것처럼, 논술의 맛도 매우 다채롭습니다. 이 세상 어떤 맛이 최고다 할 수 없는 것처럼 논술에도 정답이 없지요. 다양한 논술의 맛 중에서 은비 어린이는 콜라의 톡 쏘는 맛을 찾아냈군요. 논술뿐만 아니라 수학 공부, 축구, 설거지, 봉사 활동 등 모든 생활에서 각각의 맛을 느낄 수 있을 거예요. 그 맛은 어떤 맛인지, 여러분의 멋진 글 솜씨로 표현해 볼까요?

76. 주제를 강조하는 반복법 사용하기

웃을 때는

꽃봉오리 터지듯 그렇게 웃어 보렴
슬픈 일 생겨도 크게 한번 웃어 보렴
친구야 즐거운 일 생각하며 행복하게 웃어 보렴.

– 서울 염리초 6 문다은

행복의 오로라 •————

슬픈 일이 생겨도 웃자고 합니다. 꽃봉오리 터지듯 그렇게 웃자고 합니다. 다은 어린이는 주제를 강조하기 위해 '웃어 보렴'이라는 중심 단어를 반복하여 나열하고 있어요. 이와 같이 자신의 생각을 강하게 표현하고 싶을 때는 한 문장 또는 문단 안에서 같은 단어나 어구, 문장을 반복하여 사용하기도 한답니다.

친구를 생각하는 다은 어린이의 마음에서 행복의 오로라가 느껴지는 것 같아요. 오늘부터 친구에게, 가족에게, 선생님께 환한 웃음을 전달해 보세요. 이 웃음은 주위를 환하고 따뜻하게 만든답니다. '일어나자마자 웃자'라는 어느 코미디언의 말처럼 우리 항상 웃으며 살아요. 배시시, 방실방실, 키득키득, 호호호, 까르르!

우리의 삶에 가장 영향을 주는 세 가지를 든다면 스승과 책과 친구라고 합니다. 여러분들은 선생님께 배우고, 책을 통해 공부하고, 친구와 함께 많은 것을 느껴가고 있을 거예요. 위 글을 읽고 어제까지 안 보였던 산등성이의 봄바람과 반갑게 눈인사하는 친구도 분명 생기겠지요?

✺ 시와 시조
   자기만의 발견과 표현을 담자!

77. 새 생각이 담긴 동시 쓰기

아침 인사

파아란 꿈을 싣고 빛나는 아침이면
조약돌 풍당풍당 소리 나는 하늘에서
정다운 인사 한 소절 가득히 뿌려주네.

새하얀 눈꽃이 핀 듯 구름이 문을 열면
눈길만 돌려줘도 깨질 듯한 친구에게
사랑의 인사 한 구절 색실처럼 수놓네.

- 서울 도봉초 5 이정연

송편을 빚듯 ●─────────────────────

   저 하늘에서 "조약돌 풍당풍당 소리"가 난다네요. "구름이 문을 열어" "새하얀 눈꽃이 핀"다네요. 그 청아한 아침에 "여릿여릿한 친구에게 인사 한 소절 색실처럼 수놓는"다네요. 색실처럼 고운 정연 어린이의 모습이 보이는 듯합니다.
   시는 특히 자기만의 새 생각이 담겨있어야 합니다. 다른 사람들이 쉽게 흉내내지 못할 자신만의 발견과 표현이 담겨 있어야 한답니다. 그래서 시를 빚는다고도 하지요. 쌀 반죽을 하여 송편을 빚듯, 언어를 요모조모 반죽하여 한 편의 시를 빚어내는 것이지요. 잠시 시에 대하여 공부해 볼까요?
   시를 지을 때는 어떤 글감으로 쓸 것인가를 먼저 생각해야 한답니다. 자신의 생각과 느낌을 노래하듯이 짓기도 하는데, 이를 서정시라고 해요. 아름다운 자연 풍경이나 배경을 시로 읊을 수도 있는데, 이것을 서경시라고 부르지요. 또 신화나 역사에 관심이 있는 친구들은 그 사건이나 내용을 이야기 형식의 시로 나타내기도 하는데, 우리는 이것을 서사시라 부릅니다.

　여기서 정연 어린이의 시는 서정시에 속한답니다. 뒤에서 배울 연시조에 속하기도 하구요.

78. 우리말의 재미를 살린 동시 쓰기

겨울 운동장

추워서 꽁꽁 얼어도
신나는 운동장

바람에 벌벌 떨어도
즐거운 운동장

눈송이 천사들이
솜이불 되어주네

어느새 운동장은
눈싸움으로
들썩들썩

운동장은 아파도
좋아좋아 응원하네.

　　　　　　　　　　　　　　　　－ 서울 인수초 4 이제중

　제중 어린이는 겨울운동장을 마치 살아 있는 친구처럼 표현했어요. 운동장은 추울 땐 꽁꽁 얼고, 바람 불면 벌벌 떨고, 아이들이 눈싸움할 때에는 아프기도 할 텐데, "좋아좋아 응원"한대요. 눈 내리는 겨울날, 운동장 풍경을 보며 운동장의 마음까지 알아 버렸으니 제중 어린이의 발그레한 볼 속엔 사물의 감정을 읽는 요술 주머니라도 숨겨져 있나 봐요. "꽁꽁", "벌벌", "들썩들썩" 등 모양을 나타내는 말도 적절히 잘 활용했지요? 우리말의 재미를 한껏 살렸네요.

　우리말, 특히 우리 글자인 한글은 세계가 인정한 문자랍니다. 지금으로부터 십여 년 전 프랑스에서 세계언어학자들이 한 자리에 모이는 학술회의가 있었다고 합니다. 안타깝게도 한국의 학자들은 참가하지 않았는데, 그 회의에서 한국어를 세계공통어로 쓰면 좋겠다는 토론이 있었다고 하네요. 한글의 우수성을 국제적으로 인정받으니 얼마나 영광입니까? 마침내 1997년 10월 1일에는 유네스코에서 우리나라 훈민정음을 세계기록유산으로 지정하기에 이르렀답니다.

　세계 모든 문자 중에서도 합리성, 과학성, 독창성을 기준으로 따져 볼 때, 1위는 자랑스럽게도 한글이라고 하네요. 이 빛나는 한글을 가지고 시를 짓는다는 것은 행복한 일이지요.

79. 추억이 담긴 동시 쓰기

하얀 눈사람

첫눈 내리는 날
밖으로 뛰어나와
눈밭에 눈을 굴리네

친구 하나
나 하나
친구는 머리

나는 몸통

친구 닮은 눈 코 입
나를 닮은 눈 코 입
"눈사람 참 곱다"

친구도 나도 웃는다,

– 서울 갈현초 3 박성재

좋아하는 색깔 펜으로 ●━━━━━━━━━━━━━━━━━━━━━

싸락눈 오는 날은 춥지만, 함박눈 내리는 날은 포근하지요. 여러분도 한번쯤 눈사람을 만들어 보았을 거예요. 눈사람이 어떻게 생겼던가요? 내 마음처럼 동글동글 활짝 웃는 모습인가요, 말썽꾸러기 동생처럼 삐뚤삐뚤 심술궂게 생겼나요?

성재 어린이가 만든 눈사람은 성재를 닮아 길쭉길쭉 키가 크고 착한 눈망울을 가졌을 것 같아요. 몸통 하나 머리 하나씩 눈밭에 눈을 굴리며 헤헤 웃는 우리 어린이의 맑은 미소가 선생님 눈에는 선한걸요.

눈이 내리면 눈이 좋고, 비가 오면 비가 좋지요. 그때마다 여러분의 시작노트를 열어 볼까요? 햄토리 그림이나, 날아라 슈퍼보드가 새겨져 있는 공책도 좋고, 파스텔톤 풍경화가 그려진 작은 자물쇠 달린 일기장도 좋겠지요. 그때그때 느껴지는 생각들을 가지고 자신이 좋아하는 공책에다 좋아하는 색깔 펜으로 시를 지어보세요. 여러분들은 누구나 다 시인이랍니다.

80. 자신의 의견이 담긴 시조 쓰기

동화책

우리 아빠 어렸을 때 할머니가 사 주신 책
좌악좌악 찢어서요 딱지치기 했대요
할머닌 그때 생각 하시면 웃음꽃 생겨요

찢어진 동화책은 할머니 주름 됐고
만들어진 딱지는 할머니 한숨 됐죠
지금도 장난 많으신 우리 아빠 사랑해요.

　　　　　　　　　　　　　　　　　- 서울 수색초 4 김혜지

한국적인 그릇 ●

여러분, 혹시 시조를 아세요? 시조가 무엇일까 각자 생각을 해 보세요.

어떤 친구는 '옛날 선비들이 짓는 시'라고 대답하고, 다른 친구는 '그냥 시'라고 하네요. 두 사람 다 틀린 말은 아니에요. 시조가 무엇인지, 지금부터 눈을 반짝반짝 거리며 선생님의 이야기에 귀를 기울이면 시조의 재미에 시간가는 줄 모를 거예요.

먼저, 여러분 누구나 한번쯤은 접해 보았을 「하여가」와 「단심가」를 읊어 볼까요?

이런들 어떠하리 저런들 어떠하리
만수산 드렁칡이 얽어진들 어떠하리
우리도 이같이 얽어져 백년까지 누리리라

이 「하여가」에는 '이미 타락할 대로 타락한 고려 왕조를 그만 포기하고, 자신과 함께 칡덩굴처럼 얽히어 조선왕조를 세우자'라는 이방원의 뜻이 담겨 있답니다. 정몽주를 자신의 편으로 끌어들이고 싶은 마음이 강하게 나타나 있지요. 그때 정몽주는 어떻게 화답했을까요?

이 몸이 죽고 죽어 일백 번 고쳐 죽어
백골이 진토 되어 넋이라도 있고 없고
임 향한 일편단심이야 가실 줄이 있으랴

끝까지 고려에 충성을 다하겠다는 그 유명한 「단심가」입니다. 이방원과 정몽주처럼, 우리 선조들은 서로의 의견을 주고받기 위해 시조를 지어 교환하였어요. 시조는 우리 고유의 전통 문학이며, 선비나 학자뿐만 아니라 일반 평민도 시조를 짓고 즐겼습니다. 그러므로 시조는 우리 겨레의 사상과 정서를 가장 한국적인 그릇 안에 담을 수 있는 글짓기 형식입니다.

시조가 무엇인지 이제 이해했나요? 그럼 다음 장에서 시조의 형식에 대해 자세하게 알아보도록 해요. 그 전에 「하여가」와 「단심가」처럼 멋진 시조 한 수 지어 봐야겠지요?

걸음을 걷듯이 •

시조는 3장(초장, 중장, 종장)으로 되어있으며, 45자 내외로 구성된 정형시입니다. 정형시란, 일정한 형식과 규칙에 맞추어 지은 시를 말합니다. 시조의 기본적인 글자 수는 초장 3, 4, 3, 4, 중장 3, 4, 3, 4, 종장 3, 5~7, 4, 3으로 되어 있습니다. 또한 '구'라는 게 있는데, 둘 이상의 단어가 모인 짧은 토막을 말합니다. 또 있어요. 우리가 한 걸음, 두 걸음 걷듯이 소리에도 걸음이 있는데, 이것을 '음보'라고 합니다. 보통 시조 한 수는 12음보로 되어 있다고 할 수 있어요. 말로만 들어서는 잘 모르겠지요? 여러분들의 이해를 돕기 위해 정몽주 어머니의 시조를 한, 두자 현대적인 리듬으로 고쳐 형식을 따라 나누어 보았습니다.

까마귀 / 싸우는 골 // 백로야 / 가지 마라   →   초장
  3   4 (1구) 3   4 (2구)

성이 난 / 그 까마귀 // 흰빛을 / 시샘하니   →   중장
  3   4 (3구) 3   4 (4구)

청파에 / 고이 씻은 몸을 // 더럽힐까 / 하노라   →   종장
  3   5-7   (5구) 4   3 (6구)

장, 구, 음보를 이렇게 나누어 보니까, 시조의 형식을 쉽게 알겠지요? 여러분도 모두 시조 시인이 될 수 있답니다.

산문에도 주장하는 글, 기행문, 생활문 등 다양하게 있듯이 시조에도 다양한 모양의 종류가 있어요. 앞의 시조처럼 3장 6구 12음보의 기본형인 '평시조'가 있고, 초장과 종장 첫 구만 평시조와 같고 나머지 초장과 중장이 긴 '사설시조', 초장과 종장으로 이루어진 '양장시조' 등으로 구분된답니다. 그리고 평시조가

이어진 형태의 시조를 '연시조'라고 하지요. 처음 배우는 장르이다 보니 설명이 길어졌지요? 그럼, 예를 들어 쉽게 이해하고 넘어 갈게요.

■ 평시조(단형시조) – 3장 6구 12음보의 기본 형식을 갖춘 시조입니다.

얘들아

바람은 은행잎을 어디선지 끌고 와
내 앞에 하나하나 착하게 떨어드리며
얘들아, 은행잎 받아줘 예쁘게 말합니다,

– 서울 수색초 5 서지희

■ 사설시조(장형시조) – 초장과 중장이 평시조보다 길어진 것이며, 특히 중장이 제한 없이 길어진 형식을 말합니다. 사설시조는 사설이 긴 장형시조라고 할수 있으며 시어가 촘촘하고 긴박하게 배치되는 특징을 갖고 있습니다.

졸업 앨범

어제 받은 졸업앨범 가만가만 펴보니

수현이, 광복이, 짝꿍이었던 광후 어, 이 아인 누구더라
그래, 그 뒤에 앉았던 시인이, 수학여행 때 강당에서 춤추던 한성이
그리고 그 옆에서 '깜빡 깜빡이는 희미한 기억 속에~' 하나, 둘 스쳐가는 이름, 이름들–학교 뒷산 아기나무가 아름드리 된 후에도 기억나려나 몰라

조용히 덮는 앨범 위로
봄빛, 환히 스며든다,

– 안산 안산초 6 양기동

■ 양장시조 – 종장을 포함하여 두 장으로만 이루어진 시조를 말합니다.

코스모스

코스모스 꽃잎마다 떠오르는 친구 얼굴

날 맞춰 노래 부르며 뛰어놀던 우리들,

– 서울 갈현초 6 오나래

■ 연시조 – 같은 주제를 가지고 평시조를 여러 수 이어서 쓴 시조입니다.

저녁 밥상

가로등 눈 번쩍 뜨고 그림자 따라오는 저녁

꼬르륵 배꼽시계 쉴 새 없이 울리면

어머니 알아채시고 맛있는 밥상 준비해요

밥그릇 가득 채운 알록달록 오곡밥

한 숟가락 듬뿍 퍼 문지기야 문 열어라

별님도 먹고 싶은가 반짝반짝 쳐다봐요

멸치볶음 입장한다 꼭꼭 씹어라

열무김치 등장한다 역시 최고야

어머니 끝내주는 솜씨 가슴 깊이 느껴요,

– 서울 숭인초 6 노해인

시조의 초장은 어떤 사건의 발단, 시초, 원인 등을 적는 경우가 많습니다. 중장에서는 어떤 사건이나 이야기의 전개, 비판, 비교, 대조 등을 담습니다. 그리고 종장에서는 어떤 사건이나 이야기의 결말, 중심 생각을 나타내는 경우가 대부분입니다.

이제 시조가 재미있기 시작하였다고요? 그럼 선명한 주제, 독창성, 풍부한 표현 등을 담아 여러분의 시조를 만들어 보세요.

도시락

오늘도 어김없이 쌓여 있는 도시락
그냥 먹기 힘들어 물 말으니 어떡하나
나의 몸 부담스러워 먹기가 싫어집니다

끝나고 돌아와서 괜스레 화나지만
엄마 아빠 안 계셔서 머리에서 김만 나고
내 마음 깊은 울림에 버리고 웁니다

나도 모르게 나오는 눈물을 닦고서
햇님만 볼 수 있는 고개 넘어 숲을 보고
바람만 건너 볼 수 있는 바다를 봅니다.

– 서울 수색초 4 김종민

절로 노래가 되는 ●─────────

어떻습니까, 여러분? 시조와 시는 다를 바가 없다는 것을 아셨을 거예요. 시조도 동시와 같이 작가의 경험을 바탕으로 참신한 생각과 표현이 간결하게 담겨있다는 것을 확인하셨을 거예요. 다만 일정한 형식이 있다는 것을 깨달았나요?

동시에서 '연'을 시조에서는 '수'라고 부르는데, 그 한 수는 45자 내외의 초, 중, 종장으로 되어있다는 것, 이제는 선명하게 이해하셨을 거예요. 그런데 그 형식에 글자수를 맞추어 넣는다는 것이 결코 쉽지 않다고요? 그렇지 않답니다. 오히려 3/4/3/4의 율격이 우리의 언어를 담아내기에 가장 알맞은 형식이라네요. 우리 낱말은 대부분 3음절, 4음절로 이루어졌기 때문입니다.

숲

가을 속에 누가누가 잠자고 있길래
숲 속이 조용하고 친구가 안보일까
가을도 쌀쌀한 마술이 찾아온 것이겠지,

가을이 찾아오자 주문이 걸린 숲 속
어느 누가 달려와서 풀어 줄 수 있을까
하얀 눈 겨울 오빠가 구해줄 것인가,

−서울 독산초 4 이은지

가을

노란색 물감을 누가누가 쏟았나
노을빛 물들은 가을 들길 걸을 때면
내 맘에 노란 발자국이 선명하게 찍혔다

잔디밭에 누워서 가을 하늘 쳐다보면
산까치 두 마리가 등대고 기대앉아
저 하늘 저 구름까지 날아가자 얘기한다

− 서울 숭인초4 정지운

감동의 꽃 ●

어때요? 상상력을 발휘해서 쓰다보면 시조가 재미있어질 거예요. 생각과 느낌을
잘 표현하여 시조를 짓고 나면 마음속에 한 송이 꽃과 같은 감동이 피어나지요.

이제 시조 짓기에 자신감이 생겼다고요? 여러분이 무엇을 하고, 무엇을 보고,
무엇을 생각했는지 시조의 형식 안에 넣어 보세요. 저절로 창의적 사고력이 부쩍
부쩍 자랄 거예요. 시조를 지은 어린이들은 모두 언어의 마술사입니다.

나의 놀이

유리가면 만화책은 즐거운 나의 놀이
구석에 처박혀서 울고 있는 동화책
어느 날 눈이 딱 마주쳤다 동화책이 웃고 있다

책장을 넘겨보니 솔솔솔 이야기 천지
하하하 웃기다가 흑흑흑 울리다가
몇 시간 지나고나니 책꽂이가 텅 비었다

글씨만 끝도 없이 늘어 논 것 같지만
신비한 그림들과 감미로운 이야기
내 마음 만화책을 떠나 동화책에 끌렸네

학교 공부 하기 싫어 운동장만 빙빙 돌다
도서실 아이들이 내팽긴 책 실컷 읽고
어느새 해가 된 내 얼굴 동화책은 나의 놀이,

— 서울 갈현초 4 이지용

글감은 현장에서 건져야 ●─────

 시의 첫걸음은 자신이 체험한 것을 구체적이고 사실적으로 묘사하는데 있습니다. 그것을 가지고 있지 않으면 읽는 이의 마음을 움직이기 어렵지요. 다른 곳에서 언어를 불러다 집어넣는 것이 아닙니다. 그 현장의 사물이 언어가 되어야 합니다. 그래야 시의 '진정성'이 살아나지요.

85. 값진 체험을 담은 생활문 쓰기

침착해야지!

드디어 오늘은 전국시조백일장이 열리는 날이다. 그동안 배워 온 시조를 현장에 나가 즉석에서 주어진 제목을 가지고 시조를 짓는 날이다. '과연 내가 잘 지을 수 있을까? 제목은 어떤 제목이 나올까?' 마음은 떨리고 있었지만 잘 해야지 굳게 다짐하고 친구들과 지하철 쪽으로 뛰어갔다. 친구들은 모두 기대에 찬 모습을 하고 있었다. 마치 자기가 장원을 해야겠다는 듯 자신감이 있어 보여 좋았다. 나도 그런 욕심이야 충분히 있다. 그러나 그게 쉬운 일이 아니라는 걸 알기에 침착해야지, 침착해야지 나 스스로를 타이르며 지하철을 탔다. 지하철은 빠르게 달렸다. 상쾌해진 기분으로 지하철에서 내리니 높고 낮은 건물이 꽤 많이 보였고 음식점도 많았다.

조금은 설레는 마음으로 창경궁에 들어서니 향기롭고 풋풋한 내음이 조화롭게 풍겼다. 역시 우리나라 문화재는 최고다. 명정전 앞에 도착하니 아이들이 바글바글하였다. 이 아이들이 다 시조를 짓기 위해 온 것이다. 오직 시조대회에 참여하기 위해 이 많은 아이들이 몰려오다니 정말 대단하다.

드디어 백일장이 열리는 시간이 다가왔다. 우리 초등부 시조의 제목은 '소풍'과 '점심시간'이었다. 쉬운 제목이라는 생각이 들었지만 막상 주제를 정하려고 하니 갑자기 막막해졌다. 순간 나는 글은 자신의 경험을 바탕으로 써야 재미가 있다는 선생님의 말씀이 떠올라 '점심시간'이 낫겠다고 생각했다.

'일단 마음을 맑게 하자. 그리고 주제를 생각하자. 다음엔 재료를 모아야지.'

나는 연습장에 조심조심 시조를 지어나갔다.

「시끌벅적 언제나 시끄러운 우리 반
내가 먼저 네가 먼저 양보하면 좋아요」

3연까지 끝마쳤을 때는 '아, 이제야 끝났구나,' 해냈다는 뿌듯함이 밀려왔다. 그런데 막상 원고지를 냈을 때는 왠지 아쉬움이 몰려왔다. '좀더 고칠 걸 괜히 빨리 냈나,' 하고 말이다. 집에 돌아올 때는 나의 그림자도 아쉽다는 듯 명정전 쪽을 향해 있었다.

– 서울 갈현초 4 윤희상

하루를 사진 찍듯이 •————————————————

희상 어린이의 시조 백일장 체험을 담은 생활문입니다. 시조를 배운 것에 그치지 않고 현장에 나가 그 자리에서 받은 제목으로 시조를 지어보는 것도 소중한 경험이겠네요.

시조 백일장에서의 하루를 사진 찍듯 구체적으로 잘 보여주었네요. 이런 현장 체험은 여러분들의 잠재력을 최대한 발휘할 수 있는 발전의 계기가 된답니다. 그 값진 경험을 담았기에 글도 더욱 빛날 수 있어요.

완희

완희는 5학년 때 내 짝꿍이다. 그 아이를 처음 보았을 때, 남자애들보다 키도 크고 뚱뚱한데다 작은 눈에 안경까지 껴서 호감이 가지 않는 아이였다. 선생님 말씀에 곧잘 대답하는 걸 보면 공부는 잘 하는 듯 싶었지만 별 관심은 가지 않았다. 완희에 대한 내 첫인상이 어쨌건 간에, 완희는 자기랑 친한 친구들이랑 또 나는 나랑 친한 친구들이랑 놀며 서로에 대해 신경을 쓰지 않았다.

그러던 어느 날, 나랑 완희가 주번을 하게 되었다. 매일 아침 일찍 와서 교실 문도 열어 놓고 쓰레기통도 비우고 쉬는 시간에도 지저분한 곳은 빗자루로 쓸어내고 하는 일을 일주일간 하는 거였다. 나는 아침 일찍 와서 주번으로서의 내 할일을 했다. 그런데 아무리 기다려도 완희의 모습은 보이지 않았다. 그런데 이 튿날도 수업 시간이 다 되도록 완희는 오지 않았다. 처음 한 이틀은 사정이 있겠다 싶어서 나는 혼자 다 했다. 하지만 셋째 날 아침까지 여전히 완희가 일찍 오지 않자 나도 슬슬 짜증이 났다. 주번은 나 혼자가 아닌데 왜 나만 아침 일찍 청소를 하고 있는지 은근히 부아가 치밀었다. 그래서 완희한테 한 마디 톡 쏘아붙였다. 그러고 나서 나는 속이 불편했다.

하지만 목요일 날 아침까지 완희가 늦게 오자 나는 전날의 조금 미안했던 마음이 싹 가시고, 다시 화가 났다. 완희가 또 보통 때처럼 태연스럽게 들어오는 것을 보고는 막 화를 내며 완희를 몰아붙였다. 놀라기도 하고 미안하기도 했는지 완희는 아무 말이 없었다. 나는 들고 나가던 쓰레기통을 완희 앞에 던지듯 탁 놓아버렸다. 사과할 마음도 생기지 않고, 하고 싶지도 않았다. 그리고 반에서 이제 완희랑은 눈도 안 마주치고 아는 체도 하지 않겠다고 마음먹었다.

하굣길, 같은 동네에 살았던 나와 완희는 서로 멀찌감치 떨어져서 따로 걸었다. 나는 아직도 꽁한 속을 풀지 못하고 있었다. 그 때, 뒤에 있던 완희가 뛰어오더니 내 앞을 가로막았다.

"민옥아, 아까는 정말 미안했어. 나는 밤을 새우라면 새우겠는데 아침잠이 많아서 말이야, 이건 참 병이라니까, 도저히 아침에 일찍 못 오겠더라, 주변활동 하기가 싫어서 늦은 건 아니야, 내일부터는 우리 같이 하자."

나는 대답대신 고개를 끄덕거렸다, 그리고 보니 나도 잘못한 게 있었다, 그 애 입장에서는 전혀 생각도 못한 채, 완희를 미워하기에 바빴던 내가 부끄럽기도 했다,

다음 날, 완희는 정말 나보다 더 일찍 와서 교실 창문을 활짝 열어 놓고 청소를 하고 있었다,

그날 이후 우리 둘은 '우정'이란 나무를 키워가고 있다, 그리고 나는 친구를 이해하는 법을 배웠다, 약속 시간에 좀 늦어도 등을 한대 탁 치면서 늦지 말라고 말하는 여유도 생겼다, 예전 같았으면 왜 늦었냐고 삐치기부터 했을 텐데 말이다,

이제 내 친구 완희가 다시 보인다, 키도 크고 통통해서 건강해 보이고, 빛나는 눈에 안경을 쓰니까 더 똑똑해 보였다, 선생님 질문에도 척척 대답하는 똑부러진 아이이다, 이런 멋진 아이가 바로 내 친구 '민·완·희' 이다,

— 서울 쌍문초 6 안민옥

우정의 꽃다발 ●

민옥 어린이의 글을 보니 완희가 비록 잘못하긴 했지만 솔직한 사과로 인해 우정의 꽃이 피게 되었네요, 선생님은 이 글을 보면서 '만남'이라는 단어가 떠올랐습니다, 만남이라는 말 속에는 오직 밝은 생각, 좋은 생각, 긍정적인 생각만이 떠오릅니다,

그런데 말에도 느낌이 있고 울림이 있다는 것을 아세요? 자, 선생님이 한글의 아름다움에 대해 이야기해 줄게요,

세종대왕께서 1446년, '백성을 가르치는 바른 소리'라는 뜻의 훈민정음을 반포 하셨습니다, 우리의 한글 말입니다, 한글의 자음과 모음 중 모음은 소리의 특색과 느낌, 소리의 성질, 소리의 위치와 입술모양 등에 따라 나눌 수 있답니다,

양성모음은 비교적 입을 크게 벌려서 내는 소리로, 밝고 맑고 빠른 느낌을 주는 모음입니다, 'ㅏ, ㅑ, ㅗ, ㅛ, ㅘ' 등이 있습니다, 풍당풍당, 아장아장, 알록달록

등 이렇게 깨끗한 느낌을 주지요. 이와는 달리 음성모음은 어둡고 무겁고 칙칙한 느낌을 주는 모음입니다. 'ㅓ,ㅕ,ㅜ,ㅠ,ㅟ' 등이 있습니다. 풍덩풍덩, 어정어정, 얼룩덜룩 등 양성모음과는 느낌이 영 다르지요. 모음끼리의 이 절묘한 조화야말로 한글의 우수성 아닐까요. 이해가 되셨나요? 양성모음 하니까 양지가 떠오르고, 음성모음 하니까 음지가 떠오른다고요? 그래요. 연상 작용을 통해 이해한다면 머리에 쏙쏙 들어오고, 기억에도 오래 남겠지요. 음·양이라는 개념은 바로 국어의 모음조화를 설명하기 위해 세종대왕께서 집현전학자들과 연구한 것이라고 하네요. '만남'도 양성모음으로 이뤄져서 따뜻하고 아름다운 느낌이 나는 것이겠지요.

만남을 정성껏 키워 우정의 꽃다발로 만들어낸 민옥이와 완희, 계속 그 아름다운 우정을 가꾸어 나가길 바래요.

87. 나의 아버지, 나의 어머니

나의 아버지

저에게는 항상 웃어주시고 힘을 불어넣어주시는 한 분이 계십니다. 바로 아버지입니다. 나의 한마디면 뭐든 이루어주려고 노력하시는 우리 아버지. 존경스럽고 사랑합니다. 하늘보다 높고 바다처럼 넓은 아버지에게는 봄이 딱 어울립니다. 항상 따뜻하시고 봄 햇살처럼 밝고 멋지십니다.

저번 주말에는 시골에 갔습니다. 그 곳에서 나는 낚시를 하고 싶었습니다. 아버지는 마술처럼 나의 마음을 읽으시고 낚시터에 데려가셨습니다. 정말로 아버지는 내 마음을 아주 쉽게 읽어버리는 분입니다.

우리 아버지는 학원에서 학생들을 가르치시는 선생님입니다. 날마다 아침 일찍 나가셔서 밤늦게야 들어오십니다. 공부를 가르치느라 눈이 피곤해서 안경을 쓰셨습니다. 안경도 우리를 위해 힘쓰시다 쓰게 되셨습니다.

굳은살 가득한 발바닥도 내가 달리기 연습할 때 심심하다고 함께 뛰어주셔서 생긴 것일 겁니다.

뭐든지 저희를 위해 힘쓰시고 밝게 웃어 주시는 아버지, 참 감사합니다.

쉬는 날도 없이 일하시고도 놀아주시고 숙제를 도와주시는 아버지가 연예인보다 영화배우보다 모델보다 멋집니다.

아버지는 피곤하신 모습을 보이지 않으시려고 하시는데 아버지가 내 마음을 읽으시는 마술사인 것처럼 저도 아버지의 마음을 읽고 피곤함을 없애주는 마술사이자 천사가 되고 싶습니다.

세상에서 제일 큰돈을 주고 바꾸자고 해도 우리 아버지와는 바꾸지 않을 것입니다.

아버지는 저에게 무지개꽃입니다.

빨간 장미꽃의 향기로운 것만 보여주시고 오렌지색 튤립의 아름다움을 주십니다. 노란색 개나리꽃처럼 예쁜 이야기만 들려주시고 초록색 잔디풀처럼 앞으로 솟아나게 해주십니다. 파란색 나비가 꽃을 열심히 찾아다니듯 열심히 공부하라 하시며 보라색 제비꽃처럼 사람들이 보면 '와!' 감탄할 정도로 훌륭한 사람이 되라고 일러주십니다.

저를 위해 힘써 주시는 아버지 감사합니다.

— 서울 갈현초 4 박선우

무지개꽃을 피우신 아버지 •————————————————

아버지께서 봄바람을 몰고 오셨습니다. 선우 아버지께서 무지개 꽃을 피우셨습니다. 제비꽃보다 결 고운 꽃이 여기, 선우 어린이 마음속에 피어 있네요.

어린이날

새가 짹짹 울고 해와 구름이 술래잡기하는 날입니다. 오늘은 왠지 하늘이 푸릅니다. 하늘이 저에게 "축하축하 어린이날" 하며 지나가고, 그 뒤로 진파랑의 구름도 신이 나서 쫓아옵니다. 자동차에 올라탄 나와 대건이는 창문 밖으로 고개를 쏙 내밀어봅니다. 꽃이 피는 것이죠. 우리들의 얼굴 꽃이 바람에 휘날립니다.

드디어! 궁궐의 도시, 놀이동산에 도착했습니다. 가족들은 그냥 그렇다는 듯 있지만, 우리는 독립운동가 아저씨들처럼 만세를 부릅니다. 저는 거기서 웃음으로 활짝 피지요.

놀이기구를 탈 때마다 기쁨이 송송송 저의 마음에 맺힙니다. 시간이 금방 지나가 이젠 해가 "안녕" 하며 집으로 들어갑니다. 해에겐 산이 집인가 봐요. 그러자 새들이 "들어가지마, 우린 아직 할일이 많이 있어," 하며 그 앞을 지나갑니다.

차를 타고 쌩쌩 달려 큰 한식 식당으로 갔습니다. 식당에는 구멍이 송송송 뚫린 밥에 반찬이 나른나른 놓여있었습니다. 저와 친구는 집에 늦게 가고 싶어서 밥을 느리게 먹었습니다.

드디어 밤이 되었습니다. 집에 가는 길은 검은 길이었지만, 내 눈에는 반짝반짝 예쁜 꽃밭으로 보입니다. 오늘은 정말 행복한 하루였습니다. 시간을 다시 돌려, 놀고 또 놀고 싶습니다. 집에 도착하자 우리 집은 제가 놀이동산에서 마신 기쁨의 공기로 가득 찼습니다.

－ 서울 선일초 3 유수진

언어의 파랑새 ●

수진 어린이는 아름다운 글자를 실어오는 언어의 파랑새 같네요. 특히 "구멍이 송송송 뚫린 밥에 반찬이 나른나른 놓여있었습니다." 같은 표현은 수진 어린이만이 가지고 있는 반짝이는 감성이요, 재능입니다. 여러분도 가끔은 글 속에 의성어와 의태어를 넣어보세요. 적절한 의성어와 의태어의 사용은 음식에 맛을 더해주는 양념장처럼 여러분의 글을 맛깔스럽게 만들어 줄 것입니다.

밤길조차 꽃밭으로 보인다는 행복한 수진 어린이의 글을 보니 소파 방정환 선생님이 생각나네요. 자랄 때 존대를 받아본 사람이 커서도 남을 존대할 줄 안다며 아이들에게도 존댓말을 쓰라고 하신 분이지요. 어린이들을 사랑하여 일 년 중 가장 빛나는 계절 5월에 어린이날을 만드신 방정환 선생님께 감사의 편지를 올리고 싶네요.

89. 아버지께 편지 쓰기

태양과도 같이 웅장하신 아버지께

아버지 안녕하세요?

향긋한 봄내음이 코끝을 스쳐가는 지금 아버지와 함께하지 못하는 것이 서운하고 안타까운 생각마저 듭니다. 언제나 곁에서 저희를 아끼고 보살펴 주신 아버지! 그 깊은 사랑을 이제야 조금씩 느끼기 시작했습니다. 제가 외출했다 귀가 시간이 늦어질 때나, 어쩌다 제가 아파할 때 많은 걱정을 해 주시는 아버지 모습에서 바로 사랑이라는 것을 깨닫습니다.

이제부터는 아버지를 이해해 드릴 수 있는, 곁에서 힘이 되어드릴 수 있는 딸이 되고 싶습니다. 항상 밖에서 있던 모든 일들을 집안에서는 꺼내지 않으시는 아버지! 나쁜 일이든 좋은 일이든 가족들에게 걱정 될 만한 이야기들은 꺼내지 않는 아버지를 저는 존경합니다. 묵묵히 그리고 열심히 저희들을 위해 혼신의 힘을 다하시는 모습이 아름다우신 그 분은 제게 오직 아버지뿐이라는 생각이 듭니다. 얼굴 속에 드리워지는 그림자 때문에 주름이 하나씩 늘어갈 때마다, 흰 머리카락이 하나씩 더 생길 때마다, 저희를 위해 고생하신 흔적이라는 생각에 진실로 감사한 한편 죄송스럽기도 합니다.

세상을 밝히는 태양과 같은 정열을 가지신 아버지로부터 무엇이든 넓게 볼 수 있는 마음, 무슨 일을 할 때마다 하면 된다는 자신감 등을 느끼고 또 배울 수 있었습니다. 우리 집의 가장이시며, 기둥이신 아버지!

'힘내세요.' 라고 마음속으로 외쳐봅니다.

1993년 3월 10일 수요일

- 아버지를 사랑하는 큰딸 올림 -

- 서울 연은초 6 조희경

세상을 밝히는 태양 ●

아버지! 생각만 해도 가슴이 깊어지고 넓어지는 이름입니다. 아들, 딸이 밤늦게 돌아올 때에 어머니는 열 번 걱정하는 말을 하지만, 아버지는 열 번 현관을 쳐다보는 분입니다. 여러분에게 아버지는 어떤 분인가요? 아버지의 신발 크기, 좋아하는 색깔, 운동, 노래, 음식 등 아버지에 대해 여러분들은 얼마나 알고 있나요?

희경 어린이의 말처럼 아버지는 세상을 밝히는 태양과도 같이 묵묵히 아름다운 분입니다. 이 편지를 받으신 희경 아버지께서는 그 어떤 말보나도 큰 힘과 위로를 받으실 것 같네요. 이와 같이 진실이 담긴 편지는 기쁨이 되어준답니다.

여러분들의 마음속을 들여다보세요. 저마다 간직해놓은 소망상자에서 어떤 노랫소리가 흘러나오나요. 그런 마음들을 편지글로 나타내보세요. 편지글이 오작교가 되어 마음과 마음을 하나로 이어줄 거예요.

편지글이란, 상대방과 만나서 말을 하는 대신에 글자로 써서 용건이나 안부를 알리기도 하며, 자신의 심정이나 생각한 것을 전하는 글입니다.

그런데 편지는 소식을 전달해 주는 것 이상의 힘을 발휘한답니다. 멀어진 마음을 이어주고, 진심을 고백하기도 하고, 아픈 마음에 위안이 되기도 합니다. 편지는 말하는 것보다 생각을 가다듬어 쓰기 때문에 문장이 부드럽고 친근합니다.

여러분, 다른 글쓰기와는 다르게 격식을 필요로 하는 것이 편지글입니다. 그것은 아마 일상생활에서도 상대방을 존중하기 위해 예의를 갖추는 것과 같은 의미겠지요.

언제나 사계절 같으신 나의 어머니께

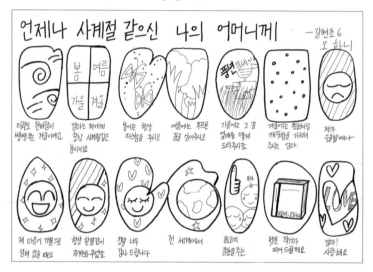

– 서울 갈현초 6 오하니

가슴에 깃드는 사랑

하니 어린이의 그림 편지는 참 특별하고 정성이 가득하지요.

자, 이제 편지글 쓰는 방법을 익혀봅시다. 처음에는 무엇을 쓰지요? 맞아요. 받을 사람의 호칭을 써 주는데, 이왕이면 상대방에게 가장 어울리는 호칭을 써 주는 것이 좋겠지요. 예를 들어 받을 사람이 어머니라면 그냥 '어머니께' 보다는 하니 어린이처럼 '사계절 같으신 어머니께' 라고 하는 것이 더 맛깔나겠죠? 그것에 이어 인사말을 쓸 때는 기왕이면 계절과 관련된 인사말이면 더 좋겠지요. 다음에는 편지를 받는 사람이 어떻게 지내는지, 나는 잘 지내고 있는지 상대방의 안부와 나의 안부를 적습니다. 하니 어린이는 그림 편지이기 때문에 이 부분은 생략한 것 같네요.

중간부분에는 하고 싶은 이야기를 자유롭게 적습니다. 상대방의 가슴에 감동적으로 깃들 수 있는 이야기가 더 좋습니다. 그러나 중요한 용건의 편지일 때는 용건이 흐려지지 않도록 필요 없는 말은 삼가고, 간결하고 쉽게 씁니다. 그렇다고 다짜고짜 용건부터 쓴다면 상대방이 당황하겠지요.

마지막으로 끝인사를 쓰는데 '그럼, 안녕히 계세요', '이만 줄이겠습니다' 등 형식적인 말보다는, 하니 어린이처럼 '멋진 작가가 되어드릴게요. 엄마 사랑해요.' 와 같이 진심을 담아 자기만의 목소리로 씁니다.

날짜를 쓰고 마무리를 할 때에는 '나팔꽃이 내다보이는 창가에서 엄마의 꿈, 엄마의 미래, 수빈 올림'과 같이 당시의 분위기를 쓴 다음 나를 나타내는 수식어와 이름으로 마칩니다.

이것은 일반적인 편지글 쓰기 방법이고요, 여러분들이 즐겨 쓰는 이메일은 어떻게 써야 할까요? 우선 선생님이 받은 메일 중 두고두고 선생님을 기분 좋게 하는 메일을 소개해 보겠어요.

91. 신속배달 이메일로 마음 전하기

– 서울 도봉초 6 이정은

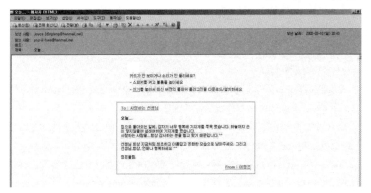

두고두고 기분 좋게 하는 이메일 •————————————

요즘은 종이에 쓰는 편지의 자리를 이메일과 컴퓨터 채팅이 이어받았는데, 빨리 받아볼 수 없었던 편지에 비해 그 자리에서 의사소통이 이루어지기 때문에 인기가 많지요.

이메일은 제목이 있다는 게 특징이에요. 제목을 쓸 때에는 정은 어린이처럼 전체 내용을 아우르는 중심 단어로 써도 좋답니다. 또한 제목은 상대방에게 다가가는 자신의 마음 상태를 이모티콘과 함께 표현하는 것으로 써도 좋습니다. '똑똑똑…^^', '슬픈 날 T^T', '네가 최고 b', '나 삐졌어 -_-a' 처럼 말이에요.

그리고 이메일을 쓸 때에는 글이 시원시원하게 눈에 잘 들어오도록 행간을 자유롭게 띄어줍니다. 요즘은 기술이 발달해 이메일도 다양한 디자인을 선택할 수 있게 되었지요? 전달할 내용을 편지지에 담을 수도 있고, 카드나 엽서를 선택하여 실을 수도 있으며, 그림이나 음악을 곁들이는 등 다양한 방법을 사용합니다.

참, 편지글을 쓸 때와는 달리 이메일을 보낼 때 자신의 이름을 밝히지 않는 경가 있는데, 이메일을 받는 사람은 아이디만 보고는 누구인지 모르는 경우가 많아요. 정은 어린이처럼 보내는 사람의 이름을 꼭 써주는 것이 예의랍니다.

92. 감사한 분께 편지 쓰기

엄마의 눈물

선생님 안녕하세요,

오늘은 아름드리 은행나무 아래 파란 기와지붕의 집에 살고 있는 우리 가족, 그 중에서도 우리 엄마 얘기를 해드릴까 해요.

어제 우리 엄마께선 특별히 볕이 좋은 날이라고 하시며 고추장을 담그셨어요, 그리고 된장도 담그셨어요. 그래서인지 밤이 되자 갑자기 엄마의 온몸에 열이 나기 시작했어요. 저는 깜짝 놀라 밤늦도록 엄마를 간호했어요. 오늘 학교에서도 저는 엄마 생각만 났어요. 선생님은 눈치채지 못하셨을 거예요. 그래서 수업시간에 선생님께 꾸지람을 들었지만요. 공부가 끝나자 휘익휘익 저의 몸도 가방도 집을 향해 날아가듯 달렸어요.

선생님, 저는 집에 도착하자마자 꾸욱 물수건을 짜서 엄마의 이마 위에 올려 놓았어요. 엄마를 아프게 한 세균들을 때리고 싶었어요.

이 때 부엌에선 부글부글 엄마를 드리려고 올려놓은 김치찌개가 막 끓고 있네요. 빨리빨리 가스 불을 끄고 펑! 밥통 뚜껑을 열었어요. 그런데 선생님, 이를 어쩌지요. 밥이 없는 거예요. 와와와 쌀들이 저를 향해 어서 나를 가져다 맛있는 밥을 지으란 눈짓을 하고 있었어요. 저는 재빨리 쌀을 씻은 후 '23분'에 맞추고 헉헉 후우 냉장고를 열어 반찬을 꺼내기 시작했어요.

"환희야, 고맙다!"

선생님 누워 계신 엄마의 눈에서 눈물이 뚝뚝 흘렀어요. 선생님, 엄마가 다 나으시면 다시 편지 드릴게요. 저는 선생님이 우리 엄마처럼 좋아요.

2004년 3월 15일
선생님이 더욱 좋은 날
이환희 올림.

– 서울 갈현초 3 이환희

세상에서 가장 아름다운 이름 ●

여러분들이 좋아하는 단어 중에는 어떤 것들이 있나요? 축복, 소망, 꽃, 하늘, 기쁨 등 많이 있겠지요. 어머니께 효성스럽고 선생님께 감사하며 글까지 잘 쓰는 환희 어린이에게 이 좋은 단어들을 다 주고 싶네요. "몸도 가방도 집을 향해 날아가듯 달렸어요.", "엄마를 아프게 한 세균들을 때리고 싶었어요.", "와와와 쌀들이 저를 향해 어서 나를 가져다 맛있는 밥을 지으란 눈짓을 하고 있었어요." 이런 표현들은 하루아침에 이루어진 것이 아니지요. 좋은 글을 쓰기 위해 많이 읽고, 많이 쓰고, 많이 생각한 어린이에게서만 나오는 감각의 최대치를 살린 작품이랍니다.

환희 어머니는 내년에도 볕 좋은 날 장을 담그시겠네요. 세상에서 가장 좋은 천연 보약이 된장이라지요. 세상에서 가장 아름다운 이름은 어머니라네요.

행복한 오늘, 가장 예쁜 편지지를 골라 초록의 색깔 펜으로 가장 감사한 분께 편지를 써 봅시다.

설레는 마음은 기차에, 푸른 마음은 바다에

잠에서 깨었을 때 한 줄기 햇살이 창틈으로 스며들고 있었다. 서둘러 여행 준비를 했다. 설레는 마음을 기차에 싣고 유리창 밖으로 보이는 아름다운 풍경을 가득 담아 대천역까지 갔다. 기차에서 내리는 순간 비릿하달까, 아릿하달까 고장 특유의 내음과 푸른 바다가 나를 부르는 것 같았다.

인연이라는 건 사람과 사람이 만나는 것만이 아니라 자연과의 만남도 되지 않을까 생각해 보았다. 넓고 푸른 바다 속에 빠져들 듯한 느낌, 무섭지만 무한히 넓은 바다처럼 내 마음도 넓어졌으면 하는 바람을 밀려가는 파도에 실어 보기도 했다. 답답한 도심을 벗어나 자연과 함께 하면서 맑고 순수한 공기를 마셔보는 것도 좋았다. 먼 산을 바라보고 있으면 산이 나를 부르는 것 같고, 하늘을 바라보고 있으면 하늘이 나에게 손짓하는 것 같았다.

금강산도 식후경이라~ 슬슬 배가 고파진 우리는 숙소에 짐을 풀고, 맛있는 저녁을 먹으러 출발! 바닷가 부근에서 꽃게탕을 먹었다. 바닷가에서 먹는 것이라 그런지 냄새도 좋았고, 맛도 일품이었다. 특히 소영이의 좋은 식성을 다시 한 번 확인한 기회이기도 했다.

저녁 9시쯤 식사도 끝났고 해서 바다를 보러갔다. 깜깜한 가운데 파도 소리가 한결 멋지게 들려왔다. 바다와 하늘이 모두 까만색이었다. 난생처음 밤바다를 보았다. 하늘에 별들이 있었는데, 그 별들이 바다위로 쏟아져서 밀려오는 파도를 타고 내가 그 별을 잡고 있는 듯한 착각에 빠져들기도 했다. 그러면서 우리는 캠프파이어를 했다. 오일에 쌓여 따끈따끈하게 구워진 감자의 맛은 일품이었다.

밤바다에 쏟아지는 별무리, 촛불 아래 부르는 우리의 노래, 호호 불며 먹는 감자의 맛 등 모두가 우리의 초등학교 마지막 방학을 아름답게 해주었다. 이렇게 친구들과 시간을 보내며 즐겁게 논다는 것은 뜻 깊은 일이고, 그로 인해 정도 많이 들었다. 단 한 번의 만남도 하늘이 맺어준 인연에 의한 것이라는데 하물며

3년씩이나 같이 공부한 친구들이었기에 더욱 소중한 인연이다.

일몰의 바다만큼이나 아침바다도 멋있었다. 비록 일출은 못 봤지만 푸른 파도에 내 예쁜 꿈을 띄워 보는 기분이었다. 바다를 보고 자란 사람은 눈이 맑고 깊다던데 나도 바다가 보이는 집에서 살고 싶었다.

그밖에 극장도 가고 게임도 하고 노래방도 갔지만 역시 바다와 파도와 하늘이 준 느낌이 가장 기억에 남을 것 같다. 친구들과의 즐거웠던 시간, 새로운 대지와 바다와의 추억, 훗날 되돌아 볼 때 잊지 못할 소중한 시간들로 남을 것 같다.

– 서울 숭례초 6 노소연

'인연' 이라는 말●

이 세상은 한 권의 책이라고 합니다. 여행을 하지 않는 사람은 책의 한 페이지만을 계속 보는 것과 같다고 하네요.

'여행' 하면 여러분들은 무조건 대환영이지요? 여행은 꽉 짜인 일상에서 훌쩍 벗어나 자유로워진다는 점에서 가장 좋지요? 그리고 내가 사는 곳과 다른 지역, 나와 다른 생활을 만나봄으로 인해 자신의 생활을 돌아볼 수 있고 남을 이해할 수 있어 보람을 더해준답니다.

인연이란 소중한 사람과의 만남뿐만 아니라 자연과의 만남이라는 소연 어린이의 생각이 해풍처럼 우리의 마음을 씻어주네요. 여러분도 좋은 사람과 좋은 곳에서 좋은 인연을 만들어 가세요. '인연' 이라는 말, 종이학이 담긴 예쁜 유리병 속에 꼭꼭 담아 간직해 보세요.

94. 보고, 듣고, 느끼고, 생각한 것 담기

세상을 향해 처음 날개를 펴는 나비의 마음으로

여행은 내 삶 속에 비춰진 한 줄기 빛이다.

그 어떤 달콤한 말로도 형언할 수 없음을 알기에, 내가 할 수 있는 일은 그저 영혼을 정갈히 하고 침묵으로 아침의 창을 여는 것뿐이었다.

어젯밤 기도하는 마음으로 단정히 개어 놓은 옷을 입고 신발끈을 조이고 나서 나는 설레는 가슴으로 현관문을 열었다.

지난 13년간 한결같이 나를 맞이하던 아침 풍경이 오늘도 나를 위해 미소 짓는다. 다만 어제의 아침과 다른 것이 있다면 내 얼굴을 스치는 미풍의 심장박동이 조금 빨라진 것과 햇님의 얼굴이 좀 더 빨갛게 붉어져 있다는 것, 그리고 참새들의 노랫소리가 한 옥타브 더 올라간 듯하다는 점이다. 모두가 설레는 것 같았다.

유미와 버스 정류장에서 만나 서울역으로 갔다. 유미와 나에게는 서울역에 대한 좋지 않은 기억이 있어 조금은 두려운 마음이 일었다.

염려와는 달리 날이 맑았다. 그 어느 때보다 하늘이 고마웠다. 얼핏 바라 본 서울역의 구석에서 나는 거지 부자를 만났다. 지금 나의 모습이 너무나도 큰 사치로 느껴졌다. 하다못해 길가에 쓰러진 강아지에게도 동정을 갖건만 이 부자에게 연민의 눈길을 보내는 사람은 아무도 없었다. 갑자기 마음이 무거워졌다.

무거운 마음으로 역사에 도착했지만 선생님과 우리 일행을 만나니 다시 흥분이 되었다. 아무래도 나는 너무나도 이기적이고 위선적인 것 같다는 생각이 들어 한참을 반성해야만 했다.

기차에 올라 새마을호에 대한 탄성도 지르고, 도착한 후의 유적답사나 식사 준비로 인한 이야기로 우리의 수다는 끊이질 않았다. 여자 셋만 모여도 접시가 깨지는 법이거늘 열세 살 여자애들이 넷이나 모였으니 어련했겠는가? 나는 기차가 주저앉을까봐 걱정했지만 다행히 그런 불상사는 생기지 않고 한 아주머니로부터 따끔한 주의만 받았을 뿐이었다.

경주에 도착한 우리는 고마우신 사장님의 도움으로 콘도에 묵을 수가 있었다. 서로 도움을 주기 위해 노력하시는 선생님과 사장님의 모습을 보며 세상의 인연이 정말로 중요하다는 것을 다시금 느낄 수 있었다.

차를 타고 콘도로 가는 동안 사장님으로부터 보문단지에 대한 설명을 들었다. 그런데 왜 그 분을 뵐 때 에버랜드 동물원의 강문구 박사님이 떠오르는 것일까? 참고로 강문구 선생님은 기인열전 심사위원이신데, 범상치 않는 외모를 지니셨다.

오빠들은 수영을 하러 가고 유미와 나는 언니들과 함께 장을 보러 마트에 갔다. 정육점이 없어서 냉동고기를 샀는데 나중에 안 것이지만 맛은 꽤 괜찮았던 것 같다.

부엌이 좁아서 여학생 셋만 식사준비를 하고 나는 방을 닦았다. 덕분에 나는 선생님과 이야기하는 시간을 가졌다. 언제나 느끼는 것이지만 선생님께는 마법이 있다. 상대방으로부터 모든 이야기를 끌어내는 마법 말이다. 그래서 언제나 내가 좀 밀지는 것 같다.

흡족한 식사는 아니었던 것 같으나(밥알들 너무 개성이 뚜렷해 함께 뭉쳐지지 않는 특별한 밥이었기에) 어쨌든 저녁을 먹고 노래방에 다녀온 후 시낭송을 했다. 유미는 준비해 온 신곡이 노래방에 없어 낙심한 듯하였으나 게임을 할 때에나 시낭송을 할 때 진지하면서도 쾌활했다. 시낭송대회의 장원은 재하오빠였다. 난 심사 기준까지 썼는데 오빠가 한 턱 내려나?

시낭송이 끝나고 잠을 자기에는 시간이 너무 일러 게임을 했고, 한참 무르익자 또 눈이 아팠다. 평소에도 자수 눈이 사주 경련이 오는데 병원에 가면 늘 신경성이라는 진단을 받는다. 정말 그게 맞긴 맞는 건가? 내 짐작으로 '신경성', '스트레스성'이란 의사선생님들이 할 말이 없을 때 하는 변명인 것 같기도 하다.

잠이 오지 않아 여기저기 기웃거리다 생전 처음 오락실도 가보고 밤늦게 골프 경기도 보고 새벽까지 이야기도 했다. 여행 첫날밤의 이야기는 끝이 없었다.

어릴 적 옆집 언니가 민방위 훈련할 때 밖에 나가면 온몸에 두드러기가 난다고 한 적이 있다. 그래서 난 절대 밖에 나간 적이 없으며 그 말이 사실이 아니라는 것도 재작년에야 알았다. 그리고 나는 오락실에 가면 돈 다 빼앗기고 칼에 맞아서 이승을 떠야 하는 것으로 알았다. 그래서 난 절대 오락실을 가지 않았고, 안전하다는 것을 알고 난 지금도 왠지 주춤한다.

새벽 세시 경에야 잠이 들었다. 그래서 늦게 일어났다. 죄송스럽게 선생님께서 아침 식사를 준비하셨다. 정필이 오빠는 아침을 위해 전날 3분 우거지국을 머릿수대로 사 두었는데 이미 차려진 식탁을 보고 몹시 아쉬워했던 것 같다. 그 얘기를 집에 와서 하자 우리 막내 중엽이가 "왜 아쉬워? 흘렸어?"라고 하는 바람에 우리집 식구들을 한바탕 뒤집어지기도 했다.

셔틀버스를 타고 관광을 했는데 비가 와서 사진도 열두 장밖에 못 찍고 돌아왔다. 종교와 역사의 절묘한 조화를 보여준 불국사, 신라인의 지혜를 보여준 첨성대, 신라 천년의 역사를 끝내게 한 포석정, 삼국통일을 큰 꿈을 이룬 김유신 장군 묘, 천상천하의 절경 안압지, 신라의 화려한 역사를 한 눈에 볼 수 있는 국립 경주 박물관, 신라 문화유산을 과학적 원리부터 가르쳐 주는 신라 역사 과학관, 천마총, 분황사를 두루 돌아보았는데 가장 기대했던 석굴암에 못 가보아서 너무 아쉬웠다.

기본적인 원리와 역사, 체계적인 건축 등을 알고 난 후의 신라 유적은 내게 또 다른 모습을 보여 주었다. 그런 면으로 신라 역사 과학관은 내게 신선함으로 다가왔다. 매우 흥미로웠다.

'이렇게 짧은 여행으로 무엇을 배우고 왔겠느냐' 하고 생각할 사람도 있을 것이다. 하지만 나는 눈으로는 신라인의 영혼이 깃든 탑과 건축물을 보고, 머리로는 본존불의 자비로운 미소를 떠올리고, 귀로는 성덕대왕 신종의 구슬픈 소리를 들으며, 가슴으로는 한반도 백성으로서의 자부심과 긍지를 불태웠다. 나는 그렇게 신라 천년의 고도 경주에서 신라의 숨결을 마음 깊은 곳에 간직한 채 서울로 발걸음을 돌렸다.

기차를 타고 오는 동안 시집을 좀 읽으려고 했는데 앞에 앉은 오빠들이 자꾸 눈치를 줘서 그냥 사색을 했다. 사실 눈치를 준 것이 아니라 계속 흘끔흘끔 쳐다보는 것이 무언가 할 말이 있었던 것 같은데 지금도 그 이유는 모르겠다.

이렇게 나는 1박 2일의 경주 답사를 끝냈다. 비록 몸은 이곳에 있으나 내 영혼의 반쪽은 아직도 그 곳에 묶여있는 듯하다.

그곳에서 얻은 소중한 문화의 향기와 멋이 내 안에서 은은한 빛으로 영원히 남길 바란다. 다시 돌아가고 싶은 그 곳이지만 오늘은 이만 나의 추억의 장에 곱게 수놓는 것으로 잠시 묻어두려 한다. 그리고 먼 훗날 열세 살의 신라, 그 예쁜 나날을 흐뭇한 미소로 다시 찾으리라.

– 서울 연은초 6 조효정

머리로, 몸으로, 가슴으로 ●

　문학소녀 효정 어린이는 경주 여행을 통해 머리로, 몸으로, 가슴으로 많은 것을 느끼고 배운 것 같아요. 여행은 어디에 얼마동안 가는 것이 중요한 것이 아니라 그곳에 가서 무엇을 보고 듣고, 느꼈는가 하는 것이 중요하답니다. 이렇게 몸으로 체험한 것에서 길어 낸 느낌과 생각은 감수성을 자라게 하지요.

　여러분의 추억의 비단에는 어떤 이야기가 수놓아져 있나요? 먼 훗날, 오색실로 꾸며진 여러분의 추억이 미소가 되어 떠오르겠지요.

95. 상상 속의 여행

튼튼이의 여행

　나는 어느 한 금속공장에서 4형제 중 막내로 태어났습니다. 사람들은 나를 보고 튼튼이라고 불렀습니다. 아무리 불에 때워도 녹지 말라는 뜻으로 지어준 이름이랍니다. 하루는 오일공장 사장님이 공장에 찾아오셔서 말씀하셨습니다.

　"이 튼튼이를 내게 파십시오."

　"그렇게 하지요. 허나 작업하기가 어려울 것입니다."

　이리하여 오일공장 사장님께서 나를 오일공장으로 데려가셨어요. 처음에는 기계 속에 나를 집어넣었습니다. 나는 망가지지 않으려고 안간힘을 썼습니다. 사람들은 나의 모양이 자신들이 원하는 대로 되지 않자 이번에는 나를 막 두드리기 시작했습니다. 나는 질세라 더욱 힘을 주어 버텼습니다. 그러자 사장님께서 나오셔서 제발 말 좀 들어라 하며 두드리셨어요. 한 시간 정도 지났을 때, 나는 몸에 힘이 스르르 풀렸어요. 그래서 저는 오일이 되었어요.

　사장님께서는 나를 다른 사람에게 넘기면 아깝다고 말씀하시며 집으로 데려가셨어요. 사장님이 사시는 집은 내가 상상했던 것보다 훨씬 초라했어요. 달동네라 불리는 어느 언덕배기 단칸방이었어요.

　"냄비가 필요한데 다 망가져 버렸네, 어쩌지?"

　예쁘신 사모님께서는 나를 서랍 속에 넣으시고는 저녁 준비를 하며 혼잣말로 중얼거리셨어요. 나는 사장님과 사모님을 위해 좋은 일을 하고 싶었지만 나에게 무슨 힘이 있겠어요. 그냥 눈을 꼭 꼭 감았어요.

밤이 깊어지자 자꾸 그림형제의 동화가 떠오르는 게 아니겠어요. 「두꺼비 왕자」에서 보기 흉한 두꺼비가 갑자기 멋진 왕자님이 되듯 나도 이 집에서 필요 없는 오일이기보다 꼭 필요한 냄비가 되었으면 얼마나 좋을까 하고 생각했답니다.

그런데 참 이상한 일이 일어나기 시작했어요. 내 몸에서 막 열이 나더니 '펑' 소리와 함께 내가 냄비로 변했어요. 이런 일들이 온 동네에 퍼지자 아랫마을 욕심쟁이 캔공장 할아버지께서 나를 팔라고 하셨어요. 사장님께서는 반대하셨어요. 그러자 할아버지께서 저녁에 나를 몰래 훔쳐가셨어요. 난 할아버지가 아무리 두들기고 뜨거운 불을 갖다 대어도 절대 변하지 않았어요. 결국 나는 쓰레기통으로 들어갔지요. 그날 밤, 나는 무서웠어요.

까마귀가 눈을 번뜩거리며 날 째려보았어요. 까마귀가 날아올랐어요! 날 잡아가려나 봐요. 까마귀 둥지에는 우리 둘째형이 구멍이 난 채 누워 있었어요. 나는 형을 구한 다음 뛰어 내렸어요. 나는 짧은 발로 뒤뚱뒤뚱 걸었어요. 그런데 왠지 낯설지 않은 곳에 다다랐어요. 그 곳에서는 버려진 내 친구가 있었어요. 나는 그 친구의 손도 잡고 뒤뚱뒤뚱 또 걸어갔어요.

나는 너무 힘들어서 그만 잠이 들고 말았어요. 쿄올 콜, 잘 자고 있는데 누군가 나를 흔들어 깨웠어요. 난 너무 피곤하여 눈을 뜨지 않았어요.

– 서울 숭인초 4 이보연

아무도 못 말리는 성격 ●

보연 어린이의 「튼튼이의 여행」은 상상 속에서 여행을 하였네요. 흥미진진하고 재미있지요. 선생님도 어린 시절 밤새는 줄 모르고 읽었던 『아라비안나이트』가 생각이 나네요. 서랍 속에 있는 호일까지도 단번에 냄비로 변한 걸 보면 여러분의 상상력은 따를 사람이 없을것 같네요. 보연 어린이는 그 무한한 상상력을 동원하여 「보연이의 모험」이라는 글로 2탄을 써 보면 더욱 흥미진진해질 것 같아요.

여러분, 은은한 달빛의 향연에 폭 빠져보셨습니까? 흐뭇한 미소가 지어지는 생활문, 심금을 울리는 편지글, 낭만이 가득한 기행문. 아, 어느새 여러분의 감수성 달무리가 아지랑이 피어오르듯 무늬지어 나온다고요?

달님은 여러분의 우정과 사랑이 모여 눈썹달에서 반달로, 반달에서 보름달로 차오른대요. 저기 하늘에서 달님이 잔잔한 캐논 변주곡을 들려주는 것 같네요. 우리의 행복이 달님께도 전해져 흥을 돋우었을까요?

❇ 감수성 뛰어넘기
지혜로운 글은 별빛처럼 영롱하다!

96. 별에게 쓰는 편지

내 마음의 별에게

내 마음의 별아, 안녕? 나는 너를 만나 해서럼 밝게 빛나는 것 같아. 나는 조그마한 씨앗이었는데 요즘 한창 나무로 크는 중이야.

우리는 한 마음이야 알고 있지? 나는 너의 마음이고 너는 나의 마음이야. 나는 요즘 가지가 자라고 잎이 자라려고 온 몸이 간질간질 하단다. 하지만 조금만 참으면 온갖 새들이 머무는 풍성한 아름드리나무로 자랄 수 있다는 희망을 소중히 간직하고 있어. 나는 아직은 힘든 일이 없지만 만약 어려운 일이 닥쳐도 꾹 참고 나의 꿈을 이루기 위해 노력할 거야. 너도 그럴 거지? 언젠가 네게 예쁜 열매를 보여줄게. 그럼 너도 너의 별 보석을 보여줘야 돼. 너와 나 사이엔 비밀이 없으니깐.

나는 오늘 너에게 이번 한 주 동안 내가 밑줄을 그으며 읽은 『십대를 위한 수필』이라는 책의 내용을 소개해 주려고 해. 혼자 읽기에는 너무 아까운 것 같거든. 잘 들어줘.

「오늘을 웃는 사람은 평생을 웃는 사람이다.」

「'안 된다'는 잡초를 뽑아버리고 '하면 된다'는 가능성의 잔디를 심자.」

「습관은 처음에는 방문객이요 다음에는 단골이요 나중에는 주인이 된다.」라는 구절들이야.

어때 네가 들어도 좋지? 나도 이제 부터 매일매일 웃으며 감사하며 지낼 거야. 그리고 다른 사람의 단점을 감싸주는 자세로, 나를 만나는 모든 이들도 웃을 수 있었으면 좋겠어. 무엇보다 '하면 된다'는 마음가짐을 지니고 싶어. 난 중국어 공부는 좋아하면서도 수학공부는 하기 싫어했었거든. 이제부터 수학에도 재미를 붙여봐야지.

별아, '습관이 곧 인격이다.'라는 말 들어봤니? 나도 우리 아빠처럼 아침운동을 하는 습관을 들일거야. 그래야 습관이 주인이 되었을 때 동 트는 뒷산에 올라 있을 것 같아. 너와 함께 말이야.

별아, 언제 어디서든지 너의 총명한 조언에 귀 기울일게. 우린 영원한 친구이면서도 한 마음이니까. 너의 그 반짝이는 재치로 늘 내 마음의 코치가 되어 주어야 한다. 알았지?

든든한 내 친구 별아, 네가 내게 희망과 용기를 주었듯이 나도 너처럼 될 거야.

아, 이렇게 네게 속삭이고 나니 마치 장마비가 걷히고 맑게 갠 날 아침의 상쾌한 공기를 마시는 느낌이야. 그럼 내 마음의 친구 별아, 너도 늘 미소 지어 보렴. 건강해.

2001년 6월 28일 목요일
-네 마음속의 주한이가-

- 서울 갈현초 4 이주한

반짝이는 생각, 반짝이는 글 ●─────────────

주한 어린이가 바로 '별'입니다. 좋은 책을 읽어 저절로 빛나는 별, 생각이 사려 깊어 주위를 밝히는 별, 속과 겉이 함께 반짝이는 별…….

천문학에서는 태양처럼 스스로 빛을 내는 항성만을 별이라 부른답니다. 밤하늘을 수놓고 있는 별은 언제 보아도 영롱하기만 합니다. 별은 우리의 꿈과 희망이 하늘로 올라간 소원의 빛이라네요. 별을 보고 소원을 빌어 보세요. 우리 모두의 소원이 하나 둘씩 올라가 어두운 밤하늘을 찬란하게 빛내줄 테니까요.

이제는 여러분의 감수성이 하늘을 넘어서 멀리 우주까지 나아갈 거예요. 우주를 영어로 코스모스(cosmos)라고 부르는데, 이는 질서를 뜻하는 그리스어(Kosmos)에서 온 말이랍니다. 질서정연한 세계 저 멀리 우주에는 무엇이 있을까요? 비밀의 세계. 이름만으로도 벅차고 거대한 우주를 향해 나아가 봅시다.

97. 책 속 인생 승리자와 나누는 대화

身體는 불만족 그러나 人生은 대 만족
『오체불만족』을 읽고

우리는 때때로 자기의 몸, 자기의 생김새, 자기의 성적 등에 대해 많은 불만을 터뜨려 놓는다. 내 키는 왜 이렇게 또래에 비해 큰 걸까, 작은 걸까, 왜 나만 성적이 나쁠까, 또는 내 손가락은 좀 더 길었으면 좋겠는데 ……인간은 자기의 모습 그대로에 만족하지 않고 더 욕심을 부린다. 몸이 만족해야 인생이 만족한다? 아니, 그건 아니다.

신체의 아픔을 딛고 우뚝 선 분이 계시다. 한국의 여러 방송과 『오체불만족』이라는 책으로 우리 곁을 찾아온 오토다케 히로타다 씨이다. 한 때 Best Book에 올랐던 책도 『오체불만족』이었고, Best 검색어로 오토다케 히로타다가 1위였던 때도 있었다.

대부분 사람들은 '신체가 만족해야 인생이 만족한다'라고 생각한다. 그러나 '신체는 불만족해도 인생은 대 만족이다'라는 인생관을 가진 오토다케 히로타다씨를 만나보면 우리의 생각은 달라질 것이다.

오토다케 히로타다씨는 일본 도쿄에서 1976년 4월 6일에 태어났다. 태어나면서부터 팔다리가 없는 선천성 사지절단 장애인이었고 성장하면서 10센티미터 남짓 자랐다고 한다.

신체는 불만족이지만 인생은 대 만족, '행복'과 '장애'는 아무런 관계가 없다는 생각을 많은 사람에게 알리고 싶어 하셨던 분, 오토다케 히로타다씨를 만나기 위해 도쿄 행 비행기표를 끊었다.

오토 : 안녕하세요, 어서오세요.

지훈 : 안녕하세요, 오토선생님. 오토선생님이 출판하신 책을 모조리 읽었습니다. 그 중에서 가장 기억에 남았던 『오체불만족』이란 책입니다. 세상을 바라보는 시각이 조금만 바뀌어도 인생이 바뀐다는 사실을 깨닫게 해준 고마운 책입니다. 오체불만족이라는 책을 어떻게 해서 출판하게 되셨나요?

오토 : 보통사람들은 '행복'과 '장애'는 무엇인가 관계가 있다고 생각해요. 장애가 있으면 행복할 수 없다고 생각한답니다. 하지만 그렇지 않아요. 행복과 장애는 아무런 상관이 없죠. 장애가 있어도 마음의 문을 열고 행복하다고 느끼면 저절로 행복해지는 것이고, 반대로 마음의 문을 닫고 나는 장애가 있기 때문에 불행하다를 외치는 사람들은 불행할 수밖에 없는 거예요. 이렇게 행복과 장애에는 관계가 없다는 것을 알려주기 위해서 이 책을 펴게 된 것이랍니다.

장애에 대해서 생각해본다. 장애는 그냥 보통 사람과 약간 다를 뿐이다. 이 세상에 장애를 가지고 있지 않은 사람은 단 한 명도 없다고 한다. 잘 보이지 않는 작은 장애를 가진 사람이 있는가 하면 눈에띄는 장애를 가진 사람이 있기도 하다.

장애인에 대한 편견의 벽은 무너져야 한다. 장애인도 일반 사람과 같다. 웃고, 울고, 기뻐하고, 몸을 치장할 수 있는 똑같은 사람이다. 그러므로 '장애인은 우리와 다르다.'라는 생각의 벽은 부서져야하며, 언젠가는 꼭 사라질 것이다.

오토 : 장애란 것은 결코 창피한 것이 아니죠. 솔직히 지금은 전혀 창피하지 않아요. 내가 태어났을 때는 의사선생님들이 나를 부모님 앞에 보이며 걱정을 했대요. 혹시 우리 부모님들이 쓰러지지는 않을까 하고 말이죠. 하지만 부모님은 내가 장애인으로 태어난 것 때문에 비탄에 잠겨 슬퍼하시지 않았어요. 그런 것은 개의치 않으셨다고 한답니다. 오히려 나를 보며 처음 한 말이 "어머, 귀여운 우리아기"였다지요. 어머니의 사랑은 제 가슴 속 깊이 새겨졌습니다.

장애는 별 거 아니라고 생각해요. 장애를 가진 사람을 차별할 이유가 없죠. 다 똑같은 인격체를 가진 사람이니까요. 장애인도 각자 자기만이 할 수 있는 일이 있어요. 저는 운동도 즐겨했었어요. 달리기, 야구, 농구, 수영등도 했고요. 장애를 가진 사람을 무시하면 안 되겠죠?

장애인은 가엾다는 고정관념이 아직 존재한다. 그러나 장애인은 가엾지 않다.

무엇보다 마음의 벽을 제거하는 것이 중요하다. 우리가 장애우 분들을 이해하고 배려할 때 그 벽은 제거될 수 있다. 이러한 배려는 습관에서 비롯된다.

또한 '인정하는 마음'이 중요하다. 미국은 장애우 분들이 살기 좋은 사회라고 한다. 장애인과 같은 소수파에 대해 '다양성'을 인정하고 장애를 그 사람의 '특징'으로 받아들이기 때문이다.

이러한 변화의 출발점은 자신을 소중하게 여기는 마음이다. 누구에게나 '그 사람밖에 할 수 없는 일'이 있다. 전 세계를 둘러보아도 자기와 완전히 똑같은 사람은 없다. 사람이 제각기 다르듯 그 사람만이 할 수 있는 일이 있는 것은 당연하다.

스스로에 대한 긍지를 지닐 때 상대의 '개성'도 긍정적으로 느껴질 것이다. 자신이 단 하나이듯, 상대도 단 하나밖에 없는 소중한 존재이기 때문이다.

지금 이 순간 헬렌 켈러의 말이 강하게 내 마음에 머문다.

「고개 숙이지 마십시오. 세상을 똑바로 정면으로 바라보십시오.」 - 헬렌 켈러

– 서울 숭인초 6 이지훈

진정한 승리자

세상에는 장애가 있지만 그 아픔과 슬픔을 이겨내고 성공한 분들이 많이 있습니다. 그런 분들이야말로 진정한 승리자랍니다.

『정민 선생님이 들려주는 한시 이야기』를 읽고 친구에게 보내는 편지

다정아, 안녕? 그동안 잘 있었니? 네가 호주로 이민 간 지도 어느새 1년이 되었어. 지구 반대편 호주의 날씨는 어떠니? 캥거루와 코알라는 구경해 보았니? 요즘 서울은 날씨가 갈수록 무더워 지는 구나. 그렇지만 창밖 보리수나무에서 새알째알 울어대는 매미소리가 동해안 해송의 시원함을 몰고 온단다.

오늘은 우리 집 마루에 앉아 『정민 선생님이 들려주는 한시 이야기』라는 책을 읽었어. 처음엔 두꺼워서 이걸 다 언제 읽나 하는 생각도 들었지만, 막상 펼쳐보니 무더위도 꼼짝 못하게 하는 매미소리마냥 한시가 내 마음에 젖어들었어. 이제부터 내가 그 시 이야기를 해줄게. 잘 들어봐.

시는 연과 행이 따로 구분이 되어있고 비유가 잘 나타나 있는 글이야. 첫째, 시에는 이상한 기운이 담겨져 있어. 시를 읽으면 그 장면이 머릿속에 떠오르고 마음 한구석에서 감동이 솟아오르지. 그럼 이런 마음을 갖고 시 한편을 보자.

「매화가지 끝의 밝은 달

매화는 본래부터 환히 밝은데

달빛이 비치니 물결 같구나.

서리 눈에 흰 살결이 더욱 어여뻐

맑고 찬 기운이 뼈에 스민다.

매화꽃 마주 보며 마음 씻으니

오늘 밤엔 한 점의 찌꺼기 없네.」

어때? 매화의 하얗고 맑은 모습이 머릿속에 떠오르지? 여기서 글쓴이는 달빛에 비춰 더 밝아 보인다고 하는구나. 아직 추운 날씨인데 매화나무 아래에 서니 매화꽃의 맑음 때문에 더욱 오싹해지는 걸 글쓴이가 말하고 있어. 이렇게 가만히 시를 보고 있으면 글쓴이가 말하고자 하는 것을 모두 알 수 있단다.

자, 이쯤에서 시가 가지고 있는 신기한 기운 두 번째를 가르쳐 줄게. 시인은 시 속에서 자기가 하고 싶은 말을 다 말하지 않아. 한 번에 답을 가르쳐 주면 읽는 이가 그 답을 생각하지 않기 때문이지, 좋은 시는 직접 말하는 대신 읽는 사람이 스스로 깨달을 수 있게 해준단다, 그 시에 대해 푹 빠져 있게 하지, 그러면 왠지 글쓴이의 생각과 그 장면이 떠오르지 않니? 이런 뜻을 가진 싯구들을 읊어보자,

「산 절에서 한밤중에
쓸쓸히 나뭇잎 지는 소리를
성근 빗소리로 잘못 알고서,
스님 불러 문 나가서 보라 했더니
"시내 남쪽 나무에 달 걸렸네요."」

여기서 스님이 왜 '시내 남쪽 나무에 달 걸렸네요,'고 대답했을까? 친구야, 비오는 날 창문을 열고 하늘을 바라 본 날이 있니? 물론 구름이 껴서 달이 보이지 않았겠지, 여기서도 스님이 비가 오지 않는다는 말을 나무에 달이 걸렸다고 말한 것이란다,

셋째, 시에도 교훈이 있단다, 시에서 교훈을 찾으려면 그 시를 꼼꼼히 살펴보고 글쓴이와 같은 생각을 해야 하지, 그럼 연꽃에 비유한 이 시에서 교훈은 무엇일까?

「연꽃은 진흙탕에서 나왔지만 더러움에 물들지 않는다,
맑은 물결에 씻기어도 요염하지가 않다,
속은 비었고 겉은 곧다,
넝쿨도 치지 않고 가지도 치지 않는다,
향기는 멀수록 더욱 맑다,
꼿꼿하고 깨끗하게 심어져 있다,
멀리서 바라볼 수는 있어도 업신여겨 함부로 할 수는 없다,
그래서 나는 홀로 연꽃을 사랑한다, 」

연꽃을 본적이 있니? 연꽃은 더러운 진흙에서 나왔지만 그 꽃은 너무나 맑아, 이 시는 '우리의 환경이 어떻든 연꽃처럼 맑게 살아 가야한다' 라는 교훈을 가져다주는 구나, 우리도 연꽃처럼 내 자신을 순결하게 가꾸어가자,

이제 시에 대해서 알겠지? 앞으로 시를 읽고 글쓴이가 말하고자 하는 것이 무

엇인지 알고 넘어가자.

다정아, 너 생각나니? 우리 함께 시조백일장도 나가고 학급신문도 같이 만들 었던 추억들 말이야. 난 자꾸만 너의 그 하얗고 통통한 손으로 쓰던 예쁜 글씨 들, 네 손을 잡고 걸을 때 느꼈던 그 말랑말랑한 촉감들이 떠올라. 넌 네 이름처 럼 늘 다정했잖아.

다정아, 아무리 우리 먼 곳에서 지낸다 하여도 서로 잊지 말자. 그리고 우리나 라 시집을 늘 녀의 감성 주머니에 넣고 다니렴.

그럼, 오늘은 이만 줄일게. 책을 읽을 때마다 자주 편지 쓸 거야.

친구야, 보고 싶다.

2006년 7월 23일
- 시를 사랑할 줄 아는 다정이가 되길 바라며
한국에서 수지가 -

- 서울 갈현초6 강수지

시는 말하지 않는 것 ●━━━━━━━━━━━━━━━━━━━

위의 글에 나온 한시를 음미해 보세요. 좋은 시는 직접 말하지 않는답니다. 행 복한 것을 행복하다고 말하지 않으며, 슬픈 것을 슬프다고 말하지 않습니다. 우 리가 시를 공부하며 배웠던 여러 가지 방법을 통해 그것을 '느끼게 해 주는 것' 이 바로 시의 묘미랍니다.

※우리는 그동안 감성지수 높이기, 시와 시조 쓰기, 생활문 쓰기, 편지글 쓰기, 기행문 쓰기를 익혔습니다. 여러분의 예쁜 노트에 어느새 황진이 못지않은 시조 한 수가 지어 져 있다고요? 가만히 눈을 감고 여러분이 쓴 글의 향을 느껴 보세요. 어떤 향기가 느껴 지나요?

논리력, 생각 숲에 길 만들기

드디어 종착역인 생각 숲에 다다랐군요! 그동안 창의력이 꽃 피는 생각 대지를 지났어요. 꿈의 섬으로 가는 배가 항해하는 사고력 바다도 거쳐 왔고요. 생각 하늘을 향해 한껏 감수성을 펼치기도 했지요.

이제 마지막, 생각 숲을 어떻게 통과해야 글쓰기 왕이 될 수 있을까요? 논리는 말이나 글에서 생각과 추리를 이치에 맞게 끌어가는 것을 뜻해요. 이 생각 숲을 지나려면 이러한 논리가 필요하답니다. 이 생각 숲에는 길이 없기 때문에, 여러분의 논리적인 생각으로 숲을 무사히 빠져나갈 수 있는 길을 만들어야 해요. 길이 이리 삐뚤 저리 삐뚤 하면 숲을 통과하는 시간이 오래 걸려 해가 져 버리거나, 숲 속에서 길을 잃고 무서운 곰을 만나게 될지도 몰라요. 자, 여러분의 명석한 두뇌를 사용해 생각 숲에 가장 명쾌한 논리의 길을 만들어 봐요!

논리 전개력, 생각 숲에 길 만들기

생각의 숲에서

똑똑똑!

이제 우리는 생각의 숲에 이르렀습니다. 여러분의 생각 숲에는 무엇이 담겨 있나요? 꿈나무, 우정의 나무, 효도의 나무……. 여러분이 그리고 싶은 나무가 많을 거예요. 숲을 헤매다가 시간을 놓치면 안 되겠지요. 그럼 무엇을 하면 좋을까요? 그것은 바로 많은 사건들을 경험하고 다양한 사람들을 만나는 것입니다.

우리는 앞서 생각의 터에서 창의력을 키우고, 생각의 바다에서 사고력을 향상시켰습니다. 그리고 감수성의 하늘에서 감성의 나래를 펼쳤지요.

이제는 논리의 숲에서 생각의 잣대를 세우고 비판력도 길러 봅시다. 함께 걸으면 걸을수록 명석해지는 논리의 길도 만들어 볼까요? 바로 그 논리의 길에서 팔만대장경도 살펴보고, 어린왕자도 만나 보자고요. 두둥실 연도 날려보고 자전거도 씽씽 타보자고요. 숲속으로 출발!

99. 문화유산에 대한 글쓰기

팔만대장경의 이름은 8만4천 번뇌에 대치하는 법문을 수록하였다하여 붙여졌다고 한다. 글씨를 새기는 일은 경상남도 남해에 설치한 <분사대장도감>에서 담당하였다. 원래 강화도성 서문 밖의 대장경판당에 보관되었던 것을 선원사를 거쳐 태조 7년(1398) 5월에 해인사로 옮겨 오늘날까지 이어오고 있다. 경판의 크기는 가로와 세로가 70cm, 24cm 내외이고 두께는 2.6cm 내지 4cm이다. 무게는 3kg 내지 4kg이다. 수천만 개의 글자가 하나같이 그 새김이 고르다.

오늘날까지 전해오는 팔만대장경은 목판인쇄를 한 것으로 나타나 우리나라가 그만큼 빨리 인쇄술이 발전되었다는 증거가 되며, 우리나라가 그만큼 훌륭했다는 것을 보여주고 있다.

서울 갈현초 4 이관희 「팔만대장경」 중에서

명확하게 알자 ●

관희 어린이는 국보 32호인 팔만대장경에 대해서 설명문을 썼네요. '셰익스피어와 인도를 다 주어도 해인사 팔만대장경과는 바꿀 수 없는 보물 중의 보물'이라는 말이 나올 정도로 귀중한 팔만대장경은 유네스코가 지정한 세계문화유산 중에 하나이기도 합니다. 해인사에 보존되어 있는 이 소중한 문화유산을 우리는 그저 당연한 것으로 여깁니다.

그러나 다시금 생각해 보면 6·25때 그곳은 격전지 가운데 하나였습니다. 당시 북한군 수백여 명이 해인사에 도주해 들어갔다고 합니다. UN군 측은 해인사에 숨어 있는 북한군을 포격하라고 명령을 내렸지만 해인사와 팔만대장경을 지키기 위해 김영환 공군 편대장은 목숨을 걸고 명령을 거부합니다. 만약 김영환 대장이 없었다면 지금의 팔만대장경은 없어졌을지도 모릅니다. 이렇듯 문화유산에도 깊은 애정을 갖는 것이 좋은 글쓰기를 위한 조건의 하나랍니다.

또한 꽃, 나무, 바다와 같은 자연에 관심을 갖는 일, 가족과 이웃을 사랑하는 일도 중요합니다. 그러나 이것만으로는 부족합니다. 그리고 현실에서 제기되고 있는 사회 문제 등에 대한 식견을 두루 갖출 때 비로소 감성과 논리를 겸비한 기적의 글쓰기가 펼쳐질 것입니다.

100. 줄거리 소개하기

『마당을 나온 암탉』을 읽고

'잎싹'은 철망 속에서 알을 낳는 암탉이다. 잎싹은 잎사귀처럼 되고 싶어서 스스로 지은 이름이다. 철창 속에 갇힌 잎싹은 철창 밖의 마당을 습관처럼 바라보며 자신이 낳은 알을 품어 병아리로 키우고 싶다는 생각을 하게 된다. 자신 또한 언젠가는 하늘을 날아보고 싶다는 소망 하나를 품게 된다. 잎싹이 낳은 알은 언제나 경사진 양계장을 따라 주인에게로 가기 때문이다.

그런데 건강이 나빠져 달걀을 못 낳는 묵은닭이 된 잎싹은 구덩이에 버려진다. 그래서 족제비로부터 잡아먹힐 위기를 맞이하게 된다. 그때 어디선가 "조심해"라는 목소리가 들렸다. 바로 '청둥오리나그네'였다. 이렇게 잎싹은 죽을 고비를 넘겨 마당으로 가게 되었다.

마당으로 겨우 살아서 온 잎싹! 하지만 마당식구들인 개, 닭, 오리들은 잎싹을 받아주지 않는다.

잎싹은 마당을 떠나 갈대밭으로 간다. 그런데 거기서 하나의 알을 발견한다. 그 알은 청둥오리와 하얀오리가 사랑해서 낳은 알이었다. 그러나 족제비로부터 알을 지키려던 하얀오리는 죽게 되었고, 청둥오리는 짝을 잃게 되었다. 잎싹은 그 알을 키우기로 마음먹는다. 잎싹은 알을 품고 청둥오리는 곁에서 족제비로부터 알을 지킨다. 마침내 알이 부화된다. 오리새끼는 머리가 초록색이라서 '초록머리'라고 불린다.

족제비는 잎싹과 초록머리를 노리게 된다. 그러나 잎싹은 갈대밭과 언덕을 드나들며 족제비를 피한다. 초록머리는 성장하던 중 잎싹이 친엄마가 아니며 자신과 다르다는 것을 알게 되지만 잎싹을 어미로 모신다.

우연히 북쪽나라로 가는 청둥오리 떼를 만난 초록머리는 그들을 따라간다. 초록머리는 무리의 파수꾼이 되어 쉬어갈 자리나 정착할 자리에 먼저 내려가 적이 있는지 살피는 역할을 한다. 그런데 족제비는 초록머리를 노린다. 잎싹은 초록머리를 지키려고 자신을 족제비가족에게 내어준다. 그리하여 잎싹의 영혼이 하늘로 날아오른다.

결국 새끼를 키우고 하늘을 날아보고 싶다던 잎싹의 소망은 마당을 나와 알을 발견하여 새끼 오리 초록머리를 키운 후, 족제비가족에게 자신을 희생함으로써 이루어진 것이다.

충주 성남초 6 전창준

정확하게 이해하자 •

창준 어린이처럼 책이나 이야기의 줄거리를 소개하는 글도 크게 보면 설명하는 글에 들어간답니다. 요약을 위해서는 먼서 ㅗ 이야기에 대한 정확한 이해가 필요한데요. 먼저 처음·중간·끝 부분으로 나누어 중심문장을 쓴 다음, 커다란 사건을 중심으로 내용을 간략하게 써 내려 갑니다.

글을 요약하다보면 독해력이 쑥쑥
1. 여러분이 작가가 되어 다시 구성한다는 기분으로 집중해서 책을 읽어 갑니다. 책 속의 내용을 따라가며 중요하게 여기는 부분을 중심으로 뼈대를 세웁니다. 언제, 어디서, 누가 살고 있는지 생각하며 씁니다.
2. 여러분이 형사가 되어 사건을 따져가며 읽어갑니다. 누가, 무엇을, 어떻게 했는지 살펴 가며 씁니다.
3. 여러분이 화가가 되어 책 속의 장면을 머릿속에 그리며 읽습니다. 책 속의 장면들을 몇 개로 나누어 대표 문장을 만들어 씁니다.
4. 여러분이 디자이너가 되어 대표 문장에 이어지는 뒷받침 문장들을 알맞게 표현합니다.
5. 여러분이 판사가 되어 결과가 어떻게 되었는지 정리하여 씁니다.

여러분은 어떤 이야기를 가장 재미있게 읽었나요? 영원한 네버랜드의 멋진 소년 피터 팬 이야기, 새 언니들에게 구박 당하며 고생하다가 멋진 왕자님을 만난 신데렐라 이야기, 예의 바르고 지혜로운 소공자 세드릭 이야기. 참 재미있고 친숙한 이야기들이 많네요. 여러분이 손에 꼽는 감명 깊은 이야기를 선생님에게도 소개해 줄래요?

별 이야기
『어린왕자』를 읽고

모래 위에 찍힌
어린왕자 발자국을 따라가요
내게만 들려주는 별 이야기

여우 이야기
장미 이야기

사막이 아름다운 건
어딘가 우물을 감추고 있기 때문이래요

금발의 어린왕자, 네 시에 온다면
세 시부터 행복해진대요

세상 밖의 수천 송이 장미보다
자신의 장미 한 송이가 소중하대요

길들인다는 건
서로에게 단 하나뿐인
의미가 되는 거래요,

– 서울 숭인초 6 박신

생각 묶음 만들기 ●─────────

어린 왕자의 이야기가 신이 어린이의 시 속에 쏙쏙 들어와 담겼네요. 신이 어린이처럼 책을 읽고 난 후에 내용이나 느낌을 시로 표현하는 것도 좋은 감상 방법이랍니다. 떠오르는 생각들을 같은 주제를 가진 묶음들로 묶어 보세요. 그 생각묶음들이 하나의 연이 되고, 여러 연들이 모여 한 편의 시가 된답니다. 한 곡의 노래를 부르듯이 연과 연의 내용이 자연스럽게 이어져야 한다는 것도 잊지 마세요.

그런데 앞서 『마당을 나온 암탉』에 대한 줄거리를 요약했던 창준 어린이와 신이 어린이의 글이 서로 다른 특징이 보이지요? 그래요. 창준 어린이는 사건을 시간의 순서대로 나열하는 방법으로 산문을 썼고, 신이 어린이는 인상적인 내용을 중심으로 운문을 썼습니다. 책 속의 인상적인 부분들을 서로 다른 형식으로 써낸 두 어린이의 글솜씨가 우리의 눈을 즐겁게 하지요. 창준 어린이는 아마도 지혜의 별 염소자리 논리력 왕자인가 봐요. 그렇다면 신이 어린이는 족집게 별 사수자리 창의력 왕자가 되겠군요!

102. 비판적인 시각 갖기

빼빼로데이에 대한 나의 생각
-우리 기념일을 살리자-

11월 11일, 이맘때 즈음 되면 사회는 난리가 납니다. TV 광고에서도, 상점에서도, 심지어 학교에서까지 빼빼로데이를 맞이하느라 정신이 없습니다. 빼빼로데이는 5년 전 발렌타인데이, 화이트데이 등과 함께 청소년들 사이에 유행된 기념일입니다. 제품 모양을 연상시키는 11월 11일이 되면 청소년들은 빼빼로를 꽃다발 모양으로 꾸며 선물하거나 '다이어트에 꼭 성공하라'는 메시지를 보내기도 합니다.

그런데 이런 날을 맞이하여 즐기는 사람들은 과연 빼빼로데이의 의미를 생각이나 해봤을까요? 11월 11일은 우리에게 꼭 필요한 양식을 제공해주는 '농민의 날'입니다. 이같이 농민들을 위한 잔칫날은 있는지조차 모르는 청소년들이 많은데 빼빼로데이를 모르는 청소년은 없습니다. 이렇게 우리 경제의 뿌리가 되는 '농민의 날'에는 관심이 없고, 제조자의 수입만 올려주는 빼빼로데이를 훨씬 더 중히 여기는 것이 우리의 현실입니다.

그리고 빼빼로데이는 건강상으로도 해로운 날입니다. 그 이유는 과자만 많이 먹게 되기 때문입니다. 둘째로, 그 많은 빼빼로의 대부분이 중국에서 수입한 것이라고 합니다. 중국에서는 농약이 많이 함유된 밀가루를 사용하기 때문에 건강상으로 해롭습니다.

고생하시는 농민들에게 감사의 마음을 갖고, 수확의 기쁨을 함께 하는 날이 농민의 날입니다. 빼빼로데이는 지나치지 않을 정도로만 마음을 주고받았으면 좋겠습니다. 그리고 노력의 땀을 소중히 여기는 농민의 날은 더 힘차게 보존하고 살립시다.

– 서울 숭인초 4 강다운

비판력을 키우자 ●────────────────────

그동안 무심코 보냈던 빼빼로데이에 대해 다시 한 번 생각해 볼 수 있는 기회를 주는 글이네요. 여러분은 11월 11일이 농민의 날인 것도 알고 있었는지요. 혹, 11월 11일이 다가오면 예쁘게 장식된 빼빼로를 주고받는 데에만 관심을 쏟은 건 아닌가요.

선생님은 다운 어린이의 글을 통해 그동안 잊고 있었던 농민들의 땀방울과 밥한 술의 소중함을 새삼 느끼게 되었답니다. 다운 어린이는 남들이 미처 깨닫지 못한 달력 속 의미 있는 날을 찾아 잘못된 현실에 대해 비판하고 새로운 주장을 펼쳤어요. 이 안에 논리력이 숨어있네요. 이와 같이 어떤 원리나 현상에 대해 비판해 보는 과정 속에서 논리력이 자라게 되는 것이랍니다.

꽃이 좋은가, 나무가 좋은가?

꽃

나는 꽃이 좋다. 왜냐하면 꽃은 제각기 모양과 색깔이 다르고 하나하나의 꽃말이 아름답기 때문이다. 또한 꽃들을 보면 많은 생각이 떠오른다. 작고 귀여운 풀꽃을 보면 '이 작은 풀꽃도 향기 나는 꽃이 되었구나.' 라는 생각이 든다. 둘째, 꽃은 사랑하는 사람들에게 주거나 친한 친구들에게 주면 행복해지기 때문이다.

셋째, 꽃은 향기가 있어서 좋다. 어떤 꽃에서도 향기로운 냄새가 난다. 넷째, 집에 있는 꽃은 초대된 손님들을 기분 좋게 하고, 밖에 있는 꽃은 지나는 길손들을 즐겁게 한다. 다섯째, 무뚝뚝해 보이는 나무에 비해 꽃은 그 반대로 화려하고 나풀나풀 춤을 추는 것 같아 사랑스럽다. 이러한 이유로 나는 꽃이 녀 좋다.

– 서울 숭인초 5 노해지

나무

나는 꽃도 좋지만, 나무가 더 좋습니다.

우선 나무는 우리 어린이와 공통점이 있습니다. 나이를 먹어갈수록 점점 크는 나무처럼 우리도 쑥쑥 자라기 때문입니다.

그리고 나무는 홍수와 가뭄을 막아주어 자연의 댐 역할을 해주어 좋습니다. 나무 댐은 사람들이 만든 댐과는 달리 생태계를 파괴하지 않고 시원한 그늘을 만들어주기 때문입니다. 또 집을 지을 때 목재로도 쓰이며, 땔감에도 사용할 수 있어 우리 생활에 이로움을 줍니다. 그뿐만 아니라 화장지와 종이의 재료가 되니 문화생활에까지 도움을 줍니다.

또한 나무는 사시사철 영양가 많은 과일을 제공해 줍니다. 사과, 복숭아, 귤 등은 얼마나 맛있습니까? 그리고 새와 곤충들의 쉼터가 되어주기도 합니다. 이처럼 사람들뿐만 아니라 다른 생물들에게 도움이 되어 좋습니다.

무엇보다도 나무는 우리에게 없어서는 안 될 맑은 공기를 만들어 줍니다. 우리 집 주변에는 양쪽으로 가로수가 즐비한 길이 있는데, 그 길에 들어서면 머리가 맑아지는 것 같고 기분이 상쾌해져 끝없이 걷고 싶어집니다.

봄과 여름에 연두와 초록빛 나무도 아름답고 온 산을 덮은 가을 단풍은 보기만 해도 마음에 예쁜 물감이 물드는 듯 합니다. 그리고 잎이 없는 겨울나무에 눈이 쌓이면 그 모습은 한 폭의 그림입니다.

이러한 이유로 나는 나무가 좋습니다.

– 서울 숭인초 5 박채운

이유를 차근차근 ●

해지 어린이와 채운 어린이는 왜 꽃을 좋아하는지, 왜 나무를 좋아하는지 그 이유를 차근차근 써 놓았네요. 나무와 꽃을 사랑하는 해지 어린이와 채운 어린이의 생각이 이름만큼이나 예쁜 것 같아요.

여러분은 꽃과 나무 중 어느 것을 더 좋아하나요? 누구나 꽃이나 나무 중 더 좋아하는 것이 있을 것입니다. 그럴 때 나의 생각을 남에게 이해시키고 싶다면 타당한 근거를 들어서 설명을 해 보세요. 그래야 듣는 사람도 '아하! 이런 점에서 나무가 꽃보다 좋겠구나.' 하면서 고개를 끄떡이겠지요.

비판적인 시각은 장점과 단점을 저울질하는 것에서부터 출발합니다. 비판하기의 목적은 바로 '설득' 입니다. 즉, 나의 의견에 다른 사람도 동의하도록 하는 것이지요. 그래서 타당한 근거나 이유, 예시가 필요한 것입니다. 여러분도 설득을 위해 자신의 생각에 대한 이유를 찾는 연습을 하다보면, 어느새 논리력이 쑥쑥 커져 있는 것을 보게 될 것입니다.

104. 글쓰기는 ㅇㅇ다

인물화 글쓰기

글쓰기 과정은 인물화를 그리는 것과도 같습니다. 인물은 인물화 중 가장 중요합니다. 그래서 인물화의 인물은 '생각 꺼내기'입니다. 이것은 제 생각이지만 생각을 꺼내지 못한다면 절대로 글을 쓸 수 없기 때문이지요. 그래서 인물은 '생각 꺼내기'입니다.

인물화는 배경이 어떻게 그려지느냐에 따라 달라집니다. 배경이 아름다워야 인물도 살아나기 때문입니다. 글이 더 멋지게 빛날 수 있도록 하기 위해서 인물화의 배경처럼 글쓰기에서는 '고쳐 쓰기'가 중요합니다.

인물화에서 액자는 글쓰기의 '생각 묶기'입니다. 액자 속 그림이 더 돋보이듯이 글쓰기도 생각을 묶어야 잘 마무리되기 때문입니다. 그래서 액자는 '생각 묶기'입니다.

- 서울 숭인초 4 김채연

그림 그리기와 글쓰기의 닮은 점 ●────

채연 어린이의 새 생각을 들여다보세요. 숲길을 걷다가 네잎클로버를 만났을 때의 반가움처럼 우리를 기쁘게 하지 않나요? 그림을 그리는 일도, 글을 쓰는 것도 생활의 연속입니다. 글쓰기와 그림 그리기를 이렇게 알맞게 비유하여 생각한다는 것, 냉각수를 들이켰을 때처럼 시원한 순간입니다.

'일물일어설(一物一語說)'이라는 말이 있답니다. 좀 낯설고 어려운 말이지요? 프랑스의 플로베르라는 작가 선생님이 하신 말씀이에요. '일물일어설'이란, 어떠한 것을 말하고자 할 때 가장 적절한 낱말은 단 하나밖에 없다는 뜻입니다. 글 속에 하나의 사물이 등장하는 데는 단 하나의 가장 알맞은 명사를 찾아 써야 한다는 것이지요. 동작을 표현할 때도 역시 가장 적절한 동사 하나를 찾아야 되겠지요. 어떤 상태를 묘사함에 있어서도 가장 적절한 형용사 하나를 찾아 고민해야 한답니다.

채연 어린이의 말처럼 글쓰기의 과정은 그림을 그릴 때의 순서와 비슷하답니다. 그림을 그릴 때 무엇을 그릴까, 어떻게 그릴까, 큰 것부터 그릴까 작은 것부터 그릴까, 고민하는 것처럼 글쓰기 과정도 무엇을 쓸까, 어떻게 표현할까, 어떤 것을 먼저 쓰고 어떤 것을 뒤에 쓸까, 하고 생각하게 되지요.

그림 그리기에서는 배경이 좋아야 그림이 살아나는데, 글쓰기에서는 글감이 좋아야 주제가 선명해집니다. 그림에서 선과 색과 모양이 중요하듯이, 글쓰기에 있어서도 어떤 내용을 어떤 글감으로 어떻게 표현하느냐는 중요한 요소입니다.

105. 나와 비슷한 점, 나와 다른 점

내 친구

새미는 나와 가장 비슷한 친구이다.

첫 번째로는 좋아하는 것들이 비슷하다. 예를 들면 나는 연노란색을 좋아하고 새미는 샛노란색을 좋아한다. 새미는 하트모양을 좋아하고 나는 별모양을 좋아한다. 또 취미생활로 음악을 하는데 새미는 피아노를 치고 나는 플루트를 분다. 두 번째로는 겉모습이 비슷하다. 나와 새미는 키가 작고 얼굴이 비슷해서 '쌍둥이니?' 라는 소리를 자주 듣는다. 마지막으로는 성격이 비슷하다. 나는 생각하는 것을 좋아하고 새미는 조용히 이야기하는 것을 좋아한다. 우리 둘은 가끔 똑같은 말을 같이 할 때도 있다.

그런데 경은이는 나와 참 많이 다른 친구이다.

첫 번째로는 체격이 다르다. 경은이는 통통한 편이고 나는 마른 편이라 우리 둘이 같이 다니면 사람들은 우리에게 '뚱뚱이와 홀쭉이' 라고 부른다. 두 번째로 활발한 편의 경은이는 겨울을 좋아하고 조용한 편인 나는 여름을 좋아한다. 세 번째로는 댄스곡을 좋아하는 경은이는 자장면, 떡볶이, 피자 등 먹는 것은 다 좋아하고 발라드 풍을 즐겨 듣는다. 반면 나는 갈비, 냉면 등 내가 좋아하는 것만 잘 먹는다.

– 서울 숭인초 4 김효선

비교와 대조 ●

우리는 흔히 무엇엔가 흥미를 느낄 때, 무언가 와 닿는 게 있을 때, 우리의 기분을 밝게 해줄 때, '재미있다'고 표현합니다. 코미디처럼 웃음을 주는 것만이 재미가 아니지요. 이 글을 읽다보면 마치 개나리 꽃길을 지나는 듯한 기분이 들어 재미있다는 생각을 하게 되네요. 개나리 담장 아래 노랑 병아리 같은 새미와 효선이, 맑은 물살 속 은어 같은 경은이. 열한 살의 파릇파릇함이 우리의 몸과 마음을 물들여 줍니다.

효선 어린이는 '비교와 대조'의 방법을 이용하여 친구를 소개하고 있습니다. 우선 비교의 방법을 통하여 새미 친구를 소개하고 있습니다. 비교법이란 둘 이상의 사물을 견주어서 서로간의 유사점, 차이점들을 알아보는 방법입니다. 다음으로 대조법은 둘 이상의 사물을 견주어 서로간의 다른 점을 알아보는 방법입니다. 이와 같이 비교와 대조의 방법을 사용하여 글을 쓰는 것도 중심생각을 살려주는 데 큰 도움을 준답니다.

친구들이 여러분을 어떻게 소개할지 궁금하지 않나요? 또 여러분은 친구들을 어떻게 소개할 것인가요? 비교와 대조의 방법을 사용해 봅시다.

수업시간

나는 오늘 수업시간에 작은 말다툼을 해서 선생님께 혼이 날 뻔했다. 갑자기 선생님의 목소리!

"신명록, 이리로 와!"

그때 내 마음은 작은 치즈조각처럼 조그만 해져서 고개를 푹 숙였다. 그런데 선생님께서는 다음부터는 조용히 하라고 타이르시며 들어가 앉으라고 하셨다. 공부를 할 때는 마음이 조금씩 풀리면서 싱싱한 생선처럼 부풀어 올랐다. 책상 아래 나의 두 다리는 기분 좋은 내 마음을 따라 랄랄라 장단을 맞추고 있었다.

수업이 끝난 후 쉬는 시간에 친구와 싸우지 않겠다고 손가락으로 V자를 그려 보이며 약속하였다. 친구와 화해를 했을 때의 내 마음은 넓고 넓은 화해의 동산 이 된 것 같았다.

– 서울 선일초 3 신명록

서사와 점층법 ●

명록 어린이는 시간의 흐름에 따라 변화하는 자신의 행동을 잘 표현하고 있네요. 이렇게 시간의 흐름에 따라 이야기를 글로 써보는 것도 재미있겠지요. 이런 글쓰기를 서사라고 한답니다. 무서워서 조그마해진 마음을 치즈조각으로, 조금씩 부푼 마음은 싱싱한 생선, 그리고 친구와 화해했을 때의 마음 상태를 화해의 동산으로 나타낸 것 등 마치 흥미진진한 만화영화 같아요. 서사는 시간의 흐름에 따라 상황이 변화하는 과정을 적어가는 방법이랍니다.

그리고 서사의 글쓰기에서 자기가 하고 싶은 말을 강조하기 위하여 작은 것에서부터 큰 것으로, 약한 것에서부터 강한 것으로 그 내용을 높게, 크게, 깊게 강화시켜가는 방법을 점층법이라고 한답니다. 반대로 큰 것에서 작은 것으로, 강한 것에서 약한 것으로 범위, 규모, 크기 등이 하강하도록 하는 기법을 점강법이라고 합니다. 여러 가지 수사법을 자유자재로 활용한 명록 어린이에게 '샛별상'을 수여합니다.

로봇

로봇은 어린이들의 친구이며, 과학자의 꿈을 갖은 아이들의 안내자가 되어주고, 아픈 어린이들의 병이나 때를 깨끗이 밀어 주는 때밀이가 되기도 하며 장애 어린이에게 희망이 되는 한줄기 빛이 되기도 한다. 그리고 인간의 심부름꾼이 되기도 하며, 인간의 도구가 될 수도 있고, 인간의 노예가 될 수도 있다.

하지만 로봇은 고철이요, 무생물이요, 버려도 슬퍼할 줄 모르는 철면피이다. 또 생각을 못하고, 눈물이 존재하지 않고, 인생의 목표가 없고, 사랑도 없는 철덩어리이다. 그래서 우리 인간들은 로봇을 버리고, 부수고, 로봇이 고장 나면 팔기도 한다.

– 서울 선일초 3 최희찬

열거법 •

희찬 어린이는 첫 단락은 로봇이 우리 생활에 주는 좋은 점을, 그리고 두 번째 단락은 로봇의 부정적인 면을 써서 로봇의 장단점을 대조했어요. 또한 열거법을 이용하여 로봇이란 무생물에 생명을 불어넣어주고 있네요. 열거법이란 여러 어구들을 한 문장 안에 늘어놓음으로써 글의 내용을 돋보이게 하는 표현입니다. "로봇은 고철이요, 무생물이요, 버려도 슬퍼할 줄 모르는 철면피이다."라고 표현한 희찬 어린이의 글에서도 알 수 있죠. 예를 들어 '나는 공부 잘하는 친구, 잘생긴 친구, 운동 잘하는 친구, 잘 웃기는 친구가 좋아요' 처럼 좋아하는 것들을 쭉 나열하여 쓸 때 이것을 열거법이라고 해요.

심심할 때면 열거법 놀이를 해 볼까요?

나래 : 분식집에 가면 떡볶이도 있고, 만두도 있고, 고구마튀김도 있고…….

하니 : 놀이터에 가면 그네도 있고, 철봉도 있고, 시소도 있고…….

소라 : 동물원에 가면 코끼리도 있고, 사자도 있고, 원숭이도 있고…….

연필

연필은 썼다가 지울 수 있다는 제품의 특성 때문에 글씨를 배우기 시작하고 글씨체가 형성되기 전의 초등학생에게 필수적인 지정필기도구로 사용된다. 그래서 엄마들은 샤프 말고 연필을 쓰라고 한다. 왜냐하면 샤프를 쓰면 글씨가 예쁘지 않기 때문이다.

옛날에 사용했던 필기도구에는 붓, 숯, 깃털, 나뭇가지 등이 있다. 붓은 먹을 묻혀서 쓸 때 사용했고 깃털은 새의 깃털로 외국 사람이 잉크를 묻혀서 사용했다. 그러나 문명의 발달과 더불어 지금은 필기구도 발전을 거듭하여 잉크를 담아서 쓰는 만년필, 휴대가 간편한 볼펜 등 다양한 종류의 펜들이 연필을 대신하고 있다.

연필의 기원은 약 2천 년 전, 원판모양으로 된 납덩어리로 노루가죽에 기호를 표시한 것이 시초라고 전하는데 14세기경 이탈리아에서는 납과 주석을 혼합한 심을 나무판에 끼워서 사용하였다. 그것은 글씨를 배우는 사람들에게 필요하였다.

일반적으로 연필은 삼각형연필, 네모연필, 오각형연필, 동그란 연필, 육각형연필 등이 있는데 대부분 육각형연필을 많이 사용한다. 육각형연필이 다른 연필보다 쓰기에 편하고 다른 연필보다 더 많이 시중에 나와 있기 때문이다. 그리고 요즘 연필에는 그 때 그 때 유행하는 캐릭터가 있는 연필이 많다. 해리포터가 나오면 해리포터 연필이 나오고 어떤 만화가 인기가 있으면 그 그림이 캐릭터가 된다.

연필에는 심의 굵기와 견고성에 따라 표시가 되어있는데 그 종류는 다음과 같다. 9H, 8H, 7H, 6H, 5H, 4H, 3H, 2H, H, F, B, 2B, 3B, 4B, 5B, 6B등이 있다. H는 심의 딱딱하기를 B는 진하기를 표시한다. 따라서 높은 숫자의 H심일수록 딱딱하고 흐리게 써지며 높은 숫자의 B심일수록 부드럽고 진하게 써 진다.

연필은 학생들이 많이 쓴다. 그런데 사람들이 연필에 이름을 안 써서 거의 잃어버린다. 그래서 연필 낭비가 많다. 연필에는 이름을 써야한다. 그렇지 않으면 연필을 계속 사야만 한다.

– 서울 성수초 5 한채영

설명문의 특징 •————

채영 어린이는 연필에 대해 관심도 많고 아는 것도 많아요. 이렇게 내가 아는 것에 대해, 그리고 조사한 사실에 대해 쓴 글을 설명문이라고 해요. 설명문은 사실만을 객관적이고 논리적으로 쓴 글이랍니다. 설명문에서는 자기가 설명하려고 한 것이 빠짐없이 제대로 설명되었는지를 살펴야 합니다.

우선, 설명하려는 것이 분명히 나타났는지 확인하고, 제목과 글감이 서로 어울리는지 따져 봅니다. 다음으로 문단 구성이 설명하려는 의도대로 짜여 있는지 살펴보면서 낱말의 선택, 맞춤법이나 부호 등이 바르고 적절한지 확인합니다. 끝으로 정확한 문장으로 설명하고 있는지 짚어 봅니다.

채영 어린이는 이와 같은 설명문의 특징을 잘 살려 연필로 써야 글씨가 예뻐진다는 것을 시작으로 연필의 기원과 각기 다른 연필의 모양을 중간 부분에 넣고 연필심의 굵기와 견고성에 따른 연필의 종류를 끝부분에 담아 연필에 대한 관심도를 높이고 있습니다. 그런데 마지막 부분에 연필에 이름을 쓰자고 자신의 생각을 곁들인 부분은 사실만을 객관적으로 적어야 하는 설명문의 특징과는 맞지 않지만 이 정도는 애교로 봐줄 수 있겠지요.

그렇다면 우리 함께 이러한 설명문이 쓰인 곳을 찾아볼까요? 아빠께서 아침마다 읽으시는 신문의 기사문, 약을 먹을 때 읽어보는 사용설명서, 놀이동산에 갔을 때 볼 수 있는 안내문도 설명문의 종류에 속하겠지요.

이제 설명문의 특징을 잘 알았으니 무엇부터 설명해 볼까요?

연

연은 예로부터 설날에 즐겨 하던 민속놀이다. 서로 줄을 끊기도 하고 새해 소망을 담아 날리기도 하며 우리나라 놀이의 대표로 자리매김했다. 삼국사기에 의하면 진덕 여왕 1년 때 반란이 있어서 김유신이 토벌을 담당하였는데 어느 날 하늘에서 큰 별이 떨어졌다고 한다. 그것은 여왕이 패할 증조라며 민심이 소란스럽자 이에 김유신은 큰 연을 만들어 남 몰래 불을 붙여 하늘로 올려 민심을 바로 잡았다는 이야기가 전해지고 있다.

연은 형태와 모양의 따라 종류가 100종류나 된다고 한다. 머리 중앙에 여러 가지 색지나 모양을 붙이는 연에는 먹꼭지연, 철꼭지연, 쪽꼭지연, 별꼭지연, 임반달연 등이 있고 연의 상부와 하부의 색을 입힌 연으로는 청치마연, 이동치마연, 삼동치마연, 사동치마연, 먹머리동이연 등이 있다.

연을 만드는 방법은 매우 정교하다.

첫 번째는 마름질인데 가로와 세로의 길이를 정하는 것이다. 두 번째로는 대나무다듬기 이다. 대나무 껍질부분을 남기고 속살 부분을 둥글게 깎는 것이 같은 두께라도 탄력을 좋게 한다. 마지막으로는 머릿살이다. 양끝을 쥐고 고르게 활꼴로 휘어져야 좋다고 한다.

세계적인 연의 기원은 오랜 옛날로 처음에는 종교적인 점(占)이나 군사적인 목적에 사용된 것으로 전해지고 있다. 우리나라에서는 액(厄)을 쫓는 주술적 도구로도 사용했던 것으로 전해지고 있다. 그러던 것이 놀이로 자리 잡게 되었고 연을 날리는 재미에 빠진 어린이들은 뒷걸음치다 웅덩이에 빠지거나 언덕에서 떨어지는 경우가 부지기수였다.

연 날리는 기술이 풍부한 사람들은 땅 가까이에서 옆으로 기는 듯한 재주도 부리며 때로는 처녀들이 이고 가는 물동이를 넘어지게도 하고 길 가는 사람의 몸을 휘감기도 하는 등 사람들을 골탕 먹이기도 했다. 또 정월 초에는 부락단위별, 또는 부락대항 연날리기 시합도 벌였는데 이때는 연을 날리는 기술보다는 연줄 끊기 시합이 많아서 고도의 기술도 필요했다. 우선 연줄이 상대방의 연줄 위를 접하는 것이 유리해 서로가 상단을 차지하기 위한 기술전을 펼쳤다. 이 시합을 위해서는 우선 사금파리 등을 가루로 내어 연줄에 바르는 작업을 우선했는데 이 과정을 「연사」를 먹인다고 표현했다. 어린이들은 정종병이나 유리 등을 곱게 가루를 내 삼베 천으로 거른 다음 밥풀을 짓이겨 연줄에 바르기도 했다고 한다.

오랜 세월동안 겨울철 놀이로 우리나라 소년들의 사랑을 받아오던 연날리기는 1960년대 후반을 기점으로 미끄럼틀을 비롯한 어린이들의 놀이기구와 각종 장난감 등이 등장하며 서서히 자취를 감춰가기 시작, 이제는 일부 지방에서 민속놀이 행사에 연날리기를 포함시키는 것이 고작이다.

– 서울 숭인초 4 박새미

세밀하게 조사하자 ●

연! 한번 소리 내어 발음해 보세요. 어느 나라의 말이 이처럼 아름답고 낭랑한 울림을 선사할까요. 울림소리는 글자들이 'ㄴ, ㄹ, ㅁ, ㅇ'으로 이루어져 이것들을 발음해보면 목 쪽에서 울리는 것을 느낄 수가 있습니다. 연은 울림소리로 되어있기 때문에 이같이 부드러운 효과를 주는 것이랍니다.

새미 어린이가 연에 대해 많이 조사하고 공부하여 글을 썼네요. 여러분은 연을 만들어서 날려본 적이 있나요? 선생님은 문득 빨간 풍선을 연에 달아 하늘 높이 날려보고 싶어지네요. 새미 어린이의 글에서처럼 연에는 많은 역사가 담겨 있고, 여러 종류가 있으며, 연을 만드는 방법 또한 정교하고 과학적인 기술이 필요하답니다. 여러분, 오늘 한 번 직접 연을 만들어 보는 것 어때요? 여러분의 꿈과 소망을 가득 담아 저 높은 하늘에 두둥실 띄워 볼까요?

자전거

아주 옛날에 자전거가 없었던 때는 어느 누구도 학교, 회사에 갈 때나 재미있게 놀 때에 자전거를 타고 다닐 생각을 하지 못했다.

어느 날 누군가 아이디어 하나를 생각해냈다. 그는 바로 유명한 화가이자, 발명가인 레오나르도 다빈치이다. 그는 먼저 자전거의 설계도를 그렸다. 때는 약 500년 전 일이다. 불행히도 그는 자전거를 만들기 전에 세상을 떠나게 되었다. 그러나 그 아이디어는 여전히 남아있었다. 그 후 다른 사람들이 레오나르도 다빈치를 대신하여 자전거를 만들었다.

약 300년 전 사람들은 첫 번째 자전거를 완성했다. 그러나 그 자전거는 오늘날의 우리가 타고 다니는 자전거와는 달랐다. 이 자전거에는 페달이 없고 바퀴는 나무로 만들어진 것이었다. 이것은 페달을 밟아 가는 것이 아니라 사람이 발로 끌어가는 것이었다. 이 자전거는 완벽하지 않았다. 그러나 사람들은 더 나은 자전거를 만들기 위해 열심히 노력했다. 조금씩, 조금씩 자전거는 발전되었고 그들은 고무바퀴와 쇠로 만든 페달을 추가시켰다.

약 100년 전, 그들이 만든 자전거는 오늘 날 우리가 사용하고 있는 자전거와 똑같았다. 어느 날부턴가 전 세계에서 학교 갈 때도, 회사 갈 때도, 재미있게 놀 때도, 자전거를 사용하는 사람들이 증가하고 있다. 만약, 레오나르도 다빈치가 자전거 만드는 일을 시작하지 않았다면 지금 현재 우리가 타고 있는 자전거도 없었을 것이다.

– 서울 숭인초 4 권소영

처음, 중간, 끝 구성을 갖추자 •

여러분은 자전거를 탈 줄 아나요? 화가로 유명한 레오나르도 다빈치가 어쩜 이렇게 반짝이는 아이디어 상품을 만들어냈을까요? 오늘날 자전거는 운동기구로써만이 아니라 유용한 교통수단으로까지 그 몫을 톡톡히 하고 있습니다. 소영 어린이도 학교 갈 때 자전거를 이용하는 건 아닌가요? 자전거를 즐겨 타다 보니 자전거에 관한 설명문까지 쓰게 된 것 같네요. 처음에는 자전거를 생각해낸 레오나르도 다빈치를, 중간 부분은 시간이 흐르면서 점차 현재의 모습을 가지게 된 자전거를, 맺음말 부분에는 오늘날 많은 자전거가 애용되고 있다는 것을 친근감 있고 이해하기 쉽게 설명했습니다.

언젠가부터 과학적이면서도 안전한 유산소운동으로 자전거 타기를 꼽는 것 같습니다. 미국의 싸이클 선수 랜스 암스트롱의 유명한 이야기가 생각납니다. 어린 시절 싸이클을 시작했던 그는 고환암에서 폐암, 뇌암으로 이어지는 죽음의 고통을 받게 됩니다. 하지만 그는 죽음까지 몰고 간 암을 강인한 정신력으로 극복하여 인간 승리의 모습으로 새롭게 태어납니다.

병상의 아픔을 딛고 다시 페달을 밟은 그는, 세계에서 가장 긴 경주인 '1999 뚜르 드 프랑스' 대회에 참가하여 결국 우승을 거둡니다. 삶과 죽음의 문턱에서도 끝까지 포기하지 않고 암과 싸워 이긴 그의 용기와 인내는 우리의 자전거페달 밟기를 더욱 힘차게 해주지 않나요? 아울러 설명문도 자전거페달을 밟듯이 써 나간다면 씽씽, 신나게 쓸 수 있겠지요?

2001년 9월 11일 화요일 〈신문〉
미국 본토 테러 대 참사
- "세계무역센터 붕괴"

9월 11일 8시 15분 테러가 발생했다. 뉴욕보스턴 공항을 출발한 항공기 4대가 세계무역센터를 들이받았다. 오사마 빈 라덴의 테러조직인 알 카에다 등 이슬람 테러조직 용의자들은 항공기 안에 12~24명씩 조를 짜서 컴퓨터로 관제탑의 감시를 피했다. 그리고 비행기 조종을 할 수 있는 테러범 3명이 기장을 살해하고 피츠버그 쪽에서 세계무역센터로 기수를 돌렸다. 세계무역센터의 남쪽 건물부터 시작하여 북쪽 건물과 미국이 자랑하는 국방부 건물인 펜타곤을 파괴하였다. 부시 대통령은 이 소식을 듣고 백악관으로 갔고 백악관도 테러의 가능성이 많아 경비를 삼엄하게 했다.

세계무역센터의 남쪽 건물이 무너지자 5분 만에 북쪽 건물도 무너졌다. 세계무역센터가 무너지자 47층의 세계무역센터 부속 건물도 그 충격으로 붕괴되었다.

이 테러로 만 여명이 목숨을 잃거나 중경상을 입었으며, 그 중 한인은 현재 6명이 포함되어 있는 것으로 확인 되었다.

- 서울 갈현초 5 유지용

기사문은 육하원칙에 맞게 ●

지용 어린이는 9·11 테러 사건을 기사문으로 썼네요. 여러분도 많은 사람이 목숨을 잃은 이 사건을 알고 있나요? 9·11테러란 2001년 9월 11일 오전 9시부터 오후 5시 20분경에 일어난 자살테러사건입니다. 이로 인해 미국 뉴욕의 110층짜리 세계무역센터 쌍둥이 빌딩이 무너지고, 워싱턴의 국방부 청사까지 공격을 받았지요. 우리는 이런 기사를 대할 때마다 기자의 역할을 생각하게 됩니다.

기자는 어디에서 어떤 일이 일어났는지 다양한 사회적 사건을 발굴하여 정확한 정보와 현장 분위기를 전달할 수 있어야 한답니다. 그 사건을 꿰뚫어 볼 수 있는 예리한 분석력도 필요합니다. 그리하여 취재한 내용과 자신의 입장을 담아 쉽고 간결하게 씁니다. 이때 주의할 점은 정곡을 찌르는 문장이어야 한답니다. 단어 중복을 피하고 여러분만의 감각을 살려 리듬감 있게 쓰는 것도 중요하지요.

지용 어린이는 기사문을 어떻게 써야하는지를 잘 알고 있네요. 육하원칙 중 언제, 어디서, 누가, 무엇을, 어떻게는 참 잘 써주었는데 '왜'가 빠졌군요. 그래요, 테러 용의자들이 왜 자신의 목숨까지 희생하면서 그런 일을 저질렀는지 지용 어린이로서는 밝혀내기 힘든 일이지요. 우리 지구상에 평화의 물결만이 넘쳤으면 좋겠습니다.

112. 나는 사회부 기자

-2005년 12월 30일-

폭설피해 크지만 민심만은 튼튼
-연이은 폭설로 호남지방은 온통 눈으로 뒤덮여 있어-

21일부터 내린 눈은 처음부터 큰 함박눈과 함께 내려 큰 폭설 피해를 남겼습니다. 여러 곳에서 농민들이 땀 흘려 키운(닭, 소) 결실들이 이번 폭설로 인해 비닐하우스와 함께 무너져 내리고 말았습니다. 그리고 농민들의 마음도 함께 무너져 내렸습니다.

큰 폭설피해를 남긴 눈이 멈춘 지금 곳곳에서 복구 작업이 이루어지고 있습니다. 하지만 턱없이 모자란 복구비와, 부족한 복구인력 때문에 복구가 더 지연 될 것으로 보입니다. 그리고 날씨가 추워지는 바람에 눈이 얼어 복구에 어려움이 따르고 있습니다.

많은 폭설로 산간지방 사람들이 길이 막혀 고립된 곳도 있습니다. 또한 길이 없어져 복구 인력이 투입되지 못한 지방 사람들은 직접 제설 작업을 하여 길을 뚫고 있습니다.

마음이 하나 되어 제설작업에 임하고 있지만 엄청난 양의 눈 때문에 작업이 지체되고 있습니다. 폭설피해가 큰 곳에서는 마을 사람들이 복구 작업을 하는 군인들에게 따뜻한 한 끼를 대접한다고 합니다. 어느 때보다 힘든 지금 마음을 모아 어려움을 헤쳐 나가야 하겠습니다.

시울 숭인초 6 김승기

신문을 자주 보자 ●

승기 어린이는 환경 관련 기사문을 썼네요. 개인적인 생각을 배제하고 기사문이 갖추어야 할 원칙을 생각하며 구체적으로 잘 썼습니다. 기사문은 이렇게 훗날 어른이 되어서 읽어도 그때 그 시절 무엇을 했는지, 어떤 사건이 일어났는지 알 수 있도록 쓰는 것이랍니다.

자주 신문을 보고 사회에 어떤 일이 일어나는지 관심을 갖는 것이 가장 중요하겠지요? 기억해 둘만한 기사가 있으면 따로 스크랩해 두는 것도 좋습니다. 잘 쓴 기사문을 따라 써 보는 것도 기사문을 쓰는 실력을 향상 시킬 수 있답니다.

113. 나는 문화부 기자

-2006년 1월 17일-

가자, 눈꽃 세상으로

강원도 태백시에서는 14일부터 환상의 눈꽃 세상을 경험할 수 있는 제 13회 눈꽃 축제가 열렸다. 그로 인해 눈꽃 축제의 대명사로 알려진 태백산에는 수많은 관광객들이 찾아왔다. 도깨비 성곽 입구에서는 눈 조각을 예술의 경지로 끌어올린 12지신, 미소를 짓고 있는 킹콩, 한복 차림의 신랑과 신부 조각상 등 여러 가지 눈 조각상들이 관광객을 맞이한다. 겨울의 정취를 흠뻑 전해주고 있는 이 조각상들은 관광객들에게 인기만점이다.

한편에서는 강원도를 대표하는 오징어, 옥수수 등 특산물을 팔면서 강원도를 알리고 있다. 뿐만 아니라 눈사람 만들기, 눈썰매 타기, 얼음 썰매타기 등 겨울 분위기를 만끽할 수 있는 행사도 풍성하게 열려 참가자들이 과거의 추억을 떠올리며 잠시나마 동심의 세계로 빠져들기도 했다.

서울 성북구에서 가족들과 함께 온 한 어린이는 "정말 즐거웠던 하루였다. 가족들과 함께 다양한 행사에 참여해서 더욱 재미있었다."는 말을 남기고 조각상 앞에서 마지막 기념촬영을 했다. 태백산 눈꽃축제는 오는 23일까지 열려 다양한 눈 조각을 자랑한다.

– 서울 일신초 6 김승모

기사문에는 사실만을 담자 ●

승모 어린이는 일상생활과 관련된 기사문을 썼군요. 현장의 분위기가 생생하게 느껴지지요? 승모 어린이가 마치 진짜 기자처럼 느껴지네요. 이 기사를 본 사람들은 눈꽃 축제가 어떤 것인지 궁금해서 꼭 한번 가보고 싶어질 것 같아요.

우리는 지금까지 동시도 감상하고, 독후감, 생활문, 설명문 등을 쓰고 읽었지요. 그런데 기사문을 읽으니 느낌이 색다르네요. 늘 김치만 먹다가 샐러드를 먹을 때의 기분이라고나 할까요? 기사문을 쓸 때는 사실만을 전하고, 자기 생각을 넣어서는 안 된답니다. 중요한 사실만을 육하원칙에 의해 객관적으로 써야합니다. 언제, 어디서, 누가, 무엇을, 어떻게, 왜 했는가에 대해 정확하게 밝혀야 하지요. 또한 문장은 간결하고 명료하게 쓰는 것이 중요해요. 그래야만 말하고자 하는 내용이나 정확한 정보를 전달할 수 있어요.

여러분이 일일 기자가 되어 여러분이 알리고 싶은 가족, 학교 소식을 확실하게 전해 볼까요?

114. 주장글의 특징에 맞추어 쓰기

약속을 잘 지키자

우리 생활에는 약속이라는 것이 있다. 우리는 하루라도 약속 없이는 살 수 없다. 약속은 누군가와 무엇인가를 하기 위해서 미리 정해놓고 서로 어기지 않을 것을 다짐한다는 뜻이다. 따라서 약속이라는 것은 우리가 살아가는 세상을 든든하게 만들어준다. 이러한 약속에는 여러 종류가 있다. 교통 법규도 하나의 약속이라 할 수 있다. 하지만 우리나라는 세계에서 교통 법규를 지키지 않는 나라의 순위 중 상위 급에 든다고 한다.

교통 법규 이외에도 약속의 종류는 많지만 그 중에서도 시간 약속이 가장 큰 비중을 차지하고 있다. 시간 약속이라는 것은 무슨 약속에라도 다 포함된다. 시간은 모든 인간에게 공평하게 주어지고 있다. 단지 그 시간을 이용하고 채우는 인간의 노력과 땀만이 시간의 의미를 일깨워줄 뿐이다. 그러므로 우리는 시간을 헛되이 보내지 않으며, 시간 약속을 비롯한 모든 약속을 잘 지켜야 하는데, 그러기 위해서는 어떻게 해야 할까?

첫째, 약속 시간을 무엇보다 잘 지켜야 한다. 약속을 잘 지키는 사람이면 부지런한 사람이라고 인식하게 되며, 많은 사람들에게서 신용을 얻을 수 있다. 약속을 한 사람이 싫어하는 사람이든, 좋아하는 사람이든 잘 지켜야한다. 또한 약속한 시간보다 늦어졌다고 해서 천천히 가거나, 가지 않는 것보다는 빨리 가서 늦은 이유를 설명하고, 용서를 빌어야 하며, 앞으로는 약속시간을 제때에 잘 맞추어서 나오도록 노력해야 할 것이다.

둘째, 작은 약속이라도 메모지에 적어두어야 한다. 별로 중요하지 않은 약속이라고, 작은 약속이라고 신경을 쓰지 않다보면 결국에는 잊어버리게 된다. 약속을 잊어버리게 되어서 지키지 못한다면, 신용을 잃게 될 것이며, 내 시간을 낭비하고 헛되이 보내는 것은 아니지만 상대방의 아까운 시간까지 낭비하는 꼴이 된다. 조그마한 약속이라도, 별로 중요하지 않은 약속이라도 메모해두는 습관을 가지다 보면, 약속을 잊어버리는 일도 적어질 것이며, 그 습관 때문에 항상 무엇인가를 꼼꼼하게 적을 수 있게 되어서 중요한 일도 잊지 않게 될 수 있다.

셋째, 지킬 수 있는 약속을 한다. 간디는 영국으로 유학을 가기 전에 어머니와 약속을 한 것이 있다. '첫째, 고기를 먹지 않는다. 둘째, 술을 마시지 않는다. 셋째, 아내와의 결혼서약을 잊지 않는다.' 이다. 역시 간디는 이 약속을 간디답게 잘 지켜냈다. 우리도 간디처럼 약속을 하면 잘 지킬 수 있도록 노력을 해야 한다. 처음 약속을 할 때, 이 약속을 지킬 수 있는지 혹은 다른 약속이 있지는 않은지 생각해보고 약속을 정하도록 한다. 지키지 못할 약속은 처음부터 하지 말아야 한다.

약속이라는 것을 정할 때에는 쉽지만, 지키는 것은 매우 힘든 일이다. 우리는 작은 약속도 반드시 지켜야 할 것이며, 지킬 수 있는 약속만 해야 한다. 약속을 지킬 때 힘들고 귀찮을 때도 있지만, 서로 서로가 '내가 먼저 지켜야지.' 하는 마음으로 조금씩 지키다 보면 분명 정직하고 밝은 사회가 될 것이다.

- 서울 숭인초 6 이지훈

주장글의 특징 •

주장글이란, 어떤 일에 대한 자신의 생각과 의견을 뚜렷하게 나타내는 글입니다. 다른 사람도 나와 같은 생각을 갖도록 설득하는 글이며, 주장하는 내용을 짜임에 맞게 타당성 있는 근거를 갖춰 드러내는 글이기도 하지요. 제목에 주제가 담겨 있는 것도 주장글의 특징이랍니다. 지훈 어린이의 글을 읽다 보면 '그래, 약속을 잘 지켜야 되겠구나.' 하고 설득되지요.

일반으로 글의 짜임을 처음-중간-끝으로 나누는데, 이를 주장글에서는 서론-본론-결론이라고 하지요. 서론은 주장글의 첫머리로 상대방의 호기심을 불러일으키도록 써야 합니다. 사람의 첫인상이 중요하듯 서론에서 상대방을 사로잡으면 더욱 좋겠지요. 지훈 어린이처럼 제목에 대한 자신의 생각부터 쓰는 것도 글을 자연스럽게 이어갈 수 있어 많이 쓰는 방법이랍니다. 제목과 관련된 사건이나 뉴스로부터 시작할 수도 있고, 제목에 대한 격언이나 명언부터 써 주어도 좋답니다. 또한 논제(논설문의 주제)에 대한 반박에서부터 시작하는 것도 상대방에게 흥미를 줄 수 있지요. 이렇듯 서론에서 할 일은 문제가 있는 현재의 상태를 말하면서 문제가 무엇인지를 짚어 주고, 문제를 해결해야 하는 필요성을 담아 자신이 무엇을 쓸 것인가에 대한 생각보따리를 본론에 건네주는 것입니다.

다음 본론은 서론에서 밝힌 주장을 펼쳐 나가는 곳입니다. 따라서 여러 개의 작은 주장으로 나누어지게 되지요. 여기에서 내세우는 작은 주장은 이유나 실천 방법의 항목 하나하나로 표현됩니다. 다시 말해 본론은 이유, 실천 방법, 근거를 쓰는 부분이랍니다. 이를 위해서는 다양한 근거 자료를 활용하여 타당한 이유를 들어야 합니다. 논리 성연하게 구체적으로 적어야 주장에 힘이 실린답니다.

결론에서는 앞에서 펼친 이유나 방법 등을 요약·정리하여 주장을 다시 한 번 강조하는 것으로 마무리합니다. 결론을 쓸 때는 앞에 쓴 내용을 확인해야 합니다. 서론과 본론의 글을 다시 한 번 읽어보고 요점을 조리 있게 정리합니다. 문장을 길게 늘여서 쓰면 문장이 얽히거나 요지가 흐릿해지기 쉽습니다. 마지막으로 '~하니까 이렇게 하자'라는 다짐과 '~할 때 이렇게 될 것이다'라는 미래의 전망으로 끝을 냅니다.

그렇다면 지훈 어린이는 주장글을 어떻게 썼는지 살펴볼까요. 첫 부분에는 시간약속이나 교통법규를 우리가 얼마나 소홀하게 여기는지에 대해 써서 적절히 관심을 유도했네요. 그리고 중간부분에는 약속을 잘 지키기 위한 세 가지 법칙을 구체적인 예시와 예화를 통해 정리해 놓았습니다. 맺음말 부분에서는 중간부분에서 언급된 이야기를 정리하면서, '약속을 잘 지키면 보다 밝은 사회가 될 것이다'라는 미래 전망으로 마무리하고 있습니다.

'한번 약속한 일은 상대방이 감탄할 정도로 정확히 지키자'라는 카네기의 말을 우리들의 예쁜 수첩 속에 적어 넣을까요?

조기 유학, 이렇게 생각한다

조기 유학이란 초·중·고 학생들이 해외로 유학 가는 것을 말한다. 요즘 우리나라는 조기 유학이 매우 흔해지고 있다. 경기가 좋지 않은 시대에 다른 사람의 눈치를 보지 않고 자식을 교육시키고 싶은 부유한 사람들의 욕심 때문일까? 조기유학의 장점도 있겠지만 나는 조기 유학에 반대한다. 조기 유학을 반대하는 이유는 아래와 같다.

첫째, 우리나라 사람이면 먼저 우리의 역사와 문화를 알아야 한다. 조기 유학을 간 학생 중 우리나라의 역사와 문화를 제대로 아는 사람은 적을 것이다. 이는 현재 우리나라에서도 일어나는 현상이다. 얼마 전 텔레비전에서 외국어를 공부시키려는 부모의 욕심으로 오히려 한국말을 잘 못하는 아이를 보았다. 서양 문화를 받아들이고 도리어 한국 문화를 배척하는 것이다. 더군다나 유학을 가게 되면 그곳의 생활에 젖어 우리의 역사와 문화를 점점 잊게 될 것이다.

둘째, 유학 다녀온 사람이 반드시 잘 사는 것은 아니다. 그 많은 돈을 외화로 낭비하면서 성공하지 못한다면 그것은 오히려 시간 낭비, 돈 낭비이다. 꼭 유학을 가지 않아도 훌륭하게 자랄 수 있다.

셋째, 가족과의 관계가 나빠질 수 있다. 요즘 갈수록 기러기 아빠가 늘고 있으니 얼마나 슬픈 일인가? 아내와 자식들만 즐겁고 아버지는 홀로 외로이 힘든 생활을 하는 것은 사람으로서의 도리가 아니다. 어떻게 자식이 아버지를 홀로 두고 갈 수 있는가? 이 점에서 만큼은 절대적으로 조기유학을 반대한다.

이처럼 조기 유학이 반드시 우리를 행복하게 해주는 것은 아니다. 따라서 조기 유학을 준비하는 사람들은 다시 한 번 신중하게 생각해보아야 한다.

– 서울 구산초 6 윤여건

주장글을 쓰는 방법●━━━━━━━━━━━━━━━━━━━━━━━

앞에서 우리는 주장글의 특징에 대해 배워 보았지요. 이번에는 주장글은 어떻게 쓰는지 차근차근 공부해 볼까요? 주장글은 이치나 이론이 중심이 되어야 하기 때문에 배경 지식이 없이는 좋은 글을 쓰기가 어렵습니다.

'한 마디의 말이 백만 명의 대군을 물리친다' 라는 말처럼 말과 글의 힘은 대단하답니다. 배경 지식이 부족하다거나 근거가 약하면 상대방을 설득하기 어렵지요. 정확한 근거를 들어서 조리 있게 설명해야 합니다. 주장글은 문학이 아니기 때문에 자신의 감정이 들어가서도 안 된답니다. 친구들끼리 사소한 말다툼을 하더라도 흥분하지 않고 침착하게 말의 중앙선을 찾아 똑 부러지게 이야기하는 친구가 상대방을 압도하는 것처럼 말이에요. 그럼, 우선 개요부터 짜 보기로 해요.

개요 짜기는 어떤 글을 쓸 것인가에 대해 정리한 글의 설계도이지요. 개요를 짜기 위해서는 우선 주제를 살릴 수 있는 제목을 정해야합니다. 다음으로 주장을 대표하는 주제문을 씁니다. 그리고 주제문을 항목별로 정하여 일관성 있는 번호를 붙여준다면 글을 쓰기가 편리하겠지요.

개요 짜기 예
서론 - 조기 유학이 늘고 있다. 본론 - 조기 유학에 반대한다. 　　　① 우리의 역사와 문화를 잘 모르게 된다. 　　　② 유학 다녀온 사람이 반드시 잘 사는 것은 아니다. 　　　③ 가족과의 관계가 나빠질 수 있다. 결론 - 조기 유학을 신중하게 생각해야 한다.

여건 어린이처럼 개요를 짠 다음 글을 써야 글의 전체적인 흐름을 유지할 수 있답니다. 개요 짜기는 중요한 내용을 빠뜨리지 않고 쓸데없는 중복을 막아주어 글의 균형을 이루어 주기도 하지요.

흔히 주장글을 잘 쓰는 것은 글짓기를 잘하는 것과 같다고 생각하기 쉽습니다. 그러나 주장글은 아름답고 풍부한 표현보다는 논제를 정확하게 파악한 후 자신의 입장을 정하여 적절한 근거들을 논리적으로 연결하는 것이 가장 중요합니다.

여러분도 주위에서 일어나고 있는 문제에 대해 관심을 기울여 보세요. 이를 다양한 각도에서 생각하고 정리하는 습관을 갖는다면 위의 글과 같이 주제가 선명한 글을 쓸 수 있답니다.

독서를 하자

가을은 독서의 계절이다. 예로부터 우리 선조들은 책을 읽는 것을 가장 가치 있는 것으로 여겨 왔고 실천했다. 하지만 현대문명이 발달될수록 사람들은 책 읽는 일을 소홀히 하고 있다. 어린이들도 예외는 아니다. 학교에 다녀오면 학원 다니기 바쁘기 때문에 독서하는 시간을 갖지 못한다. 특히 텔레비전이나 영상 매체의 발달로 많은 아이들이 책 대신 대중문화에 물들어가고 있는 현실이다. 정신과 학자들의 연구에 따르면 독서를 하면 뇌의 활동이 활발해져서 정신이 맑아진다고 한다. 따라서 삶을 보다 깊이 있게 만들어주는 독서는 꼭 필요한 활동이다. 그렇다면 이제 우리가 책을 읽지 않았을 때에는 어떤 일이 일어날지 알아보도록 하자.

첫째, 유치원 생각을 벗어나지 못한다. 초등학교 5학년의 어린이가 생각하고 판단하는 능력이 유치원 아이의 수준이라면 과연 어떻게 될까?

둘째, 정신이 녹슬고 병든다. 사람의 신체에 병이 나면 약을 사 먹을 수도 있고 병원에 갈 수도 있다. 하지만 정신에 병이 들면 치료 방법이 따로 없다. 그러므로 녹슬고 병들지 않게 좋은 책을 골라서 읽어야 한다.

셋째, 자신감 있는 삶을 살 수 없다. 책을 읽지 않으면 언제나 선생님께서 일일이 지적해 주시기 전까지 아무것도 못하고 자신감 없는 하루하루를 보낼 수밖에 없다.

그러면 이번엔 독서는 어떻게 해야 하는지 알아보자.

먼저, 적은 양의 책을 읽더라도 꾸준히 읽자. 재미있는 책은 단숨에 읽지만 재미없는 책은 읽다 마는 경우가 허다하다. 하지만 천천히 몇 시간 동안 내리는 보슬비는 아주 적은 양으로 내리지만 땅 속 깊숙이 스며든다. 이것은 소나기 독서와 보슬비 독서로 비유할 수 있다. 한 여름 날 내리는 소나기는 한꺼번에 많은 비가 내려 땅거죽만 젖는다. 우리는 보슬비 독서를 해야겠다.

다음으로, 독서시간을 정해 놓고 읽자. 우리는 책을 아무 때나 읽으면 된다고 생각하기 쉽다. 그러나 책을 잡으면 30분, 가능하면 2시간쯤 계속 읽는 것이 바람직하다. 5분 읽다가 텔레비전을 보고 또 10분 보다가 친구에게 전화를 건다든지 하면 마음이 안정되지 않아 책의 내용이 정리되지 않는다.

끝으로, 여러 가지 책을 고루 읽자. 만약 똑같은 음식만 매일 먹으면 어떻게 될까? 불균형한 식사가 되어 건강을 유지하지 못할 것이다. 책을 읽는데 있어서도 마찬가지이다. 동시집, 동화책, 위인전기, 예술분야, 스포츠, 상식, 과학도서, 철학, 종교, 교양 등 다양한 책을 읽었을 때 어느 한 쪽으로도 기울지 않는 마음의 양식의 밑거름이 될 것이다.

이렇게 독서는 우리의 마음을 넉넉히 해줄 뿐만 아니라 현실을 바르게 판단하고 새로움을 창조해 내는 힘을 갖게 해준다. 또한 자기가 경험하지 못했던 것을 책을 통하여 경험하고 새로운 지식을 얻게 되어 세상을 보는 눈이 넓어질 뿐아니라 현실에 바르게 적응할 수 있다.

「책 속에 길이 있다.」

「사람이 책을 만들고 책은 사람을 만든다.」

위의 속담은 독서가 우리 인간에게 얼마나 중요한가를 잘 보여주고 있는 명언이다. 우리 모두 좋은 책을 많이 읽어 21세기의 당당한 주역이 되자.

— 서울 증산초 3 김효빈

주장글을 쓰는 단계 ●

자, 선생님과 함께 주장글을 쓰는 단계를 다시 한 번 확인해 보도록 해요.

① 문제 확인 : 문제(논제)를 파악합니다.

② 생각해 보기 : 문제와 관련하여 여러 측면에서 생각해 보고, 생각나는 대로써 봅니다.

③ 나의 주장 정하기 : 자신의 입장을 정한 다음, 주장하고자 하는 바를 한 문장으로 써 봅니다.

④ 근거 생각하기 : 주장을 뒷받침하는 적절한 근거들을 찾아봅니다.

⑤ 근거 나열하기 : 근거들이 논리적이며 유기적으로 연결될 수 있도록 배열합니다.

⑥ 글의 개요 작성하기 : 글의 개요를 적어 봅니다.

⑦ 글쓰기 : 개요에 따라 글을 씁니다.

⑧ 수정 · 보완하여 완성하기 : 글 전체를 검토하고 수정 · 보완합니다.

그렇다면 효빈 어린이의 글을 통해 이해해 봅시다.

첫 번째, 문제 확인 단계에서 효빈 어린이는 '현대 사회에서는 사람들이 책 읽는 일을 소홀히 하고 있다' 라는 사회 현상을 밝히고 있어요. 그 다음 단계에서는 왜 그런 문제가 발생했는지 여러 가지로 생각해 보았지요. 그 결과 책을 읽지 않았을 때에는 어떠한 현상이 일어나는지 세 가지 방법으로 이야기 한 후, 그것에 대한 근거들을 제시해 주었네요. 그리고 독서는 어떻게 해야 되는지 그 방법을 이야기하고 있습니다. 이러한 문제에 대한 주장을 정하는 게 세 번째 단계이지요. 한 문장으로 표현하면 어떻게 될까요? 그래요, '독서를 하자' 가 바로 주장의 핵심 문장입니다. 그 주장을 뒷받침하기 위한 근거들을 찾아보고 연결해 보는 일이 네 번째와 다섯 번째 단계에서 해야 할 일이에요. 효빈 어린이는 책을 읽지 않으면 어떻게 되는지, 또 어떻게 독서를 해야 하는지 여러 가지 방법을 생각해 보았답니다.

이런 고민을 거듭한 끝에 개요를 작성하게 됩니다. 효빈 어린이의 개요를 살펴볼까요?

독서를 하자	
서론 - 현대 사회에서 독서를 소홀히 하고 있다. 본론 - 1. 책을 읽지 않았을 때는 어떻게 되는가? - 유치원 수준의 생각을 벗어나지 못한다. - 정신이 녹슬고 병든다. - 자신감 있는 삶을 살 수 없다.	2. 독서를 어떻게 해야 하는가? - 적은 양의 책을 읽더라도 꾸준히 읽는다. - 독서시간을 정해 놓고 읽는다. - 여러 가지 책을 골고루 읽는다. 결론 - 우리 모두 좋은 책을 많이 읽자.

이렇게 개요를 짠 다음에는 이를 바탕으로 글을 써야겠죠. 다 쓴 글은 틀린 곳이 없는지, 주장은 분명한지, 근거는 적절한지를 생각하며 수정하고 보완하게 됩니다. 이제야 비로소 효빈 어린이의 '독서를 하자' 라는 한 편의 주장글이 태어났네요!

효빈 어린이의 글을 개요를 통해 다시 한 번 살펴보았지요. 그런데 앞서 본 여건 어린이의 개요와는 차이가 있다는 것을 알 수 있답니다. 맞아요. 효빈 어린이의 본론은 둘로 나뉘고, 여건 어린이의 본론은 하나로 되어 있지요. 이와 같이 처음에 현상을 밝히고 나중에 방법을 밝히는 이러한 주장글의 구성을 4단 구성이라고 합니다. 여건 어린이처럼 조기 유학을 반대하는 이유만 가지고 전개한 글은 3단 구성의 주장글이지요. 일반적인 글쓰기의 방법이 대체로 3단 구성에 해당한답니다.

　책은 펴보지 않으면 나무 조각과 같다고 합니다. 우리, 종이학을 날리는 기분으로 책장을 넘겨볼까요?

117. 대중 앞에 서서

민족 공동체

　안녕하십니까? 저는 6학년 2반 김수정입니다.

　여러분들이 지켜보는 이 자리에 서서 제 소견을 말씀드릴 수 있게 되어 무엇보다 감사하고 기쁩니다.

　우리는 아직 어리다고 하지만 그동안의 배움을 통해 남과 북이 같은 핏줄, 같은 역사, 같은 문화를 공유한 하나의 공동체임을 분명히 알 수 있습니다.

　한 뿌리인 우리 민족이 휴전선을 사이에 놓고 반세기 이상을 서로 대립하는 이유가 무엇입니까? 서로에게 총부리를 겨누고 큰 상처를 안겨 줄 수밖에 없었던 이유가 또 무엇입니까, 여러분! 그것은 바로 우리에게 '힘'이 없었기 때문입니다.

　아직까지도 우리는 강대국들의 틈바구니에서 계속 눈치를 보며 우리 민족을 위해 스스로 해야 할 일도 못하고, 우리의 의견조차 제대로 밝히지 못하는 처지에 있습니다.

　그러는 동안, 북에 있는 우리의 형제들은 굶주림과 억압에 시달리고, 남에 있는 이산가족들은 오랜 세월 동안 오로지 '통일'이 되는 그 날만을 기다리고 또 기다리다가 한 분, 두 분 그 한을 이루지 못하고 세상을 뜨는 비극이 벌어지고 있는 것입니다.

　여러분! 이제 곧 여러분과 나, 우리의 시대가 올 것입니다. 우리는 무엇을 해야 할까요? 우리 할아버지, 아버지 세대에 이루지 못했던 통일을 우리 또한 아쉽게만 바라보고 있어야 할까요?

　여러분 모두가 그렇게 생각하고 있지 않다고 저는 믿습니다. 텔레비전에서 우리 할아버지, 할머니들이 몇 십 년 만에 만나 서로를 끌어안고 울다가 결국은 며칠 만에 다시 헤어져야 하는 그 처절한 슬픔을 지켜봐야했지만, 적어도 우리들 세대에서는 한 핏줄인 우리 민족이 이러한 비극에서 벗어날 수 있도록 해야 할 것입니다.

　지금부터 우리는 우리의 국력을 기르고 준비해야 할 것입니다. 우리가 어른이 되었을 때, 이 지구 어떤 나라의 동년배들보다 강한 사람이 될 수 있도록 노력해야 할 것입니다.

　그 일을 이루기 위해 오늘부터라도 우리 모두 열심히 준비합시다. 우리의 준비는 다른 것이 아니라, 열심히 공부하고 건강한 신체를 단련하는 것입니다. 그리하여 조상님들의 영광을 우리가 다시 한 번 꼭 이루어 내야 할 것입니다. 우리 스스로 한 민족인 북한의 형제들과 하루빨리 통일을 이루어 낸다면 대한민국 땅에는 사랑이 머물고 희망이 싹트고 행복이 넘쳐흐를 것입니다.

　우리 모두 민족을 통일할 세대가 될 수 있게끔 최선을 다해 노력하고 준비하는 '선일'의 친구들이 됩시다. 감사합니다.

- 서울 선일초 6 김수정

연설문을 쓰는 방법 ●

「나에게는 꿈이 있습니다.」

「첫째도 힘이고 둘째도 힘입니다.」

위의 글은 마틴 루터 킹, 안창호의 연설문 중 한 구절입니다. 좋은 연설문은 세계를 움직일 수 있는 힘도 가지고 있답니다. 그렇다면 훌륭한 연설문을 작성하기 위해서는 어떤 노력이 필요할까요?

먼저 충분한 자료의 수집이 필요합니다. 분야별로 스크랩북(scrap book)을 만들어서 기회가 있을 때마다 구체적이고 사실적인 예화 등 독특하고 신선한 내용을 수집하여 두는 것이 좋습니다. 이처럼 충분히 수집된 자료를 주제에 맞게 선택하여 구성하면 됩니다. 내용 구성에 있어서는 기발한 연설의 주제(연제)부터 정해야 합니다. 연설 장소가 어디인가도 알아야 되겠지요. 복잡한 내용을 피하고 연제에서 이탈해서도 안 되겠지요. 또한 연설문에는 확신과 신념이 있어야 한답니다. 지나친 수식어는 피하고 생생하고 축소된 문장으로 표현합니다.

수정 어린이의 글을 읽다가 선생님은 한동안 눈을 감았습니다. '태극기 휘날리며'라는 영화의 장면이 떠올랐기 때문입니다. 전투가 벌어졌던 발굴 현장에서 동생이 형의 유골을 찾는 장면으로부터 영화는 시작됩니다.

영화의 줄거리를 따라가 볼게요. 진석과 진태는 형제인데, 6·25 전쟁이 터지자 형 진태가 동생을 대신하여 군대에 나가게 됩니다. 그러나 동생 진석이도 따라가게 되어 결국 두 형제가 모두 군인이 됩니다. 진태는 무공훈장을 받으면 동생을 제대시킬 수 있다는 대대장의 말을 듣고 오로지 동생을 위해 전쟁 영웅의 길로 들어섭니다.

그러나 진태는 갈수록 전쟁의 광기에 휘말려 매몰찬 성격으로 변하게 되고, 진석은 그러한 형의 모습에 갈등과 증오를 느낍니다. 그러던 중 진태의 약혼녀 영신이 인민군에게 협조했다는 이유로 국군에게 죽음을 당하게 됩니다. 진석 역시 국군에게 죽음을 당한 것으로 믿은 진태는, 이번에는 인민군 부대장이 되어 국군의 표적이 되고 맙니다.

나중에 자신과 가족들을 위해 형이 인민군이 되었다는 사실을 안 진석은 제대를 하루 앞둔 날, 형을 구하기 위해 전선으로 나가 우여곡절 끝에 형을 만나지만, 진태는 끝내 죽음을 맞고 50여 년이 지난 뒤에야 유골로 돌아오게 된다는 슬픈 내용입니다.

이 영화를 보고 선생님은 도저히 그 자리에서 일어날 수가 없었습니다. 얼마나 많은 사람들이 분단의 아픔 때문에 울었을까요.

수정 어린이는 분단의 아픔이 어떤 것인지 아는 친구입니다. 통일을 위해 우리가 무엇을 어떻게 해야 하는지도 매우 잘 알고 있습니다. 통일은 우리에게 당장 닥친 문제이기도 하지만 시간을 두고 차근차근 해결해 나가야 할 문제이기도 합니다.

우리의 꿈은 대형마트처럼 시간이 되면 닫히는 것이 아닙니다. 언제나 활짝 열린 채로 우리를 기다려 주고, 품어 주고, 자라게 합니다. 북한 친구들과 손잡고 삼천리 방방곡곡을 노래 부를 그날을 손꼽아 기다리며, 통일의 씨앗을 심고 가꾸어 봅시다.

※ 통합교과형 논술
제시문의 내용을 정확하게 분석하여 주장을 펼치세요!

118. 바른 언어생활을 위한 노력

＊요즘 들어 초등학생의 언어가 점점 거칠어져가고 있습니다. 다음 제시문을 참고로 하여 오늘날 언어생활의 현상을 밝히고, 바른 언어생활을 위해서는 어떠한 노력이 필요한지 써 보세요. (120분, 1600자 내외)

(관련내용. 국어 5 2 첫째 마당 / 도덕 3-1 5. 예절 바른 우리 / 2006년 이화여자대학교 정시모집 논술문제에서 언어가 사회 공동체에 미치는 영향을 논술하는 문제가 출제되었습니다.)

제시문 (1)

말의 빛

이해인

쓰면 쓸수록 정드는
오래된 말

닦을수록 빛을 내는
고운 우리말

"사랑합니다."라는 말은
억지를 부리지 않아도
하늘에 절로 피는 노을 빛

나를 내어주려고
내가 타오르는 빛.

"고맙습니다."라는 말은
언제나 부담 없는
푸르른 소나무 빛
나를 키우려고
내가 싱그러워지는 빛.

"용서하세요."라는 말은
부끄러워 스러지는
겸허한 반딧불 빛
나를 비우려고
내가 작아지는 빛.

제시문 (2)

인터넷 채팅이나 휴대전화 메시지를 문자로 주고받을 때 맞춤법과 어법이 무시된 글을 자주 보게 된다. 컴퓨터 대화에서는 욕설이나 비방의 글도 쉽게 접하게 된다. 알 수 없는 문자로 만들어진 통신언어가 온라인상에서 마구 통용되면서 우리말 파괴가 위험수위를 넘고 있다. 표준어가 아닌 말, 새로 만든 말, 외계어처럼 보이는 말, 심한 욕설이나 저속한 말이 판치고 있는 우리 사회의 언어 훼손과 언어폭력의 실태는 어느 정도인가. 통신언어는 컴퓨터와 휴대전화에 친숙한 청소년층을 중심으로 빠르게 전파 됐다. 청소년들의 통신언어 사용은 기성세대와 차별성을 두고 자기들끼리 공감대를 형성해 나가고 있다.

제시문 (3)

우리나라에서 인터넷을 사용하는 인구는 이미 3000만 명에 달하고, 휴대전화 역시 초등학생까지 소유할 정도의 통신수단이 돼 버린 지 오래다. 통신언어는 인터넷이나 휴대전화 이용자들이 가상공간에서 주고받는 문자로, 매우 독특한 특성을 지니고 있다. 일상적인 대화에서는 말하는 사람의 표정이나 동작, 음성이 나타나지만 통신상에서는 문자로 대화를 나누기 때문에 입을 통해 대화하는 것보다 훨씬 느릴 뿐 아니라, 말하는 이의 감정이나 목소리도 드러나지 않는다.

통신언어도 스피드를 추구하는 정보화 시대에 분명히 필요한 부분이 있다. 그러나 통신언어가 그 장점을 십분 활용하지 못하고 청소년들의 언어의식을 잘못 이끌어 간다면 인격 형성에 막대한 영향을 끼치게 될 것이다.

바른 언어생활을 하자

청소년 언어가 파괴되어가고 있다. 요즘 인터넷 채팅이나, 휴대폰으로 주고받는 문자에 사용되는 언어에서 맞춤법과 어법이 무시된 글을 자주 보게 된다. 이러한 언어생활이 진행되고 있는 실태와 바른 언어생활을 위한 해결방안을 알아보자.

첫째, 마음대로 줄이고, 소리 나는 대로 표기 하는 언어들이 많이 사용되고 있다. 요즘 청소년들은 선생님이나 게임을 샘이나 겜으로 줄여 쓰거나 추카, 방가방가 처럼 소리 나는 대로 표기한다.

둘째, 자음 없이 쓰는 언어들이다. 축하축하를 ㅊㅋㅊㅋ로, 하하하를 ㅎㅎㅎ로, 킥킥을 ㅋㅋㅋ으로 자음만 쓰거나 특수 이모티콘으로 자신의 감정을 전달하는 경우가 많다. 또 문자로 다양한 표정들을 표기하고 있다.

셋째, 네티즌들이 자신들만의 자유를 만끽하고 새로움을 느끼기 위해 시도하고 있는 것들이라고 할 수 있는데 그거 알지? 를 그거알쥐? 로 하거나 뭐야를 모야로, 심심해요를 심심해여로, 열심히를 열띠히로 사랑하다를 따랑한다 등으로 쓰고 있다.

넷째, 음절을 줄여 적는 현상도 보편화하고 있다. 그렇군요를 글쿤요 안녕하세요를 안냐세요 재미있지요?를 잼있져? 했습니다를 했슴다 등으로 적고 있다. 한걸음 더 나아가 밥5, babo(바보)처럼 한글과 숫자 영어 알파벳을 섞어 쓰기도 한다.

다섯째, 일상생활에서도 강조 부사어를 흔하게 쓰고 있다. '당근이지 왕따 고 딩' 등의 은어는 통신을 해보지 않은 사람도 누구나 알 수 있을 정도로 이미 사회어가 됐으며 지금도 신조어들이 마구 쏟아져 나오고 있다. 결국 이런 통신언 어가 우리말의 구조와 문법 체계를 파괴하는 주범이며 자유분방한 비속어 및 은어의 남용을 부추겨 사회적 부작용을 낳고 있다.

이러한 실태를 확인하였으니 이젠 해결방안을 알아보겠다.

첫째, 네티켓 운동을 벌여 인터넷에서 언어폭력을 줄여 나가야 한다. 네티켓 운동이란 인터넷상의 예절을 지키자는 운동이다. 네티켓과 관련된 인터넷 사이 트를 활성화시켜 점차적으로 인터넷에서의 언어폭력을 줄여 나가야 한다.

둘째, 인터넷 실명제를 이용해야 한다. 사용자가 사용하던 이름을 반드시 밝 히도록 해야 한다. 인터넷 실명제를 사용하면 함부로 다른 사람을 비판할 수 없 기 때문에, 지금의 문제를 가장 빨리 해결할 수 있을 것이다.

셋째, 청소년들에게 텔레비전에서 반영되는 우리말 프로그램을 자주 접하게 한다. 그러면 고유한 우리말 언어들을 배우게 될 것이고, 재미있는 우리말언어 에 흥미를 느낄 것이다.

지금은 정보화 시대다. 그래서 인터넷을 사용하는 청소년들이 비속어나 은어 를 쉽게 접하게 되는 것이다. 인터넷에서 쓰는 비방 댓글들은 우리 청소년들에 게 나쁜 영향을 끼친다. 이해인 수녀님의 '말의 빛'에 나와 있듯이 쓰면 쓸수록 정드는 말, 닦으면 닦을수록 빛을 내는 언어생활이 될 수 있도록 우리 모두가 노력하여야겠다.

– 서울 갈현초 6 최윤영

통합교과형 논술 ①

'논술', '논술문' 하며 어려워들 하는데 사실 주장글의 다른 말이 논술문이랍 니다. 논술에서 가장 중요한 것은 출제자가 우리의 글을 통해 무엇을 알고 싶어 하는지, 무엇에 대해 물었는지 정확히 판단하는 것입니다.

우선 통합교과형 논술에 대해서 알아볼까요? 통합교과형 논술은 지금까지 우 리가 써 왔던 주장글과 다를 바가 없답니다. 다만 여러분의 사고를 좀 더 다양한 면으로 확대시켜 정리하는 훈련이 필요하다고나 할까요. 하나의 사실을 다른 사실과 연관시켜 생각해 본다든지, 하나의 사실을 나의 생활과 비교하며 사고한다든지 하는 것 말입니다.

통합교과형 논술에서는 단순한 지문이 나오는 것이 아니라 시, 동화, 도표, 신문 사설 등 나양한 내용의 글이 나오기 때문에 그 제시문의 내용을 정확히 분석하여 비교, 대조할 수 있어야 한답니다. 이것을 잘하기 위해서는 평소에 여러 가지 글을 두루 읽은 후 자기 생각을 글로 옮기는 연습을 많이 해야겠지요.

논리적으로 생각하기 위해서는 생활 가운데서나 책을 읽을 때에나 신문을 볼 때에도 '왜?' 라는 물음이 필요하답니다. 특히 일반적인 상식으로 '아니다' 라고 여겨지는 것들에 대해 긍정적인 측면에서 생각해보는 훈련이 필요하답니다. 예를 들어, '콩쥐팥쥐' 이야기에서 보통 팥쥐를 나쁘다고 평가하지요? 그럴 때 일반적인 생각을 뛰어넘어 팥쥐가 좋은 이유를 하나하나 생각해 보는 것입니다. 콩쥐가 좋은 이유를 들라면 여러 가지가 있겠지만, 팥쥐가 좋은 이유를 말하라면 쉽게 답하지 못하고 시간이 걸리겠지요.

그럼 천천히 생각해 봅시다. 팥쥐에게는 콩쥐가 갖지 못한 당당함이 있지요. 예뻐지기 위해 노력도 하고, 사랑을 차지하기 위해 적극적이기도 하잖아요. 또 어떻게 살겠다는 확실한 목표가 있어 매력 있지 않습니까? 이런 사유를 통해 사고력과 논리력이 키워지는 것이랍니다.

윤영 어린이는 아름다운 우리말에 대한 시와 현재 누리꾼 사이에 유행하는 언어파괴 현상에 관한 지문, 인터넷상에 오르는 제시문을 읽고 '우리말을 바르게 쓰자' 라는 논술문을 썼습니다.

서론은 주장에 대한 문제제기로부터 시작하고 있네요. 또 중간 부분에서는 파괴되고 있는 우리말의 현실을 예로 들어서 설명했고, 또 바른 언어생활을 위한 해결방안을 서술했습니다. 이렇듯 자기가 주장하고자 하는 바를 예를 들어서 설명한다면 읽는 사람이 이해하기가 한결 쉬울 거예요.

잠을 자면 꿈을 꾸지만 공부를 하면 꿈을 이룬다고 합니다. '공부' 라는 별 하나, 한번 빛내 볼까요?

119. 옛날과 오늘날을 비교, 대조하기

＊다음 두 개의 제시문을 바탕으로 옛날 어린이들의 놀이문화와 현대 어린이들의 놀이문화의 차이점을 밝히고, 놀이문화가 우리에게 어떤 영향을 끼치는지 자신의 의견을 써 보세요. (100분, 1000자 내외)

(관련 내용: 국어 4-1 첫째 마당 / 체육 3학년 7.우리 것 우리놀이 / 2001년 서강대학교 모의 논술에서 시대의 변화의 차이에 따른 문화에 대한 입장을 논술하라는 문제가 출제되었습니다.)

제시문 (1)

윷놀이

윷놀이는 삼국시대 이전부터 전해 내려오는 오래된 민속놀이이다. 가까운 사람들끼리 빙 둘러앉아 윷놀이를 하는 풍경은 보기만 해도 정겹다. 도, 개, 걸, 윷, 모. 네 개의 윷가락이 어떻게 떨어지는가에 따라 희비가 엇갈린다. 명절이 아니더라도 여러 사람이 모이는 장소에서 곧잘 윷놀이가 벌어지곤 한다. 그만큼 남녀노소 구별 없이 즐기기에 알맞은 놀이이다.

윷의 도는 돼지, 개는 개, 걸은 양, 윷은 소, 모는 말을 의미한다. 윷판은 천체의 상징으로 가운데 원은 북극성을 상징하고 나머지 28개의 원은 별자리를 나타낸다. 규칙을 잘 지켜 놀이를 즐기는 동안 협동심과 사회성을 기를 수 있고, 가족끼리의 화목함을 다질 수도 있다. 또한 윷판에 말을 놓는 활동으로 사고력을 키울 수도 있다.

제시문 (2)

전래 놀이에는 땅따먹기 놀이, 깃대 쓰러뜨리기, 공기놀이 등 예전부터 우리 생활의 연장선에서 만들어진 놀이가 많다. 만든 이가 명확하지 않으며, 놀이가 전해 내려오는 가운데 여러 사람에 의해 점차 다듬어지면서 발달하게 되었다. 놀잇감은 일상생활에서 쉽게 구할 수 있는 간단한 것들이어서 구하는 과정을 통해 협동심을 길러 주고 지혜를 발휘할 수 있게 해준다.

복잡한 사회 속에서 개인과 공동체의 조화로운 삶을 위해 놀이는 어린이에게 필수적이다. 놀이를 통해 그 속에서 새로운 삶의 방식을 창조할 수 있기 때문이다. 특히 전래 놀이는 가정이나 학교, 학원에서 경험하지 못한 일들을 경험하고 학습할 수 있도록 도와준다. 놀이에서 대장 역할을 해 보기도 하고, 서로 협동하여 어울리며, 전략과 전술을 짜기도 하면서 어린이들은 지능과 정서를 발달시킬 수 있다. 또한 어린이 스스로 놀이를 계획하여 진행하고 마무리 짓는 과정을 체험해 봄으로써 문제해결 능력을 기르는 데에도 도움이 된다.

제시문 (3)

2007년 5월 5일 어린이날을 맞아, 숭인 초등학교 6학년 어린이들에게 무작위로 '여가 시간을 어떻게 보내나요?'라고 질문을 하였더니 아래와 같이 대답하였습니다.

채운 : 텔레비전을 보거나 친구들이랑 신나게 문자를 주고받으며 놀아요.

승덕 : 흔자서 컴퓨터 게임을 할 때도 있고 환타지 소설이나 만화책을 봐요.

해지 : '모키'에 들어가서 좋아하는 노래를 다운 받아 휴대폰에 저장해요. 가끔 에러가 날 때도 있지만 무척 재미있어요.

효선 : 러닝머신을 하는 척하면서 텔레비전을 볼 때가 가장 재미있어요. 언니하고 카드놀이를 할 때도 있고요.

창모 : 학원 숙제에 절어서 다른 것을 할 틈이 없어요. 아빠가 텔레비전 뉴스 보실 때 슬쩍 따라서 보기도 하지만요.

놀이 문화는 우리에게 어떤 영향을 주는가

문화는 시간의 흐름에 따라 변한다. 이는 놀이 문화도 마찬가지이다. 지금 우리 세대와 부모님 세대의 놀이 문화가 다르고 조부모님 세대의 놀이 문화는 또 다르다. 우리의 윗세대까지는 다양한 형태의 전래 놀이를 즐겼다. 그렇다면 옛날 어린이들의 전래 놀이와 현대 어린이들의 놀이 문화의 차이는 무엇일까?

먼저 옛날 어린이들의 전래 놀이는 협동심과 지혜를 향상시키는 놀이였다.

윷놀이, 사방치기 등을 보면 신체적 활동도 있고 창의력도 길러줘서 일석이조의 효과를 볼 수 있다.

반면에 현대 어린이들의 놀이 문화는 크게 컴퓨터와 카드 게임, 텔레비전으로 나눌 수 있다. 위의 세 가지는 신체적 활동이 없으며, 협동심과는 거리가 멀고 오히려 창의력을 억제하는 효과를 불러온다. 또한 중독의 위험도 커서 많은 부모들을 고민에 빠지게 한다.

이렇듯 놀이 문화에도 많은 변화가 있었다. 이 변화가 우리에게는 어떤 영향을 끼칠까?

한 조사에 따르면 옛날의 어린이들에 비해 요즈음 어린이들의 주의력결핍증이 심각하다고 한다. 그 주요 원인은 컴퓨터 게임 중독이라고 하는데 이는 현대 놀이 문화가 끼친 악영향이라고 볼 수 있다.

또 다른 영향으로는 이기주의를 들 수 있다. 전래놀이는 놀이를 통해 협동심을 배웠지만 컴퓨터 게임은 자신의 점수를 높이기 위해 타인은 존중하지 않게 된다. 게임에서의 생활습관이 현실의 나쁜 버릇으로 나타나게 되는 것이다. 이 밖에도 예전과는 다르게 비만아와 시력 저하 아동이 늘어난 것도 그 영향으로 볼 수 있다.

이와 같이 놀이 문화를 살펴볼 때, 전래놀이는 장점이 많고 계승하여 발전시킬 필요도 있다. 전래놀이와 현대놀이를 접목시켜 발전시킨다면 어린이들의 놀이 문화는 훨씬 더 풍성해 질 것이다.

– 서울 구산초 6 이동진

통합교과형 논술 ②

동진 어린이는 현대 놀이의 폐해와 전래 놀이의 장점에 주목하여 짜임새 있게 글을 썼어요. 여기서 동진 어린이는 전래놀이를 계승하여 현대 놀이에 접목시키자고 주장하고 있습니다. 제시문을 살펴보면 제시문 (1)에서는 윷놀이의 풍경과 기원, (2)에서는 전래놀이의 장점, (3)에서는 학부모와 어린이들의 좌담을 통해 요즘 어린이들의 놀이문화를 알 수 있습니다. 이처럼 논술문으로 쓰기 위해서는 각각의 제시문을 비교하여 그것이 지니는 장점과 단점을 생각해야 한답니다. 또한 제시문과 자신의 생활을 비교하여 서로의 영향 관계를 꼼꼼히 따져 볼 수도 있지요. 무엇보다 자신이 무엇을 주장할 것인가를 명확히 정리해야합니다.

여러분은 여가시간에 어떤 놀이를 즐겨하는지 궁금해지네요. 우리도 전통놀이와 현대놀이의 장단점에 내해 이야기하여 볼까요?

120. 노인 부양 문제

＊다음 제시문을 바탕으로 고령화사회에 관한 여러분들의 생각을 이야기한 후 노인 부양에 대해 여러분의 생각을 써 보세요. (90분, 850자 내외)

(관련내용: 도덕 6, 6.아름다운 사람들 / 사회과 탐구 4-2, 2.가정생활과 여가 생활 / 2006년 동국대학교 인문계열 수시 2학기 논술에서 '인구의 고령화와 인구증가의 전체'에 대한 문제가 출제되었습니다.)

(가)

(나) 요즘 의료기술이 발달하고 복지 수준이 높아지면서, 우리나라의 평균 수명이 점점 증가하고 있다. 여자의 평균 수명은 81.9세, 남자의 평균수명은 75.1세라고 하니, 65세 이상의 노인층 인구가 점점 더 많아지는 것이다. 이렇게 인구가 노령화 되면 우선, 길거리에는 젊은이들보다 노인들이 많고, 일을 하는 사람들의 평균 연령도 갈수록 높아질 것이다. 더욱 심각한 것은, 일을 할 수 있는 사람 자체의 수가 감소해서, 해외에서 노동인력을 수입하게 될지도 모른다.

(다) 현재의 어린이들이 사회에 나가 어른이 될 시기에는 성인 한 명당 노인 한 분씩을 모셔야한다. 노인 한 명을 부양하는 데는 어린이 한 명을 양육하는 것보다 10배에 달하는 비용이 필요하다고 한다. 맞벌이 가정이 증가하는 시대에, 노인분들을 어떻게 모시느냐 하는 것은 가정에서도, 사회적으로도 큰 문제가 될 수 있다.

고령화 사회에 대한 생각 •

지금 우리가 이곳에 있는 것은 누구의 덕분일까? 우리는 부모님께서 낳아주셨고, 우리의 부모님은 후에 노인이 될 것이다.

점차 과학이 발달하고 의료기술이 발전하면서 인간의 평균 수명도 늘어나고 있다. 그에 비해 아기의 출생률은 점차 낮아져서 몇 십 년 후에는 노인의 수가 전체 인구의 절반 이상을 차지할 것이다. 심각해지는 고령화시대에 대비하여 어떤 방안이 필요할는지 생각해보자.

먼저 출산율을 높이는 것이다. 젊은 부부들이 둘이만 잘 살면 그만이라는 생각을 버리고 생명의 탄생에 관심을 갖고 출산율을 높이는데 앞장서야 할 것이다. 인구의 고령화 현상은 출산율의 저하로 인해 생긴 것이나 다름없기 때문이다.

두 번째 노인들에게 일자리를 마련해주어야 한다. 우리나라는 현재 노인들이 마땅히 할 일이 없기 때문에 더욱 쓸쓸한 노후를 보내는 것이다. 충분히 일을 할 수 있는 능력이 있는데 나이가 많다는 이유 하나만으로 일을 못한다는 것은 국가적으로도 큰 손실이다.

세 번째 노인에 대한 고정관념을 버려야 한다. 젊은 사람들은 대부분 노인들은 촌스럽고 고집이 세고 답답하다는 이유로 노인부양을 꺼려한다. 그런 생각이 잘못된 것이다. 노인은 자신을 태어나게 해준 뿌리이며 자신의 미래를 밝혀줄 지혜의 등불이다.

끝으로 노인복지시설을 갖추어야 한다. 영화 A.I.를 보면 출산율의 저하와 과학기술의 발달로 대부분의 사회구성원들이 로봇으로 바뀐다. 이런 사회에서 한 로봇이 인간 엄마에게 사랑을 느끼게 된다. 인간이 가장 위대한 것은 정과 사랑이 있기 때문이다. 우리 어린이들은 할머니 할아버지의 사랑 속에서 자라나고 노인들은 아이들 덕분에 웃을 수 있어야 한다.

과학의 발달은 고령화현상을 가져왔다. 이제 우리나라는 국가적으로 출산율을 높이는데 대책을 마련해야 한다. 그리고 노인들을 위한 복지시설과 일자리를 마련하는데 힘을 기울여야 할 것이다. 여기에 남녀노소 서로를 존중할 때 웃음소리는 끊이지 않을 것이다.

– 서울 숭인초 6 정진주

통합교과형 논술③ •

"할아버지, 할머니, 사랑해요."하고 말하며, 예쁘게 접은 종이비행기를 할머니, 할아버지께 드려 보세요. 그 느낌이 얼마나 푸근한지 세상의 훈훈한 것들은 다 할머니, 할아버지 손길 속에 있는 듯합니다. 그런데 언제부터인가 우리의 할머니, 할아버지들이 쓸쓸해하십니다. 심지어 먹고사는 일조차 힘든 노인들이 늘어나고 있습니다. 이것이 우리가 걱정하는 고령화 사회입니다. 제시문에서 보듯 앞으로 우리 사회는 점점 더 고령화 사회가 되어 여러분이 어른이 되었을 때는 성인 한 명당 노인 한 분을 모셔야 하는 시대가 온답니다.

진주 어린이의 생각을 들어보니 어떤가요? 할아버지, 할머니에 대한 고정관념을 버리고 고령화 사회에 대한 새로운 생각을 갖게 되지 않나요? 우리에게도 고령화 사회를 위한 준비가 필요해요. 하나의 낱말이 모여 문장이 되고, 문장이 모여 단락을 이루지요. 그리고 단락이 모여 한 편의 완성된 글이 되듯이 여러분도 어른이 되었을 때 부담감 없이 안정된 생활을 할 수 있도록 지금부터 차근차근 마음의 준비를 해야겠지요.

우리의 부모님도 후에 노인이 되신답니다.

지금까지 우리는 대중매체와 친구들의 예시문을 통해 주장글 쓰는 방법을 익히고, 대중 매체와 교과서 내용이 접목된 통합교과형 논술문 쓰기에 대해서도 살펴보았습니다. 한 그루의 나무가 자라기 위해서 햇빛, 물, 온도, 영양분 그 어느 한 요소 빠지지 않고 중요하지요. 논술문 쓰기에서도 마찬가지예요. 주어진 논제에 대한 자신의 주장 정하기, 단락별 근거 찾기, 개요 짜기, 다듬기 단계까지 모든 과정에 충실해야 비로소 완성도 있는 논술문이 된답니다.

자, 이렇게 나무를 심고 가꾸었으니 어깨를 쫙 펴고 숲을 향해 나아가 볼까요?

121. 모의토론

인터넷 실명제 찬반 토론

의장-김도희	반대토론자 및 대변인-유수진
찬성토론자 및 대변인-유재혁	반대토론자 박선우
찬성토론자-이나영	반대토론자-오영준
찬성토론자-이동기	반대토론자-최정원
찬성토론자-이진규	반대토론자-황준하

▶의장 : 지금부터 제1회 모의토론을 시작하겠습니다. 모의토론 주제는 '인 터넷 실명제' 입니다. '인터넷 실명제' 란 인터넷 이용하는 사람의 실제 이름과 주민등록번호가 확인되어야만 인터넷 게시판에 글을 올릴 수 있는 제도입니다. 이에 대한 여러분의 생각을 말씀해 주시기 바랍니다. 우선 최정원 의원부터 발표해 주십시오.

▶최정원 : 저는 인터넷 실명제에 대해 반대합니다. 우리의 이름을 쓰면 남이 나쁜 말을 했을 때 별명을 썼을 때보다 더 기분이 나쁠 것 같습니다. 부모님의 사랑이 담겨있는 우리들의 따스한 이름은 찬성토론자의 의견처럼 인터넷 게임에 써도 되겠지만, 그것보다 더욱 보람을 느끼는 일에 쓰는 것이 좋을 것 같습니다.

▶의장 : 자신의 이름을 소중하게 여겨야 하기 때문에 인터넷 실명제에 대해 반대한다는 최정원 의원의 의견이었습니다. 이진규 의원께서도 발표를 해 주십시오.

▶이진규 : 저는 인터넷 실명제에 대해 찬성합니다. 만약 인터넷상에서 칭찬을 하고자 할 때, "황금의 날개(별명)를 칭찬합니다."라는 말을 하기보다 "이진규를 칭찬합니다."라는 말이 훨씬 더 쉽게 와 닿고 자신을 칭찬한 사람 또한 더 친근하게 느껴지기 때문입니다.

▶의장 : 이진규 의원의 의견은 별명 보다는 실제 이름이 훨씬 친근하기 때문에 인터넷 실명제에 대해 찬성한다는 의견이었습니다. 이나영 의원은 어떻게 생각하시는지요.

▶이나영 : 저는 인터넷 실명제에 대해 찬성합니다. 남의 좋은 장점을 찾아내려고 노력하다 보면 다른 사람의 인격을 존중해 주고, 더 나아가 매사에 긍정적인 마음을 갖게 해줍니다. 그리고 이름은 개인 정보의 한 요소이지만 그것으로 인해 개인 정보가 새어나가는 것은 아니기 때문에 걱정할 필요도 없습니다. 이름을 밝히고 댓글을 쓴다면 좀 더 신중히 생각하여 글을 쓰기 때문에 단순한 '나'가 아닌 더 발전된 '나'를 만들어나갈 수 있을 것입니다.

▶의장 : 이나영 의원의 의견은 아름다운 우리의 인격을 발전시키기 위해서라도 인터넷 실명제에 대해 찬성한다는 의견 같습니다. 이번에는 반박하실 내용이 있으면 발표해주시길 바랍니다. 유수진 의원, 반박해주십시오.

▶유수진 : 닉네임을 다 나쁘다고 하는 것은 잘못된 판단입니다. 만약 '친구의 우정'이라는 별명이 있다고 해봅시다. 그럼 닉네임은 틀 ||에도 좋고, 내용도 좋지 않습니까? 물론 이상한 별명들도 있지만, 좋은 것들이 더욱 많을 것입니다. 이유는 세상에 이상한 별명을 쓰는 사람들보다 듣기 좋고 부르기도 좋은 별명을 쓰는 사람들이 더욱 많을 것이기 때문입니다.

▶의장 : 유수진 의원은 좋은 별명쓰기의 장점을 이야기 했습니다. 이번에는 이동기 의원, 발표 해주십시오.

▶이동기 : 저는 인터넷 실명제에 대해 찬성합니다. 그 이유는 먼저 댓글을 올릴 때 별명이 아닌 자기 자신의 이름이 나오므로 자연히 좋은 말을 쓰게 되고 남을 더욱 존중하게 됩니다. 그렇게 하다 보면 인터넷은 서로를 비춰주는 거울의 역할을 하게 되겠지요. IT강대국인 우리나라에서 자신의 이름을 정정당당하게 밝히는 것은 멋진 일입니다. 때문에 우리나라가 진정한 IT강대국이 되기 위해서라도 인터넷실명제가 되어야 한다고 생각합니다.

▶의장 : 이동기 의원의 의견은 IT강국이라는 말에 걸맞게 인터넷 문화가 깨끗해지려면 인터넷 실명제를 실행해야 한다는 의견이었습니다. 박선우 의원은 발표해주십시오.

▶박선우 : 저는 인터넷 실명제에 대해 반대합니다. 내 이름으로 글을 쓰게 되면 내 주위에 있는 사람이 간혹 피해를 입을 수 있습니다. 또한 내 이름은 부모님께서 지어주신 하나밖에 없는 소중한 이름입니다. 그 소중한 이름으로 좋은 글만 올리면 문제가 없겠지만 그렇지 않은 경우가 더 많기 때문입니다.

▶의장 : 박선우 의원은 남에게 좋지 않은 글을 올리는 경우가 더 많은데 이럴 때 자신의 이름을 밝히는 것이 뭐가 좋겠냐는 의견이었습니다. 황준하 의원, 발표해 주십시오.

▶황준하 : 저도 인터넷 실명제에 대해 반대합니다. 그 이유는 인터넷에 이름을 올렸을 때, 그 사람의 성격이나 모습과는 전혀 딴판인, 다만 이름자만을 딴 별명을 지어 그 사람을 놀리는 일이 생기게 됩니다. 그렇게 되면 이름 때문에 놀림거리가 된 사람들은 기분이 나쁜 것은 물론 아무런 이득도 보지 못하기 때문입니다.

▶의장 : 황준하 의원의 의견은 인터넷에서 자기 이름을 본 다른 사람이 별명을 만들어 놀림감이 될 수 있어서 인터넷 실명제에 대해 반대한다는 의견이었습니다. 오영준 의원, 의견을 제시해 주십시오.

▶오영준 : 저는 인터넷 실명제에 대해 반대합니다. 인터넷의 매력은 실명을 밝히지 않는데 있다고 봅니다. 어쩌다가 쓴 소리를 하고 싶을 때도 있는데 그럴 때 실명보다는 닉네임을 쓴다면 훨씬 더 자유로울 것입니다.

▶의장 : 영준이의 의견에 반박할 의원 있으십니까? 이동기 의원, 반박해주십시오.

▶이동기 : 저는 오영준 의원의 의견에 반대합니다. 쓴 소리를 하더라도 닉네임을 사용한다면 말이 거칠어 질 수도 있습니다. 이는 자신의 명예와 인격을 낮추는 것입니다. 하지만 자기의 이름을 밝히고 글을 쓴다면 쓴 소리를 하더라도 거친 말과 욕을 거의 하지 않게 됩니다.

▶의장 : 이동기 의원의 반박의견은 자기의 이름을 밝히면 욕을 거의 안하게 되기 때문에 인터넷 실명제에 찬성한다는 의견이었습니다.

▶의장 : 이제 양 팀 토론자 모두 대변인을 뽑아 최종적인 결론을 내려 주시길 바랍니다.

▶유재혁 : 찬성 측의 대변인 유재혁입니다. IT강대국인 우리나라에서 자기 이름을 당당히 밝히고 자신의 의견을 자유롭게 표현한다는 것은 좋은 일이라고 봅니다. 또한 이렇게 형성된 인터넷 문화는 다른 나라의 본보기가 될 것입니다. 이름을 밝히고 댓글을 쓴다면 모두들 좋은 말을 쓰기 위해 노력할 것입니다. 그러다 보면 저절로 논술 실력도 늘게 될 것입니다.

또한 인터넷 실명제를 시행한다면 개인정보의 유출을 걱정하지만 이름을 밝힌다고 해서 개인정보가 새어나가는 것은 아닙니다. 그렇기 때문에 걱정할 필요는 없습니다. 이렇게 이름을 밝히고 댓글을 쓴다면 단순한 '나'가 아닌 더 발전된 '나'를 만들어나갈 수 있고 더 나아가서는 우리말에 대한 자부심, 더더욱 나아가서는 한글이 세계를 향해 나아간다는 자부심까지 키워나갈 수 있습니다.

또 상대방에게 칭찬을 받았을 때 "황금의 날개를 칭찬합니다."라는 닉네임을 칭찬하는 말 보다는 "재혁이를 칭찬합니다."라는 말이 듣기에도 더 좋고 자신을 칭찬한 사람이 친구처럼 느껴지기 때문입니다. 그러므로 인터넷 실명제에 대하여 찬성합니다.

▶의장 : 이상 찬성토론자 팀의 대변이었습니다. 반대토론자 팀도 대변 내용을 발표해주십시오.

▶유수진 : 저는 반대 측의 대변인 유수진입니다. 이름을 확실히 밝히고 기분 나쁜 소리를 하면 별명을 썼을 때보다 더 기분이 나쁠 것 같습니다. 인터넷의 매력은 실명을 밝히지 않는데 있다고 봅니다. 어쩌다가 쓴 소리를 하고 싶을 때도 있는데 그럴 때 실명보다는 닉네임을 쓴다면 훨씬 더 자유로울 것입니다. 부모님의 사랑이 담겨있는 우리들의 따스한 이름은 다른 곳에 얼마든지 쓰일 곳이 많지 않습니까? 온라인상에서 보다는 보람을 느끼는 일에 쓰는 것이 더욱 좋을 것 같습니다.

또한 인터넷에 자기 이름을 올리면 자기 이름을 보고 딴 사람이 보고 별명을 지어 그 사람을 놀리는 일이 생기게 되고, 그렇게 된다면 인터넷 실명제를 한 사람은 기분이 나쁜 것은 물론 아무런 이득도 보지 못하기 때문입니다.

그러므로 인터넷 실명제에 대해서 반대합니다.

▶의장 : 그러면 마지막으로 찬성과 반대토론자 중 의견을 바꾸실 분이 있으

면 말씀해 주십시오, 아무도 없으므로 찬성과 반대토론자의 수가 같으니 판결은 의장인 제가 내리도록 하겠습니다. 판결의 기준은 어느 편이 더 설득력 있게 알맞은 근거를 들어 자신의 의견을 펼쳤는가에 있습니다. 잠시 눈을 감아주시기 바랍니다.(잠시 침묵)

저는 인터넷 실명제에 찬성하는 의견이 더 타당하다고 생각됩니다. 왜냐하면 찬성하는 측의 의견이 현실 생활과 연결시켜 근거를 적절히 들어주었기 때문입니다. 그럼 판결을 내리겠습니다. 인터넷 실명제에 찬성한다는 의견이 이긴 것으로 하겠습니다.

모의토론을 통해 논리력을 키우자 ●────────────

여러분들이 마치 사건을 맡은 변호사들 같네요. 어쩌면 이렇게도 다양한 생각들을 척척 뽑아내는지요. 맞아요. 변호사가 재판에서 승소하기 위해서는 자신이 주장하는 바를 증명할 수 있는 증거가 필요하듯 토론에서도 자신의 의견을 뒷받침할 수 있는 근거 제시가 매우 중요하답니다.

여러분이 의장이었다면 어떻게 판결을 내렸을까요? 친구들이나 가족과 토론을 해 본 적이 있나요? 토론은 어려운 것도 거창한 것도 아니랍니다. 친구의 별명을 부르는 것이 좋은가 아닌가에 대해 찬성할 수도 있고 반대할 수도 있지요.

각자 생각이 다른 사람들이 모여 합리적인 근거를 통해 상대방을 설득시키는 과정이 바로 토론이랍니다. 토론은 나의 입장을 명확하게 정립할 수도 있고 나와 다른 의견에 대해서도 생각해 볼 수 있는 기회가 된답니다.

여러분, 여러분의 생각에는 '황금의 날개' 가 달렸네요.

– 서울 수색초 6 윤태호

눈에 띄는 광고문 •

  태호표 광고 잘 보았나요? 나중에 태호 어린이가 회사를 만든다면 최고의 제
품과 서비스, 환경을 자랑하는 멋진 '애태'를 만나볼 수 있겠네요. 좋은 기업 광
고에는 회사의 이미지와 제품의 좋은 점이 담겨 있어야 하고 소비자들이 알아보
기 쉽도록 제품의 특징이 살아 있어야 합니다. 창의적인 생각, 선명하여 눈에 띄
기 쉬운 그림, 특징이 담긴 여러분만의 광고를 만들어 보세요. 미래에 CEO가
되어 우리나라를 이끌어 나갈 여러분의 모습을 상상하면서 말입니다.

  광고문 만드는 방법, 아직 기억하고 있겠지요? 그래요. 중심이 되는 캐릭터를
중앙에 크게 배치하고 그 외 잔잔한 배경을 그린 후, 사람들의 시선을 잡아 끌

수 있는 표어를 적어야 되지요. 태호 어린이의 기업 광고 포스터는 멀리서도 사람의 시선을 붙드네요. 그리고 '따봉'의 의미가 담긴 소년의 엄지손가락 표시가 얼마나 귀엽나요. 맛을 보지 않아도 광고하고자 하는 기업의 제품이 으뜸일 것 같아 믿음이 가네요.

123. 지식을 담은 극본 쓰기

5대 영양소 이야기
-저녁 식사 시간-

저녁이 되자, 식탁 앞에 채린이네 가족이 모였습니다. 단란한 식구들이 둘러앉아 보글보글 맛있는 김치찌개와 먹음직스런 고기를 자글자글 구워 먹고 있네요. 저녁 시간은 항상 행복한 웃음꽃이 피어나는 시간이랍니다.

"꾸르륵 꾸르륵" 와! 즐겁게 웃다보니 어느새 채린이 뱃속에서는 소화가 활발하게 되고 있나 봐요. "쏙닥쏙닥, 쏙닥쏙닥" 어머나! 그런데 이게 무슨 소리일까요?

단백질 : 아휴, 힘들다. 얘들아, 나는 지금 근육, 내장, 혈액 등 몸의 조직을 형성시키고 왔어.

지방 : 에이, 단백질 너는 나하고 비교도 안 되네. 나는 너보다 2배의 에너지를 낼 수 있다고.

탄수화물 : 우와! 넌 참 대단한 힘을 가졌구나. 하지만 나도 방금 불끈불끈 힘을 낼 수 있는 열과 힘을 우리 주인님에게 주고 왔지.

비타민 : 에헴! 나도 몸의 여러 기관의 기능을 정상적으로 유지하고 왔어.

무기질 : 나는 있잖아, 나는, 나는……

4대 영양소 : 뭐야! 무기질 너는 할 말이 없는 걸 보니 쓸모없는 영양소구나? 너만 없어진다면 주인님이 우리를 더 많이 사랑해 줄 텐데……. 그래, 넌 없어져야 해!

무기질 : 그래, 너희들 말이 맞아. 나만 없으면 너희들은 주인님의 사랑을 듬뿍 받을 수 있을 거야. (결심)내가 떠나야 돼.

늦은 저녁 시간에 채린이의 몸속에서는 작은 소동이 일어났네요. 무기질이 울면서 떠나고 난 뒤 어떤 일이 벌어질까요? 계속 한번 지켜볼까요?

-무기질이 떠난 뒤-

단백질 : 이것 봐, 무기질이 없어지니까 주인님이 나! 단백질을 많이 먹게 되 잖아, 하하!

지방 : 나도 요즘 정말 즐거워, 탄수화물인 빵을 먹을 땐 항상 나와 같이 노릇 노릇하게 구워서 먹거든,

비타민 : 필요 없던 무기질이 없어지니까 정말 좋다, 그렇지, 얘들아?

4대 영양소 : 응, 응, 신난다!

"켁, 켁! 엄마, 나 요즘 숨쉬기가 너무 힘들어요, 머리도 아프고……,"

저런, 채린이의 몸에 이상한 변화가 나타나기 시작했나 보군요, 며칠 뒤 채린 이와 엄마는 결국 병원을 찾았습니다,

-병원-

탄수화물 : 킁킁……, 아휴, 갑자기 여기저기서 알코올 냄새가 진동을 하네, 주인님이 도대체 어디에 온 거지?

단백질 : 여기는 병원이야,

지방 : 의사 말이 무기질이 부족해져서 주인님이 현기증도 나고 숨쉬기가 힘 들어 진거래,

비타민 : 정말? 우리 그럼 빨리 무기질을 찾아보자,

친구들의 말에 상처를 받고 크게 상심한 무기질은 어느 작은 시골 마을에 꼭 꼭 숨어 지내고 있었습니다, 무기질을 찾아 이리저리 헤매던 4대 영양소는 숨 어 있던 무기질을 간신히 찾았지요,

-한적한 시골-

탄수화물 : 무기질아, 우리가 미안했어, 진심으로 사과할게, 이제 다시 우리 주인의 몸에 들어와 줘, 네가 부족해져서 주인님이 많이 아파,

단백질 : 그래, 너의 소중함을 우리가 까맣게 모르고 있었어, 제발 돌아와 줘,

무기질 : 정말이니? 알았어, 이제 곧 갈게,

-다음 날-

지방 : 이제 우리 주인님도 5대 영양소를 골고루 섭취하고 계셔,

5대 영양소 : 이제 우리의 필요함을 잘 아시겠죠? 무슨 음식이든 골고루 잘 먹는 튼튼하고 건강한 어린이가 됩시다!

– 서울 연은초 5 조중엽

다양한 글의 형태로 읽는 이를 설득하라 •────────────

중엽 어린이의 재미있는 극본, 어때요? 재미도 있으면서 유익한 정보와 교훈을 전해 주네요. 여러분도 극본을 쓰고 싶다면 어떤 이야기를 쓸 것인가 주제를 정한 후 소재를 찾아보세요. 집에서, 교실에서, 숲에서, 바다에서……. 이야기의 소재는 얼마든지 있답니다. 중엽 어린이는 우리 몸에 꼭 필요한 5대 영양소 중 무기질의 중요성을 재미있게 표현했어요.

무기질은 단백질 · 지방 · 탄수화물 · 비타민과 함께 5대 영양소의 하나랍니다. 무기질은 미량으로도 충분하지만 없어서는 안 되는 것들이라고 해요. 칼슘은 뼈의 구성 성분이고, 나트륨은 우리 몸의 신경 전달 활동에 중요한 역할을 하지요. 이렇게 과학 시간에 배운 지식을 누구나 알기 쉽도록 극본으로 풀이해 놓은 「5대 영양소 이야기」. 극본의 형식이지만 설득력이 뛰어납니다. 중엽 어린이에게 논리력이 있기 때문이에요.

과학 상식을 극본으로 녹여내고, 가훈을 동화로 써 보고, 이와 같이 다양한 글 감에 연결 통로를 놓아보는 일, 그것이 바로 통합 논술로 향하고 있는 지름길이랍니다.

※논리의 숲이 햇살을 받아 찬란히 빛나고 있어요.
여러분의 눈빛 또한 논리를 얻어 창창히 반짝이고 있네요.

사 람 아

바람 따라 지고 피는 꽃그늘 저 멀리

햇살 스며 푸르른 나무가 좋겠어

사람아

강물 또한 좋겠어

눈도 비도 다 품은.

나무처럼 푸르고 싶었습니다.
그 강물처럼 선하고 싶었습니다.

인연의 아름다움을 제게 주신 소중한 분들, 선뜻 출판을 맡아주신 (주)에세이 식구들에게 감사드립니다.

이 책을 읽는 분들께 감성과 지혜, 논리가 어우러진 황금률의 공간을 드리고 싶은 간절함이 지금도 가슴 가득 여울집니다.

2008년 꽃 같은 날에
유지화